封神演義　前編

八木原一恵　編訳

集英社文庫

封神演義　前編

目次

主な登場人物

（人物名の印は道教二大派閥を示す。＊は闡教《せんきょう》、●は截教《せっきょう》）

■殷

紂王《ちゅうおう》 殷《いん》(商《しょう》)の天子。名君であったが、妲己《だっき》と酒色に溺れて暴虐の限りをつくす。

妲己《だっき》 冀州侯蘇護《きしゅうこうそご》の娘の姿を借りた千年の狐《きつね》の精。愛らしい姿で紂王をまどわせ、残虐な行為を繰りかえす。

蘇護《そご》 冀州侯で妲己の父。気骨のある名将。

(●)**聞仲《ぶんちゅう》** 殷の太師《たいし》(天子の補佐役の最高位)。額に三つめの目を持つ。墨麒麟《ぼくきりん》に乗り金鞭《きんべん》を使う。殷軍を率いて周を討つ。

比干《ひかん》 紂王の叔父《おじ》。

(＊)**殷郊《いんこう》** 紂王の長男で殷の皇太子。のちに広成子《こうせいし》の弟子となる。三《さん》面六臂《めんろっぴ》の姿になり番天印《ばんてんいん》を使う。

(＊)**殷洪《いんこう》** 紂王の次男。赤精子《せきせいし》に命を救われて弟子となり、陰陽鏡《いんようきょう》を授けられる。

張奎《ちょうけい》 澠池《べんち》の総兵。俊足を誇る独角《どっかく》烏煙獣《うえんじゅう》に乗る。地行術《ちこうじゅつ》を身につけている。

高蘭英《こうらんえい》 張奎の妻。太陽金針《たいようきんしん》を使う女将軍。

■周

姫《き》昌《しょう》　殷の西伯侯《せいはくこう》。うらない(易《えき》)の名人。のちに周の文王《ぶんのう》となる。

姫《き》発《はつ》　文王の次男。父の跡を継いで周の武王《ぶおう》となり、紂王討伐の兵をあげる。

(*)**姜子牙《きょうしが》**　崑崙山《こんろんざん》で修行した道士。元始《げんし》天尊《てんそん》の命《めい》を受けて下山し、武王を助けて紂王を討つ。四不《しふ》相《そう》に乗り、杏黄旗《きょうこうき》、打神鞭《だしんべん》を使う。

黄飛虎《こうひこ》　殷の鎮国武成王《ちんこくぶせいおう》。五色神牛《ごしきしんぎゅう》に乗る槍《やり》の名手。紂王のもとで殷の軍隊を統《す》べていたが、周に帰順する。

(*)**黄天化《こうてんか》**　黄飛虎の長男で清虚道徳真君《せいきょどうとくしんくん》の弟子。黄飛虎の危機を知らされて下山する。玉麒麟《ぎょくきりん》に乗り二本の銀の柄の鎚《つち》を使う他、莫耶《ばくや》の宝剣なども使用する。

南宮适《なんきゅうかつ》　周の大将軍。力が強く、幅広の大刀を使う。

武《ぶ》吉《きつ》　木樵《きこり》。姜子牙に救われて弟子となる。

(*)**李《り》靖《せい》**　陳塘関《ちんとうかん》の総兵(司令官)。燃燈《ねんとう》道人《どうじん》の弟子となり、玲瓏塔《れいろうとう》を授けられる。

(*)**哪《な》吒《た》**　李靖の三男。太乙真人《たいいつしんじん》の弟子。風火輪《ふうかりん》に乗り、乾坤圏《けんこんけん》と火尖《かせん》鎗《そう》を使う。

(*)**金《きん》吒《た》**　李靖の長男。文殊広法天尊《もんじゅこうほうてんそん》の弟子。遁竜椿《とんりゅうとう》を使う。

(*)**木《もく》吒《た》**　李靖の次男。普賢真人《ふげんしんじん》の弟子。呉鈎剣《ごこうけん》を使う。

(*)**楊《よう》戩《せん》**　玉鼎真人《ぎょくていしんじん》の弟子。変化術《へんげじゅつ》の天才で、哮天犬《こうてんけん》という仙犬を飼っている。額に三つめの目を持つ美丈夫《びじょうふ》。三尖刀《さんせんとう》を使う。

(＊)雷震子《らいしんし》　文王の第百子。雲中子《うんちゅうし》の弟子。つばさを持ち、金棍《きんこん》を使う。

(＊)鄭倫《ていりん》　蘇護の配下の将軍。度厄真人《どやくしんじん》の弟子。鼻から白い光を出し、相手を気絶させる術を持つ。

(＊)韋護《いご》　道行天尊《どうこうてんそん》の弟子。敵をたたきつぶす降魔杵《ごうましょ》を使う。

(＊)楊任《ようじん》　殷の上大夫《じょうたいふ》であったが、清虚道徳真君の弟子となる。眼窩《がんか》から長い手がのび、その手のひらについた目で世の中すべてを見とおす。五火神焔扇《ごかしんえんせん》を使う。

(＊)土行孫《どこうそん》　衢留孫《くりゅうそん》の弟子。地面の中を進む地行術《ちこうじゅつ》を使う小男。

鄧嬋玉《とうせんぎょく》　殷の総兵の鄧九公《とうきゅうこう》の娘。五色《ごしき》に輝く石を相手に投げつけて怪我《けが》を負わせるという術を使う美少女。

(＊)竜吉公主《りゅうきつこうしゅ》　昊天上帝《こうてんじょうてい》（天帝）と瑶池金母《ようちきんぼ》（西王母）の娘。

(●)崇黒虎《すうこくこ》　殷の北伯侯《ほくはくこう》・崇侯虎《すうこうこ》の弟。火《か》眼金睛獣《がんきんせいじゅう》に乗り、二本の金色の斧《おの》を使う。

竜鬚虎《りゅうしゅこ》　妖怪。姜子牙の弟子。大きな石を自由自在に投げつけることができる。

■仙

(＊)元始天尊《げんしてんそん》　崑崙山玉虚宮《ぎょくきょきゅう》に住む闡教の教主。九竜沈香輦《きゅうりゅうじんこうれん》に乗る。

(●)通天教主《つうてんきょうしゅ》　碧游宮《へきゆうきゅう》に住む截教の教主。奎《けい》牛《ぎゅう》に乗る。

(＊)老子《ろうし》　玄都洞《げんとどう》に住む、元始天尊と通天教主の兄弟子。太上老君《たいじょうろうくん》ともよばれ、板角青牛《はんかくせいぎゅう》に乗る。

(*)燃燈道人《ねんとうどうじん》
霊鷲山元覚洞《りょうじゅせんげんかくどう》の主《あるじ》。李靖と哪吒を和解させ、李靖に玲瓏塔を授ける。崑崙の十二大仙のまとめ役となる。

(*)雲中子《うんちゅうし》
終南山玉柱洞《しゅうなんざんぎょくちゅうどう》の主。雷震子の師匠。妲己の正体を見破り退治しようとする。

(*)崑崙の十二大仙
赤精子《せきせいし》・広成子《こうせいし》・黄竜真人《こうりゅうしんじん》・太《た》乙《いっ》真人《しんじん》・懼留孫《くりゅうそん》・文殊広法天《もんじゅこうほうてん》尊《そん》・普賢真人《ふげんしんじん》・霊宝大法師《れいほうだいほうし》・慈《じ》航道人《こうどうじん》・玉鼎真人《ぎょくていしんじん》・道行天尊《どうこうてんそん》・清虚道徳真君《せいきょどうとくしんくん》。姜子牙たちの危機に手をさしのべ、天数（運命）をまっとうさせようとする。

(*)申公豹《しんこうひょう》
闡教徒でありながら、截教を助けて姜子牙に敵対する道士。自分の首を切って飛ばし、また体につけるという術を身につけている。

(*)陸圧道人《りくあつどうじん》
炎の精。ひょうたんに入った飛刀《ひとう》を使う。飄然《ひょうぜん》と現れて姜子牙を助ける。

(●)趙公明《ちょうこうめい》
峨嵋山羅浮洞《がびざんらふどう》の主。黒い虎に乗り鞭《むち》を使う。

(●)呂《りょ》　岳《がく》
九竜島声名山《きゅうりゅうとうせいめいざん》の主。瘟丹《おんたん》を使って周軍を苦しめる。

封神演義

前編

はじめに

『三国志演義《さんごくしえんぎ》』や『西遊記《さいゆうき》』を知らない人はいないでしょう。『封神演義《ほうしんえんぎ》』はそれと同じぐらい有名な、異色の古典小説です。

一言でいえば、運命に翻弄される英雄や神仙《しんせん》の悲喜劇といえるでしょうか。ギリシャや北欧の神話にも比すべき壮大な世界観、個性豊かなキャラクター、転がるようなストーリー展開、物語を締めくくる荘厳なフィナーレ……現代人にも十二分に楽しめる神話小説です。

舞台は古代中国、『三国志』に出てくる時代よりさらに千年以上昔の紀元前十一世紀ごろ、千年の狐《きつね》の精である妲己《だっき》が紂王《ちゅうおう》をたぶらかしてやりたい放題の殷《いん》の末期、ごぞんじ、太公望《たいこうぼう》が文王《ぶんのう》を助けて周《しゅう》の国を興《おこ》すという国取り物語を背景に、英雄豪傑はもちろん、道士、妖怪、仙人、はては老子《ろうし》やその師匠（！）まで、さまざまな能力を持ったキャラクターが総登場して、色気もあれば策略もあり、忠義もあれば裏切りもある、なんでもありの物語をくりひろげます。そして、登場人物のうち三百六十五人が命を失って神に封《ほう》ぜられるとあっては、絶句せざるをえないでしょう。「仙人」と聞いて、骨と皮ばかりになった白いひげの老人を思い浮かべていたら大間違い。まずは、神仙（仙人）が、非常に若々しいイメージでとらえられていることに驚いてください。

主人公の姜子牙《きょうしが》は、日本では「太公望」という名前で知られています。中国の太公望は魚釣りの名人ではなく、道術にも通じた名軍師です。それを補佐する美丈夫《びじょうふ》で変化《へんげ》術の天才・楊戩《ようせん》、蓮花転生《れんげてんせい》した少年・哪吒《なた》、つばさを持つ雷震子《らいしんし》、五色神牛《ごしきしんぎゅう》に乗る武成《ぶせい》王《おう》・黄飛虎《こうひこ》、飄然《ひょうぜん》と現れて力を貸す陸圧道人《りくあつどうじん》、運命に逆らう申公豹《しんこうひょう》、道術にすぐれた忠義の士・聞仲《ぶんちゅう》、愛らしくも残虐な妲己……。それぞれにどんな運命が待ち受けているのかも見どころのひとつでしょう。

また、作中に「陣」というものが登場します。この「陣」は一種の舞台装置で、これによって作り出される異空間は、数ある道術の中でも独特なものです。神仙譚《たん》の中には、ひょうたんの中に異世界があるといった話がありますが、それに近いとらえ方ができます。

そして、豪華絢爛《けんらん》な色彩。基本になっているのは、いわゆる五行《ごぎょう》（木・火・土・金・水）を示す色である青・赤・黄・白・黒の五色ですが、金や緑、紫……なぜここまで派手なのかと思えるほど強烈です。このとき、京劇の舞台や、台湾《たいわん》などの観光地の写真に見られるような、なるべくはっきりした色で想像してみてください。

四不相《しふそう》、墨麒麟《ぼくきりん》、青鸞《せいらん》といった霊獣に乗ったキャラクターの雄姿を思い浮かべ、ぐんぐんと展開するストーリーに心を躍らせ、次々に繰り出される宝物（法宝・宝貝《ほうばい》）や道術を楽しんで、現代の小説には見られなくなった神話小説としてのおおらかな雰囲気を存分に味わっていただけたらと思います。

さて、『封神演義』を読んでいると、ふと、他の作品を彷彿《ほうふつ》とさせるモチーフが現れることがあります。たとえば、黄飛虎の五関破りの部分では、『三国志演義』の関羽《かんう》の五関破りを想像することでしょう。梅山《ばいざん》の七妖怪との戦いの部分では、『西遊記』の孫《そん》悟空《ごくう》の活躍を想像することでしょう。こういった箇所を探すのもまた、楽しいものです。『水滸伝《すいこでん》』の登場人物のあだ名に『封神演義』にも登場する神仙の名前が入っているのに気がつく人もあるでしょう。

実は、『封神演義』の面白さは、他の作品を読むことで倍加されます。『西遊記』とはキャラクターが重なるばかりでなく、詩もそっくりなものがあります。このほか、有名な八仙の話である『八仙東遊記』、『南遊記』、『北遊記』といった小説やさまざまな戯曲などが、それぞれ重なりあったり否定しあったりしながら、壮大な中国の神仙世界を構成しているのです。こういった小説が作られる以前の神仙の説話も数多く残されています。これらを広くとらえていくことで、虚空《こくう》に浮かぶ神仙曼荼羅《まんだら》ができあがるというわけです。

作中に何度か、「三教《さんきょう》（三つの教え）」という言葉が出てきますが、これは本来は儒《じゅ》教《きょう》・仏教・道教の三つを指します。しかし『封神演義』中では、闡教《せんきょう》・截教《せつきょう》・儒教になったり、闡教・截教・西教《せいきょう》になったりと、あいまいに使われています。

闡教と截教というのは、道教の二つの派閥です。闡教が正道で截教が邪道（一説によれば断見外道《だんげんげどう》）、西教というのは仏教の前身と考えれば理解しやすいでしょう。いずれも『封神演義』独特の考え方です。截教は道術ばかりをきわめようとしていて真の悟りを得にくいとか、截教徒には鳥や動物が仙人になっている者が多いなどとされています。また、截教徒には三尸《さんし》（体の中にあるとされる三匹の虫）がないため、殺戒《さっかい》（人を殺してはならないといういましめ）にふれることがなく自由気ままでとらわれることがないなどともされています。これも『封神演義』独特の設定で、本来は、三尸があるままでは仙人になることはできません。

『「封神」演義』と呼ばれているのは、最後にたくさんの者たちが神に封ぜられるためです。中国の古典に出てくる神様というのは公務員のようなもので、昇進や左遷があり、神に封ぜられたら、それぞれの持ち場におもむいて仕事をしなければなりません。このあたり、早くから官僚制度が確立した中国人の独特な神の概念ではないかと思います。

『封神演義』は、元《げん》代の『武王伐紂平話《ぶおうばっちゅうへいわ》』、明《みん》代の『春秋列国志伝《しゅんじゅうれっこくしでん》』といった、先行する歴史小説の枠組みをもとに、多くの民間神話や、他のさまざまな説話、小説から神々を取り込んで、それぞれの由来を説明付ける小説にしたものだと考えられています。その結果、逆に、『封神演義』が広まるにつれて、それまで存在していなかったのに、物語をとびだして信仰されるようになった神様が生まれたりしました。後代の民間信仰に大きな影響を与えた空前絶後の異色作とされる所以《ゆえん》です。

このため、『封神演義』の一場面が台湾や香港《ホンコン》などの寺廟《じびょう》の飾りのモチーフになっていたり、祀《まつ》られている神像が『封神演義』に登場する姿であったりします。もし訪れることがあれば探してみてください。『封神演義』を読むことは、そういった異文化への理解も深めてくれます。


本書は、集英社文庫『封神演義　全一冊』（一九九九）を改訂したものです。

中国明代に成立した古典小説『封神演義』百回本を全訳すれば、『西遊記』同様、文庫本十冊にものぼる膨大な分量になります。翻訳の底本《ていほん》は本来は一冊にするべきですが、百回本の三、四分の一程度の分量にする関係上、明代のものから清《しん》代のものに至るまで各種を用い、編集を加えて読みやすく抄訳にしてあります。

固有名詞や武器等の名称に関しては明代の「鐘伯敬先生批評封神演義二十巻本」を参照しました。ただし、最後の封神榜《ほうしんぼう》は、明代のものと清代のものでかなり異なるので、小説としての完成度を考えて、登場人物の名前が多く挙げられている流布本《るふぼん》を基本にしました。

『封神演義』そのものが複雑な成り立ちを持っていることもあり、作中にはさまざまな矛盾が存在しています。登場人物の名前も宝物の名前も仙人の洞府《どうふ》の名前もしばしば変化しますし、殷の天子の紂王も三十一代めになっていたり二十八代めになっていたりします。音が一緒なら同じ漢字と見なされているようで、鶯《うぐいす》と書いてあるけれど鷹《たか》を意味するのだろうなと思うようなところも多々あります。本書では、登場人物の名前はなるべく統一しましたが、ある程度の矛盾などはそのままにしてあります。複雑な成立の一端を感じるのもよし、細かなところなど気にならないほどの圧倒的な物語の力に身をゆだねるのもよし、さまざまに楽しんでいただければ幸いです。

二〇一七年十一月　八木原一恵

殷《いん》の紂王《ちゅうおう》は淫心《いんしん》をおこし道を失い、天をあなどり悪の限りを尽くした。これが六天魔王のつけいるところとなり、魔王が神や鬼をひきつれ、人々を傷つけ苦しめた。

その邪気が天に届いた時、天帝は命《めい》を下して、陽には周《しゅう》の武王《ぶおう》に殷の紂王を討たせて国を治めさせ、陰には玄帝《げんてい》（真武《しんぶ》または玄武《げんぶ》ともいう、北方を守る神）に魔をとらえさせ、人と鬼（幽鬼）の世界を分けさせた。

玄帝は髪をふりみだして、はだしのまま、黒のひたたれに金のよろいをつけ、黒の旗幡《はた》を押したて、六丁六甲の天将たちを率いて下界に降り、洞陰《どういん》の野で六天魔王と戦った。

この時、魔王は坎《かん》と離《り》の二気によって、その姿を蒼亀《くろがめ》と巨大な蛇に変化させた。玄帝は神通力《じんつうりき》で亀と蛇を足の下に踏みつけ、鬼たちを鎖につないで酆都《ほうと》（死の国）の大洞に閉じこめた。

こうして人々は安らかに治まり、宇宙は清められた。

これも『封神演義』のもとになった話のひとつであると言われている。

一　紂王《ちゅうおう》、女《じょ》媧宮《かきゅう》を詣でる

混沌《こんとん》を巨人の盤古《ばんこ》が切り開いて、太極は両儀《りょうぎ》となり四象《ししょう》をかたどり
はじめに天、つぎなる地、そして人が生まれ、賢者有巣《ゆうそう》獣害を除く
燧人《すいじん》が火を取り煮炊きがはじまり、伏羲《ふっき》は八卦《はっけ》を画し陰陽《いんよう》を示した
神農《しんのう》は草をなめて薬をつくり、軒轅《けんえん》は礼儀と音楽と婚姻をさだめた
少昊《しょうこう》ら五人の帝《みかど》は民を豊かにし、禹王《うおう》は水を治めて洪水をなくした

　太古の昔、世界には上下も左右もなく、ただ混沌だけが存在した。やがて、その混沌の中から盤古という巨人が生まれた。盤古の背が一丈（大人の身長くらい）伸びれば一丈、また一丈伸びればもう一丈と、天は上に、地は下に分けられてゆき、ついに天地が生まれたのである。

　こうして混沌は天と地の二つに分かれた。混沌のことを、すべての始まりという意味で太極とも言い、二つに分かれたものを、陰陽とも両儀とも呼ぶ。

分かれた二つが、さらに二つに分かれれば四つになる。こうしてできたものを四象という。身近な例を挙げれば、春夏秋冬がまさにこの四象である。そして四つは八つに、八つは十六にと、分かれ分かれて、この世のありとあらゆるものが生まれていった。

しかし、ものごとがすべて二でわりきれるかといえば、これも間違いである。天が生まれ、地が生まれ、人が生まれた。ゆえに、世界は天、地、人の三つの要素から成り立っているという言い方もでき、この三つを三才と呼ぶ。

女神の女媧《じょか》によって天と地の間に生みだされた人間は、無力な生き物であった。やがて、有巣氏という人物があらわれ、木の上に住まいを作って、獣《けもの》から身を守ることをみなに教えた。代を重ねるごとに、新たな発見が続く。燧人氏は火を作りだす方法を見いだして、人々は煮炊きすることを覚えた。つづいて伏羲が、易《えき》の卦である八卦をつくり、陰陽は流転することを人々に教えた。

神農のことは聞きおぼえがあるのではないだろうか。炎帝とも呼ばれる神農は、ありとあらゆる草をなめて薬草を探し出し、みなに教えた。また、軒轅は、礼楽《れいがく》と婚姻を定めて人と獣の区別をつけた。軒轅は、またの名を黄帝《こうてい》という。伏羲、神農、黄帝の三人は三皇《さんこう》と呼ばれ、神に等しい。

次に人々の帝となったのは、少昊《しょうこう》・顓頊《せんぎょく》・帝嚳《ていこく》・唐尭《とうぎょう》・虞舜《ぐしゅん》という五人の帝王で、五帝という。五帝は、身のまわりのものから祭器に至るまで、さまざまなものを作り、民を増やし、豊かにしていった。いよいよ人間の歴史の始まりである。

五帝の中で、とりわけ有名なのは尭と舜である。尭、舜の治めていたころは、まことに天下おだやかで、人々は治められているとわからないほどであったという。そして、尭は、位を自分の不肖の息子ではなく、徳の高い舜にゆずり、舜は同様に、位を徳の高い禹にゆずった。

禹王は、治水を行って水害をなくしたが、息子に位をゆずったため、王朝というものが生まれた。この禹王の子孫たちが治めたのが、夏《か》と呼ばれる国である。

夏の国は、四百年あまり続いた。だが、桀王《けつおう》という無道な王があらわれて人々を苦しめたため、成湯《せいとう》が武力をもちいて桀王を倒し、殷《いん》（商《しょう》）と呼ばれる国を建てた。そして成湯王の子孫が代々、天子として国を治めて六百年あまりがすぎ、三十一代めの紂王《ちゅうおう》の時代にいたる。

それは、今から、三千年あまり昔のことである。

紂王は、三人兄弟の末子で、幼名を寿王《じゅおう》といった。生まれつき力が強く、御苑《ぎょえん》で牡丹《ぼたん》を鑑賞していた折に、飛雲閣《ひうんかく》の柱が折れて倒れかかるのを、柱に換わって梁《はり》をささえて父の帝乙《ていいつ》を救ったことから、首相の商容《しょうよう》、上大夫《じょうたいふ》の梅伯《ばいはく》、趙啓《ちょうけい》らのすすめによって皇太子とされた。帝乙が、太師《たいし》（天子の補佐役の最高位）の聞仲《ぶんちゅう》に寿王の後々のことを託して在位三十年にして崩御《ほうぎょ》すると、寿王は天子の位にのぼり、紂王と名のり、朝歌《ちょうか》を都とした。

太師の聞仲、鎮国武成王《ちんこくぶせいおう》の黄飛虎《こうひこ》が文武で紂王を助け、殷の天下はおだやかであった。また、紂王の皇后の姜《きょう》氏、西宮妃《さいぐうひ》の黄氏、馨慶宮妃《けいけいきゅうひ》の楊《よう》氏の三人の后妃《きさき》はみなおだやかで徳高く、聡明《そうめい》で貞淑であった。

天下には東伯侯《とうはくこう》の姜桓楚《きょうかんそ》、南伯侯《なんはくこう》の鄂崇禹《がくすうう》、西伯侯《せいはくこう》の姫昌《きしょう》、北伯侯《ほくはくこう》の崇侯虎《すうこうこ》という四大諸侯があり、おのおの二百の小諸侯をおさえている。天子の紂王はその上にたち、天下八百の諸侯を治めていた。


紂王七年二月、北海の七十二諸侯が反乱を起こしたため、太師の聞仲が征伐にむかった。そして、しばらくののち、紂王は輦《こし》に乗り、大臣たちを引きつれて、朝歌の南にある女媧宮に詣《もう》でた。三千の騎兵、八百の近衛《このえ》兵に守られ、五色神牛《ごしきしんぎゅう》にまたがった武成王の黄飛虎に護衛されて、朝歌の南門を出れば、家々は飾りつけられ、香が焚《た》かれている。今日は、三月十五日。女神・女媧の誕生日である。女媧は、その昔、泥をこねて鳥や獣、人間をつくりあげた女神であり、神々が戦った折、共工《きょうこう》氏の頭が不周山《ふしゅうざん》にぶつかって天が西北に高く、地が東南に低く傾いたのを、五色石を煉《ね》って、つくろったことでも有名である。

若くたくましい紂王は、自分をたより、参拝など思いつきもしなかった。今日だって、商容にすすめられなければ、女媧宮を訪れることはなかったであろう。

国の安泰を祈り終えた紂王は、ものめずらしそうにあたりを見まわした。

女媧宮は五色と金に彩られ、色あざやかな絵や像のならぶ、きらびやかなところだった。両側には、幡《はた》をかかげた金童や玉の枝をささげる玉女が、ずらりとならんでほほえんでいる。天井からは、あざやかに彩られた鳳凰《ほうおう》のえがかれた華やかなとばりがさがり、風にゆれている。金の炉からは紫の煙がたちのぼり、ろうそくが輝いている。そして、ひときわあでやかなとばりの下から、竜や鳳凰をあしらった沈香《じんこう》の宝座が、見え隠れしていた。

宝座の上には何があるのかと、紂王が見つめていたとき、突然、どっと強い風がふきこんだ。

とばりが大きくひるがえる。紂王は、はっと息をのんだ。

宝座の上で、女媧の聖像が、あでやかにほほえんでいた。整った顔かたち、目もくらむような絶世の美女である。まるで生きているよう、いや、生きている以上になまめかしい。花の精があらわれたか、月の女神の嫦娥《じょうが》がおりてきたかと思われるばかりであった。

紂王は魂をうばわれ、思わず淫《みだ》らな心を起こした。

（天子として四海《しかい》の富をおさめ、六院三宮のきさきたちはいるが、これほどの美女は一人としておらぬ）

そして、筆とすずりを持ってこさせると、色あざやかな壁に、詩を一首、くっきりと書きあげた。

宝のとばりに隠された、汝《なんじ》の姿のあでやかさ
遠山の翡翠《かわせみ》の色、ひらひら舞う袖《そで》は霞《かすみ》を映す
雨に濡《ぬ》れる梨の花も、けぶる芍薬《しゃくやく》も色あせる
生あらば長楽宮《ちょうらくきゅう》に連れ帰り、侍《はべ》らせるものを

これを見て、老宰相の商容が紂王をとがめた。商容は七十五歳、殷の三代の王にわたってつかえてきた重臣だ。

「女媧娘娘《ニャンニャン》（女神や仙女や皇后など、高貴な女性への敬称）は、民にうやまわれる古《いにしえ》の正神、都の福をつかさどる神様ですぞ。それを、侍らせたいだなどと言っては、辱めることとなります。天子としての礼儀にかなっておりません。民の目に触れればどうなるでしょう。ただちに詩をお消しください」

「何が悪い。朕《ちん》は、女媧娘娘の美しさをほめたたえただけだ。もう言うな。この詩によ

って女媧娘娘の美しさとともに、万乗《ばんじょう》の位にある朕の筆をみなに見せてやるのだ」

紂王は、そう言って、さっと輦に乗りこんだ。そして、再び行列を連れて朝歌に帰っていった。


一方、誕生日を迎えた女媧は、火雲宮《かうんきゅう》の伏羲・神農・黄帝の三人にあいさつをして、女媧宮に戻った。

青鸞《せいらん》を降りて宝殿に座して玉女・金童のあいさつを受けた女媧は、たちまち、紂王の残した詩を見つけ、怒りをあらわにした。

「なんということを！　殷受《いんじゅ》（紂王の姓と名）め、天子にまつりあげられていい気になり、していいことと悪いことの区別もつかなくなったか。天をおそれぬふるまいがどんな結果を生むか、思い知らせてやる！　たしかそろそろ、殷の国運がつきるはず。紂王の命もあとわずかであろうよ」

ところが、女媧が調べると、紂王の命は、まだ二十八年も残っていた。たとえ女神でも、人間の寿命を勝手に縮めることは許されていない。女媧は、腹が立ってしかたがなかった。

女媧は、そばづかえの彩雲童子《さいうんどうじ》に金色のひょうたんを取ってこさせた。庭におりる階段《きざはし》の下にひょうたんをおき、そのふたを取り、

「いでよ、招妖幡《しょうようはん》！」

右手の人さし指で指さした。

すると、ひょうたんから、糸のようなひとすじの白い光が、さっとさした。光は、みるみるうちに四、五丈ほどの高さになる。そして、光のてっぺんから、するっと幡がおりてきた。五色に輝くこの幡は、名前を「招妖幡」という宝物で、地上の妖怪を呼びあつめることができる。たちまちあやしい風が吹き、霧があたりをつつみ、黒い雲がわいた。風がぐるぐるとかけまわるうちに、たくさんの妖怪たちが庭に姿をあらわした。

女媧は、命令を待つ妖怪たちをながめわたすと、彩雲童子に言いつけ、軒轅古墳に住みついている三匹を残してすみかにもどらせた。

「娘娘《ニャンニャン》のとこしえのご幸福をお祈り申し上げます！」

残された千年の狐《きつね》の精、九首の雉《きじ》の精、玉石の琵琶《びわ》の精の三匹が、階段の下にひれふす。

「おまえたちに密命をあたえます。

夏の国が滅び殷の国ができて、六百年あまりたちました。そろそろ、また、国が交代するきざしがあらわれています。殷の国運がつきて、新しい国が興《おこ》ろうとしているのです。西のほうに新しい王になる人間が生まれているようです。おまえたち、人間に姿を変えて後宮《こうきゅう》に入りこみ、紂王の心を迷わせなさい。旗揚げを待ち、紂王を倒すのを助けるのです。人々を苦しめてはなりません。事がなったあかつきには、ほうびをとらせましょう」

三匹の妖怪たちは、叩頭《こうとう》（地面に頭を打ちつけること）して感謝の意をしめし、風となって去っていった。

二　千年の狐《きつね》、紂王《ちゅうおう》のきさきとなる

紂王《ちゅうおう》は、朝歌《ちょうか》へ帰ってからも、ちらりと見た女媧《じょか》の美しさが忘れられなかった。夜も眠れず、食事も手につかない。六院三宮のきさきたちが、ごくありふれた見るにたえない姿に思えた。

ある日、顕慶殿《けんけいでん》に昇った紂王は、ふと思いついて、諫大夫《かんたいふ》の費仲《ひちゅう》を呼びだした。諫大夫というのは、王が間違ったことをしようとしたときに、王を諫《いさ》める役である。ところが、費仲は尤渾《ゆうこん》とともに、太師《たいし》の聞仲《ぶんちゅう》が北海に遠征しているすきをついて紂王にとりいり、媚《こ》びへつらって信頼をえて、人を陥れてばかりいた。

紂王が胸の内をうちあけると、すぐに費仲が答える。

「地上の富はすべて、万乗《ばんじょう》の御位《おんくらい》におつきの陛下のものでございます。明日、東西南北を治める四大諸侯をお集めなさいませ。そして、一人の諸侯について百人ずつ、よりすぐりの美人を集めさせるのです。四百人も美人がいれば、その中に一人ぐらい、女媧さまに生きうつしの美人がいないわけがございません」

「よくぞ申した」

紂王は喜び、さっそく次の日の朝早く、文武の臣下たちを集めて会議を開いた。この朝の会議で政治が行われるのである。

「朕《ちん》は、四大諸侯を集めることにする。そして、東西南北の各地方から百人ずつ、よりすぐりの美人を出させ、後宮《こうきゅう》の女官を増やそうと……」

紂王が言いおわらないうちに、

「それはなりませぬ」

激しくとがめる声があがった。進み出たのは、首相の商容《しょうよう》であった。

「陛下には、皇后さまをはじめ、たくさんのおきさきさまがたがいらっしゃいます。この上、美人をお集めになると天下にふれを出せば、民の心が離れますぞ」

商容はひれふしたまま、心をこめて紂王を諫めた。

「民の楽しむのを見て楽しみ、民の苦しむのを見て苦しむのが天子さまというもの。このところ、水害や旱魃《かんばつ》も起こっております。また、北海の七十二諸侯の反乱も、まだおさまっておりません。こんな時に大がかりに美人を集めるなど、もってのほかですぞ」

紂王は、しばらく考え、

「わかった。商容、よく諫めてくれた。美人を集めるのはやめにする」

すぐれたところを認められて、二人の兄をさしおいて天子の位についた紂王である。

道理を説かれれば、王にふさわしい行動をとった。

夏四月、紂王八年の新年を控えて、朝歌には、紂王に新年のあいさつをするために、各地から諸侯たちが、ぞくぞくとつめかけた。東西南北を治める四大諸侯のそれぞれが二百の小諸侯をまとめ、あわせて八百の諸侯が集まるのである。

一方、北海の七十二諸侯の反乱をしずめにむかった聞仲は、まだ朝歌にもどっていない。それをいいことに、費仲と尤渾の二人は、諸侯に賄賂《わいろ》を出させて大もうけしていた。昔から、「天子にお目にかかる前に、まず大臣に会え」というが、まさにその通り。他の高官たちはともかく、この二人にそでの下を贈っておかなければ、紂王に何を告げ口されるかわからない。諸侯は、山のような贈り物を二人にさしだして、きげんをとった。

ところが、そんな中にただ一人、贈り物をしなかった人物がいた。まがったことがきらいなことで有名な、冀州侯《きしゆうこう》の蘇護《そご》である。費仲たちは、蘇護からの賄賂がないことに気づいて、「今に見ていろ」と言いあった。

やがて、新しい年があけた。新年の行事をおえて別殿にもどった紂王は、費仲と尤渾を呼びだした。

「以前、そちにすすめられた、四大諸侯に美人を集めさせるという話。あのときは商容にとめられて、あきらめたが――いかがであろう。新年でもあるし、諸侯たちも朝歌にまいっておる。今一度、命令してみたいのだが」

「おやめくださいませ。商容どのの意見をおとりいれになって、すぐに命令をおとりけしになったではございませんか。せっかく、器量をおしめしになったのです。今また、同じことをお命じになっては、信用されなくなりましょう。

それよりも陛下、冀州侯の蘇護どのに、天女のように美しい娘ごがおられるとか。いかがでございましょう、その娘ごをお迎えになっては？　たった一人をお迎えになるだけであれば民の耳目にふれることもございません」

「天女のように、か」

紂王は女媧の姿を思いだし、おおいに喜んだ。

「よい考えだ！　すぐに蘇護を呼べ」

蘇護は、娘を後宮に入れろという命令を受けて、紂王の身勝手に怒りをあらわにした。そして、二度と殷には従わないという詩を宮殿の門に書きつけて、冀州に帰り反旗をひるがえした。

紂王は、北伯侯《ほくはくこう》の崇侯虎《すうこうこ》と西伯侯《せいはくこう》の姫昌《きしょう》に、冀州を攻めるように命令した。

無慈悲で知られる崇侯虎は、すぐに冀州に兵を出した。一方、姫昌のほうは、蘇護の日ごろの行いを思い、何かわけがあるに違いないと考え、ひとまず西岐《せいき》に帰った。

やがて、冀州ではげしい戦いが始まると、西伯侯の姫昌は、「天下をさわがせて民を苦しめるより、ここは、臣下として紂王に従っておいてはどうか」という手紙を蘇護のもとにとどけた。姫昌は、徳の高い領主として民にしたわれている。

姫昌の言葉は、民のことを考えた、人の道にかなったものである。手紙を読んで蘇護は決断をくだした。刃《やいば》をおさめ、娘を朝歌に連れていき、紂王にさしだすことにしたのである。

娘の妲己《だっき》を車に乗せて、蘇護みずから三千の人馬、五百人の部下を連れて、ゆっくりと車を進め、やがて恩州《おんしゅう》に着いた。

ところが、宿に泊まろうとしたところ、宿の主人が、

「三年前に妖怪が出てから、誰もここにお泊まりになっていません。みなさん、妖怪をこわがって、野宿をなさいます」

そう言って、部屋に案内しようとしない。蘇護は大声でどなりつけた。

「ばか者！　妖怪がなんだ。きちんとした宿場があるのに、後宮に入る大切な娘に野宿などさせられるか。さっさと部屋をそうじしろ！」

蘇護は、そうじのすんだ部屋に妲己を入れ、五十人の侍女をつけた。そして、三千の人馬で宿のまわりをとりかこみ、五百人の部下たちを入り口に控えさせた。

部屋におちつき、ろうそくに火をともす。こうしてみると、やはり、妖怪でも出そう

な、人の少ない場所である。何かあっては、と不安がつのる。蘇護は、豹尾鞭《ひょうびべん》（鉄の鞭《むち》の一種）を机の脇におき、兵法書を広げた。

しばらくして、恩州城に、一更《いっこう》（日の入りから日の出までを五等分した時間の単位。一更は約二時間。一更の太鼓は午後八時ごろ）を知らせる太鼓の音が鳴りひびいた。蘇護は、気が気ではなく、豹尾鞭を持って見まわりをし、みなが寝入っているのを確かめた。そしてまた部屋にもどり、本を読む。

さらに二更がすぎ、三更の太鼓が鳴った。

夜の半分が過ぎたのである。静かであった。このまま何もおきないのではないかと気をゆるめた時、ふいに、どうっと風がふきこんだ。そして、灯火が消え、再びついた。

何が起こったのかとふしぎに思った時、

「お化けぇーっ！」

妲己の侍女の声がするどく響いた。

蘇護は声を聞くなり、右手に豹尾鞭をとって立ちあがった。だが、部屋を出ようとした時、あやしい風で、左手に持った灯火が消えた。蘇護は、いそいで部下に命じ、代わりの灯火を持ってこさせた。

ようやく妲己の部屋に着くと、侍女たちがおびえて、おろおろしていた。蘇護は、いそいで妲己の寝台にかけより、とばりを開けてたずねた。

「さきほどあやしい気配がしたが、だいじょうぶだったか？　化け物に気がついたかね？」

「いいえ、おとうさま」

妲己は、体を起こした。

「夢の中で『お化けだ』という声を聞いたように思って目を開けたら、おとうさまが目の前にいらしたの。何も見ませんでしたわ」

「それならばよいが」

蘇護は妲己の侍女たちをなだめ、その夜はみずから見まわりをし、眠らなかった。しかし、蘇護は、気づいていなかった。今、寝台にいたのは、娘の妲己ではなく、千年の狐《きつね》の精だったのである。

千年の狐の精は、蘇護がかけつけるまでのわずかなすきに妲己をとり殺し、そっくりに化けて、寝台に横になっていたのだ。もちろん、妲己が紂王のきさきになることを知って手にかけたのである。

黄河《こうが》をわたり、朝歌の手前に軍隊をとどめ、蘇護は、まず武成王《ぶせいおう》の黄飛虎《こうひこ》に紂王へのとりつぎをたのんだ。黄飛虎は蘇護に、人馬は城外におき、娘と蘇護だけで城に入るように命じた。

何日かして、いよいよ、紂王に目通りすることになった。

まず、罪人の服を着た蘇護が、階段《きざはし》の下にひれふして、あいさつをのべる。

「さあ、娘ごを、陛下のもとへ」

費仲がうながした。指示を受けて、妲己が連れてこられ、深々と頭を下げた。

ゆいあげた髪は黒い雲のように重なり、あんずの顔に、桃のほお——春浅い山を思わせる姿だった。日ざしにうっとりする海棠《かいどう》の花、雨に濡《ぬ》れる梨の花。いや、それでも言いつくせない。まるで、瑶池《ようち》の九天仙女が舞いおりたか、月の女神の嫦娥《じょうが》があらわれたかのようであった。

「天子さまの万歳《ばんざい》をお祈り申し上げます」

さくらんぼのようなくちびるから、甘い吐息とともに言葉がこぼれた。形のよい眉の下の細い目が、誘うようにやわらかな視線を投げかけて、かわいらしいこと、この上ない。わずかな言葉を聞いただけで、紂王の魂は天のかなたをさまよい、体はくにゃくにゃとなり、耳はほてり、目はぴくぴくし、どうしてよいかわからなくなった。引かれるように立ちあがり、

「身を起こすがよい」

妲己に告げ、左右の宮女たちに命じた。

「蘇娘娘を寿仙宮《じゅせんきゅう》に連れてまいれ。朕がもどるのを待たせよ」

そして、あわただしく官吏《かんり》に伝えた。

「蘇護を許し、加封《かほう》する。今までどおり冀州を治めてもらうほか、毎月二千担《たん》（重さの単位。一担は百斤《きん》。およそ六十キログラム）の禄《ろく》を加えよ。顕慶殿で三日宴会を開いて国戚《こくせき》となったことを祝い、文官二名、武官三名に、冀州まで送らせよ」

蘇護は、恩を謝し、娘を手離して朝歌を去った。しかし、自分の娘が千年の狐の精になっていたことに、とうとう気がつかなかった。

紂王は寿仙宮で宴《うたげ》を催し、その夜のうちに妲己と鸞鳳《らんぽう》の交わりをむすんだ。

紂王は、妲己に夢中になった。一日じゅう、妲己の後をついて歩き、寿仙宮から外に出ない。朝から酒を飲み、政治もかえりみない。高官たちは紂王に、きちんと政治をとるように諫める文書をおくったが、紂王は開けて読もうともしなかった。

あっというまに二ヶ月がすぎた。紂王は、あいかわらず寿仙宮で妲己と宴会を開いて、楽しみにふけっている。政治はとどこおり、天下の八百諸侯からとどく、天子が目を通さなければならない文書は山のように積みあがった。このままでは天下の乱れにつながりそうなありさまである。

三　雲中子《うんちゅうし》、剣を進めて妖を除く

　ところで、朝歌《ちょうか》のはるか北西に、終南山《しゅうなんざん》という山がそびえている。この終南山には、雲中子《うんちゅうし》という仙人が住んでいた。

　ある日、雲中子は、虎児崖《こじがい》に薬草を採りに行こうと、雲に乗った。

　すると、雲をすかして、朝歌から、あやしい気配が立ちのぼっていた。雲中子は、しばらくじっとそれを見つめていたが、やがて、首をふって、ため息をついた。

「千年の狐《きつね》め、人間に化けて王宮に入りこみおったな。このままではいかん。退治せねば」

　雲中子は、すぐに、お供の金霞童子《きんかどうじ》を呼んで命じた。

「枯れた松の枝を取っておいで。剣を作り、化け物を退治するのだ」

「なぜ、『照妖宝剣《しょうようほうけん》』をお使いにならないのですか？」

「千年の狐の精ごときに宝剣を使ってはもったいない。松の剣で十分だ」

　雲中子は松の枝で剣を作りあげ、童子に留守をまかせて、終南山をたった。

宮廷内では、上大夫《じょうたいふ》の梅伯《ばいはく》、首相の商容《しょうよう》、亜相《あしょう》（副首相）の比干《ひかん》が相談して、天子のお出ましを願う鐘や太鼓を鳴らさせていた。

紂王《ちゅうおう》は宴会を開いているところだった。しかし、鐘や太鼓が鳴りひびき、人々が口をそろえて、「お出ましを、お出ましを」と言っているのを、無視することはできない。すぐにもどるから、と妲己《だっき》に言いふくめ、輦《こし》に乗って、文武の臣下たちの前に出ていった。

すると、商容と比干が、山のように文書をかかえて立っていた。そのわきには、梅伯をはじめ八人の大夫たちが、同じく文書をどっさりかかえてならんでいた。さらに、武《ぶ》成王《せいおう》の黄飛虎《こうひこ》まで、かかえきれないほどの文書を持って立っている。

見るなり、紂王はげんなりした。酒びたりの毎日で、ものを考えるのもおっくうになっているところへこれである。早くこの場を離れたい、妲己のそばにいたいとしか考えられなかった。

商容と比干はひれふして、きちんと政治をとるようにと紂王を諫《いさ》めた。しかし紂王は、

「そなたたちは何のためにおるのだ。朕《ちん》に代わって、とどこおりなく国を治めるのが宰相というものであろう。つまらないことで朕をわずらわせるな！」

投げ出すように言ったとき、

「終南山の仙人・雲中子どのが、大切なお話があって、特にお目にかかりたいとのことです」

という連絡が入った。紂王は、うるさい大臣たちを黙らせるにはちょうどよいと思い、雲中子を通させた。

雲中子は、道士の着る、大きなそでの、ゆったりした長衣《ちょうい》を着ていた。青い一字巾（上が平らな頭巾）をかぶり、右手に払子《ほっす》を持ち、左手に花かごを下げ、ひょうひょうと歩いてくる。白い顔に朱色のくちびる、端正な姿であった。午門《ごもん》の中に進み、九竜《きゅうりゅう》橋《きょう》をわたり、摘水櫓《てきすいろ》の前で立ちどまると、払子をさっとふって会釈した。

「陛下。貧道《ひんどう》（道士の自称）のあいさつをお受けくださいましたかな」

天子への礼儀にかなっていないあいさつであった。紂王は腹を立てたが、相手は仙人である。心がせまいと思われたくなかったので、怒りをおさえてたずねた。

「いずこよりまいられた？」

「雲水《うんすい》より」

「雲水とは？」

「心は白い雲のように自由で、水のように東へ西へ気ままに流れてゆくといったところ」

紂王は、すぐに理解し、さらに問いかけた。

「雲がちぎれ、水が枯れたら、どうするのだ？」

「雲がちぎれたら空には月がかがやき、水が枯れたら水の底に隠れていたきれいな珠《たま》が姿を見せますぞ」

紂王は、なるほどと思い、雲中子に席をすすめた。雲中子は遠慮せず紂王の近くにすわり、軽く身をかがめた。

「陛下は天子ばかりを尊いと考えておられるようだが、三教《さんきょう》（ここでは闡教《せんきょう》・截教《せっきょう》・儒教をさすが、他の場所では闡教・截教・西教《せいきょう》をさす場合が多い。ただし、本来は儒教・仏教・道教をさす）はもともと、道の徳を尊んできたのですぞ。お聞きくだされ」

雲中子は、うたうように語りはじめた。

天子も諸侯も何者ぞ。三教のうち、ただ道だけが何よりも尊いのだ
岩だらけの谷にかくれ、俗世のしがらみをすててまことをおさめよ
林の楽しさ泉の清さ、花をめで、松柏《しょうはく》の実をかんで年齢をわすれる
手をうってうたい、舞いつかれて眠り、道友《どうゆう》と酒をくんで詩を語る
おごる者、富める者を笑って、まずしいながらも自由自在に生きる
天地の気を受け、日月《じつげつ》の精華をとって、陰陽《いんよう》をきわめ仙丹《せんたん》を煉《ね》ろう
青鸞《せいらん》にまたがって天の都をおとずれ、白鶴《はっかく》に乗ってさまよい遊ぼう

儒者は礼儀を重んじ官位を求めるが、地上の富貴など浮雲にすぎぬ
截教は道術を極めようとするが、さとりは得がたい。道だけを尊べ

「なるほど。先生の教えを聞いて、心がすっきりときれいになったような気がする。まこと、地上の富貴など浮雲にすぎぬ」

するとと雲中子は、さっと話を切りかえた。

「貧道は終南山は玉柱洞《ぎょくちゅうどう》に住まう、雲中子と申す者。峰の上で薬草を採っていたら、朝歌にただならぬ気配がただよっておりました。お気をつけなされ、宮殿に妖怪が入りこんでおりますぞ」

「宮殿は厳重に守られている。妖怪の入りこむすきなどない」

紂王が笑うと、雲中子は、にやりとした。

「陛下が妖怪をごぞんじなら、妖怪は入りこまないでしょう。知らず知らずのうちに入りこみ、気づいた時には手におえなくなっているのが妖怪ですぞ」

「では、どうしたらよいのだ」

雲中子は、花かごから、松の枝をけずって作った剣をとりだした。

「この剣を分宮楼《ぶんきゅうろう》（前殿と後宮《こうきゅう》とを分ける建物）におかけなされ。三日のうちに効果があらわれよう」

紂王は、さっそく剣を分宮楼の上にかけさせ、雲中子に謝礼の金銀をさずけようとした。だが、雲中子は、笑って受けとらず、頭を一つ下げると、大きなそでを風になびかせ、午門を出ていった。

雲中子がいなくなると、残っているのは文書をかかえた高官たちである。紂王は、とつくにやる気が失《う》せていた。

「雲中子の話が長びいたから、今日はここまでにする」

そう言って、さっさと輦に乗り奥へともどった。

ところが、寿仙宮に着いても、妲己が迎えに出てこない。紂王の心に不安がよぎった。

「蘇美人《そびじん》（美人はきさきの位のひとつ）はどうしたのだ？」

「急に御病気になられました。奥でふせっておいでです」

紂王はあわてて輦からおり、妲己の寝室にいそいだ。とばりを開けてのぞきこむと、妲己の顔はしなびて黄色くなり、くちびるからは血の気《け》が失せて、息たえだえのありさまであった。もちろん、雲中子の魔よけの剣が、狐の精を退治しかけていたのである。

「さっきまでなんともなかったのに、いったい、どうしたのだ」

紂王が叫ぶと、妲己は目をわずかに開き、あえぎあえぎ、苦しげな声を出した。

「陛下。陛下をお迎えにあがろうと、分宮楼の前までまいったところ、門に宝剣がかけてございました。それを見たとたん、冷たい汗がふきだして、このようになったのです。

わたくしは、もうだめでございます。長くおそばにおつかえしたく思いましたが、かなわぬこととなりました。どうぞお体を大切になさってくださいませ」

言いおえるなり、満面に涙を流す。紂王の目にも涙がにじんだ。

「剣を見たら病気に……ええい、いまいましい仙人め。あのような者を信用した朕がおろかであった。

妲己よ、あの剣は、終南山の雲中子という仙人が、宮殿に入りこんだ妖怪を退治するといって持ってまいったのだ。それが、そなたにたたりをなす妖剣であったとは」

紂王は、すぐに剣を門からおろさせ、妲己のかたきとばかりに、火にくべさせた。

剣が燃えてしまうと、妲己のほおに赤みがさした。そしてそのまま病気がなおって、次の日には、すっかりいつもどおりにもどったのである。

紂王は、大喜びをして、今までにもまして妲己をかわいがるようになった。

雲中子は、再び朝歌から妖気が立ちのぼるのを見て、舌うちをした。

「せっかく化け物を退治してやろうと思ったのに、剣を燃やしてしまうとは、すでに天数（運命）は定まっているということか。殷《いん》は滅び、周《しゅう》が興《おこ》り、神仙《しんせん》はわざわいにあい、姜子牙《きょうしが》は人間界の富貴を受け、神々は封号《ほうごう》を求めようとしている。ままよ、ままよ、貧道が下山したあかしを、後の世にしめすとしよう」

雲中子は、司天台《してんだい》（天文台）の目隠しの壁に、詩を書きつけた。

妖気が宮庭をけがし乱し、聖徳は西土に広まる
朝歌が血にそまるのは、戊午《ぼご》の年の甲子《こうし》と知れ

朝歌の人々が、すぐに詩を見つけてよってきた。しかし、字の読める人に読んでもらってても何のことだかわからない。ただ集まって、がやがやとさわいでいた。そこへ、長官の杜元銑《とげんせん》が帰った。杜元銑は、人だかりを分けて中に入り、門番に何がおきたのかたずねた。そして、話を聞くと、壁を水で洗わせた。

杜元銑は司天台の長官、つまり星を見たりうらないをしたりする役目についている。そうして、ものごとがどういうなりゆきになるかを読みとって、天子に知らせるのである。

書き残された詩をじっくり読むと、殷が滅びることを予言していると思われた。以前から杜元銑は、宮殿から立ちのぼる妖気が日増しに強くなっているのに気づいていた。そこへ、雲中子の宝剣と、妲己の病の件があった。妖気の正体は、もう明らかではないか。

杜元銑は、一晩かけて、紂王を諫める文書を書いた。

あくる日、商容のもとに、杜元銑が文書を持ってやってきた。

商容は、文書を見るなり、うーむ、と低くうなった。

「これは、なんとしても陛下にごらんいただかなくてはならない。だが、陛下は、寿仙宮をお離れにならない。もう、やむをえまい。後宮に入るのは禁じられているが、寿仙宮をおたずねして、お目にかけてみよう」

商容は、門番に無理を言ってとりついでもらい、後宮に進み、みやびやかな寿仙宮のところで立ちどまった。

「陛下」

商容は、階段《きざはし》の前にはいつくばった。

「司天台の長官の杜元銑どのより、至急お目にかけなくてはならない文書がとどきました。宮殿の中に妖怪が入りこんでいるよしにございます。元銑どのもまた、三代の陛下におつかえしてまいった臣下でございます。国をうれえる気持ちをお伝えしないわけにはまいりません。陛下が政《まつりごと》をおとりにならず、こちらにおこもりになっていらっしゃるので、あえて禁を犯し、文書を持ってまいりました」

商容は文書を高くさしあげた。紂王は左右の者に受けとらせ、目を通した。

「臣下である司天台の長官・杜元銑がたてまつります。

国が興る時には良いきざしがあり、国が滅びるときには悪いきざしがあるという、昔からの言葉がございます。わたくしめは、毎日さまざまなきざしを読みとっておりますが、このところ、よからぬきざしが目についております。あやしげな霧がたちこめ、後宮に妖気がこもっております。先日、陛下は、終南山の雲中子の、妖怪退治の宝剣を門におかけになりました。その宝剣をお焼きになってから、妖気はますます強くなっております。妖気は、今や天にとどくほどになり、きわめて不吉でございます。

臣下であるわたくしめが思いますに、すべては蘇氏をおむかえになったために起こったことのようでございます。

陛下は情愛のあまり、すべてをお忘れです。どうか、昔のように、政をおとりください。臣下たちは、雲に隠れた太陽を求めるように、陛下のお出ましを心待ちにしております。

臣下であるわたくしめは、打ち首をおそれず、あえて申し上げます。どうか、すみやかにお聞きとどけください」

紂王は、この文書には真実がこめられていると感じた。しかし、雲中子の剣は、妲己にたたりをなした妖剣だと信じて疑っていない。剣を焼いたのに、まだ妖気がただよっていると言われて、ふしぎに思った。

紂王は、ふりむいて妲己にたずねた。

「杜元銑が、妖怪が入りこんでいると言ってきたが、どういうことであろう?」

妲己は、紂王の前にひざまずいた。

「先日、雲中子にまどわされたばかりではございませんか。杜元銑も一緒です。あやしげなことを言って人をまどわせ、国を乱そうとしているのでございます。陛下、こういった者たちをそのままにしておいてはなりません。容赦なく、お殺しください」

妲己に言われると、紂王の考えは、すっかり入れかわってしまう。

「なるほどのう。すぐに、あやしげなことを言って人をまどわせた罪で、杜元銑をさらし首にせよ!」

「陛下、なりません!」

首相の商容は、あわてて叫んだ。

「元銑どのは、三世の老臣、忠実な臣下ですぞ。国のために心血をそそぎ、日夜、陛下の恩徳に報いることしか思っておりません。ましてや、天文を司《つかさど》り吉凶を読みとるのが役目でございます。それを陛下にそのままお伝えしたからといって、どうして殺してよいものでしょう。

元銑どのは、陛下の命《めい》とあれば、喜んで死の国へ旅立つことでしょう。しかし、もし元銑どのに死をたまわれば、みなが不満をいだくようになります。どうか、お許しになってください」

しかし紂王は、後に引かなかった。

「いや、断じて許せぬ。元銑を斬らなければ、あやしげな言葉がとびかい、ものごとの良いも悪いもめちゃくちゃになるに違いない」

商容は重ねて命ごいをしたが、紂王は聞かず、外へと追いださせた。

ほどなく杜元銑は、衣服をはぎとられ、縄に縛られて、午門の外へと引いていかれた。これを赤い服を着た高官が見とがめた。上大夫の梅伯であった。

「いったい、どんな罪に問われたのだ?」

杜元銑は、顔を上げようとしなかった。

「後宮に妖気がこもっているという文書をつくり、首相のおはからいで陛下にお目にかけたところ、このようなしだいになりました。すべておしまいです。真心も通じませんでした」

「なんということだ。待っていろ!」

梅伯は宮殿にかけこみ、九竜橋のあたりで商容に行きあった。

「元銑どのは、どんな罪で死をたまわったのだ?」

「後宮から妖気が立ちのぼっているという文書を陛下にささげたら、蘇氏が『あやしげなことを言って人をまどわせた』罪があると言いだしたのだ。命ごいをしたのだが、陛下はお聞きいれくださらなかった」

梅伯は、怒りのあまり手をぶるぶるとふるわせた。

「ものごとの良い悪いをはっきりさせ、よこしまな者をこらしめ、すぐれた者をほめて重く用いるのが丞相《じょうしょう》の役目ではないか。陛下が忠実な臣下を処刑するのを見のがすぐらいなら、丞相なんかやめてしまえ！　陛下にお目にかかりに行こう、命にかえてもお止めするのだ！」

梅伯は、商容とともに、禁をおかして後宮に足を踏みいれた。そして寿仙宮の紂王の前にひれふす。

「商容は三世の老臣であるから許したが、梅伯まで国の法を尊ばずに後宮にあらわれるとは、いったい何事だ？」

「陛下！　杜元銑は、死をたまわらなくてはならないほどの、どんな罪を犯したのでしょうか？」

「あやつは雲中子とはかって、あやしげな言葉で人の心を乱し、朝廷の信用を傷つけたのだ。よこしまな者は罪に落とさなければならぬ」

梅伯は、紂王の言葉を聞いて、声を大きくした。

「いにしえの聖王・堯《ぎょう》の時代には、天に応じ、人に従って国を治めていたそうでございます。王は、一日一回、朝政を行い、文官に知恵を借り、武将にいくさでの計略を教わって、ともに国を治める方法を語りあったそうでございます。

しかし今、陛下は、政などお忘れになったように後宮におこもりになり、楽しみばかり求めておいでです。臣下たちの、諫めの文書にさえ、お目をお通しになりません。国王は、臣下という手足を動かす心でございます。心が正しければ手足も正しく動き、心が正しくなければ、手足もきちんと働きません。また、『臣下が正しくても王がよこしまなら、国の病気はなかなかなおらない』という言葉もございます。

陛下！　杜元銑は、忠実ですぐれた臣下です。長く陛下におつかえしている元銑をお斬りになり、おきさきの言葉をお聞きいれになっていると、国が滅びますぞ。どうか元銑をお許しになり、陛下の御徳《おんとく》をおしめしください」

紂王は、これを聞くなり、ぴしゃりと決めつけた。

「梅伯、そちも元銑の一味であったか。とっとと出ていけ。後宮にまで入りこみおって。本来なら元銑と同じ罪にするところだが、今までの働きに免じて、官職をとりあげるだけで許してやる。ただし、もう二度ととりたてることはない。わかったな！」

梅伯は、ついに爆発した。

「妲己の言うがままの暗君め。今、元銑を斬ることは、元銑だけを斬るのではなく、朝歌の民すべてを斬るのと同じだ！　罷免《ひめん》するというが、こんな官職には、もはやなんの未練もない！　だが、耐えがたいかな、数百年続いた殷は、この暗君の手で滅びさるのだ！　聞仲《ぶんちゅう》どのが反乱をしずめに行かれている間に、何もかもがめちゃくちゃになってしまった。政治は腐りきり、天下も乱れんばかりではないか。死の国で、先帝陛下に合わせる顔がないわ！」

紂王は、はげしい怒りをあらわにして叫んだ。

「梅伯を連れてゆけ！　頭をたたきわって処刑せよ！」

すると、後ろから、妲己が紂王に呼びかけた。

「陛下、そんな処刑では罪をつぐないきれませんわ。後宮に入りこみ、眉をさかだてて陛下をののしったのですから、大逆罪です。わたくし、その罪にふさわしい処刑のしかたをぞんじております」

妲己が紂王にすすめたのは、「炮烙《ほうらく》」という、おぞましい処刑のしかたであった。罪人の手足を鉄の鎖で縛り、焼けただれた銅の柱にだきつかせて焼き殺すという、残酷きわまりない方法である。

紂王は、炮烙に使う銅の柱をいそいで作るように命じた。杜元銑の処刑はすぐに行われ、梅伯は、柱ができるまで牢《ろう》に入れられた。首相の商容は、あまりのことに官職を返上して、朝歌を去った。

やがて、高さ二丈、円周八尺、上中下に三つの火門がある、二十本もの大きな柱ができあがった。梅伯は、高官たちの目の前で炮烙にかけられ、紂王をののしりながら息たえた。高官たちは、炮烙のすさまじさに言葉をなくし、紂王のむごいしうちに心を痛めた。そして、このままでは近いうちに国が乱れるに違いないとうわさしあった。

四　費仲《ひちゅう》、計略により姜《きょう》皇后を廃する

「これで、みな、朕《ちん》をまどわすことを口にしなくなるわ。炮烙《ほうらく》こそ、まさに国の宝だな。妲己《だっき》よ、よいものをすすめてくれた」

紂王《ちゅうおう》は大喜びで妲己をほめ、新しい宝ができた祝いの宴会を開いた。宴《うたげ》は延々と続き、二更《にこう》の太鼓が鳴っても、盛りあがるばかりであった。すると姜《きょう》皇后が、さわぎを聞きつけ、輦《こし》に乗って寿仙宮《じゅせんきゅう》にあらわれた。

紂王は、ひどく酔っていたため、妲己に姜皇后を出迎えさせた。妲己は紂王にかわいがられてはいたが、位は皇后の方が上である。皇后を迎えるとき、ひざまずいておじぎをした。部屋に入っても、姜皇后が席についたかたわらに、妲己は立って控えていなくてはならない。

「そなたがせっかく寿仙宮にまいったのだ。ひとさし舞わせよう」

紂王が命じると、拍子にあわせて、妲己が歌いながら舞いはじめた。

衣服がゆらめき、あでやかな帯がふわりと宙を舞う。ひるがえるすそは地につくことなく、たおやかな腰が風を受けた柳のようにしなう。雨に濡《ぬ》れたさくらんぼのようなくちびるから、月の国の音楽のような歌声がこぼれ、はっきりとあたりの空気をふるわせた。軽やかな雲が峰の上で風とたわむれ、やわらかな柳が池の水をなでるかのような、みごとな舞いであった。

しかし、姜皇后は目を向けようともせず、ただ、うつむいている。紂王は、きげんをとろうとして、姜皇后に笑いかけた。

「妻よ、月日の流れははやく、歳月はとどまることがないのだぞ。なぜ、楽しもうとしない。妲己の舞いは、まさに天上のもの。この世ではなかなか見られない、宝と呼ぶにふさわしいものではないか。なぜ、喜ばず、顔をあげないのだ？」

「妲己の舞いなど、めずらしくもなんともございませんわ。ましてや宝などであるはずがございません」

姜皇后は席を立って、紂王の前にひざまずいた。

「では、何が宝だと、そなたは言うのだ？」

「道を知る君主は、財貨をいやしみ、徳を尊び、讒言《ざんげん》や色を遠ざけるとうかがっております。これこそ、君主としての自省の宝です。いわゆる天の宝は日月星辰《じつげつせいしん》（太陽や月や星）で、五穀園林《ごこくえんりん》は地の宝、忠臣や良将は国の宝、孝行な子供や賢い孫は家の宝です。この四つが天地国家の宝というものでございます。

ところが今、陛下は、酒色にお溺れになり、歌舞音曲《かぶおんぎょく》にうつつをぬかしておいでです。ほしいままにぜいたくばかりしておいでです。人を陥れようとする言葉に耳をおかたむけになり、よこしまな者をお信じになって、忠実な臣下をお殺しにもなりました。そして、蘇美人《そびじん》の言うがままになっておいでです。そんなものを宝と呼ぶのなら、それは国を滅ぼす宝でございます。

陛下、どうか身をおつつしみになり、徳をお高めください。政《まつりごと》におつとめになって、民を幸福にしてください。天下がおだやかにおさまって、みなが幸せになった時、わたくしも、陛下とともに心から楽しみましょう」

姜皇后は、言うだけ言うと、あいさつをし、さっさと寿仙宮を出ていった。紂王は、酒の酔いも手伝って、姜皇后にひどく腹を立てた。

「せっかく舞いを見せてやったのに、あてこすりを言いおって。皇后でなければ、ただちに処刑してやるものを！　妲己よ、朕の心にかなうのはそちだけじゃ。もう一度舞いを見せよ」

だが、妲己は、舞おうとしなかった。紂王の前にひざまずき、ただ首を横にふっているばかりであった。

「わたくしは、もう二度と、歌ったり舞いを舞ったりいたしません」

「どういうことだ」

「皇后陛下は、わたくしを責め、わたくしの舞いを国を滅ぼす宝だとおおせになりました。わたくしが陛下のお心を乱し、悪い行いをさせているとおおせになりました。このことが広まれば、みながわたくしを責めましょう。どんな罰を受けても、この罪をつぐなうことはできません」

言うなり、雨のように涙をこぼした。

紂王は、あらためて姜皇后への怒りをあらわにした。

「そちに罪はない。そちは朕のそばにおればよいのだ。明日にもあれを皇后の位からおろして、そちを皇后にしてやろう。なんの心配もいらぬ」

妲己は感謝し、すっかりきげんをなおした。そして、宴は、昼夜を分かたず続けられたのである。

しかし、紂王は、何日たっても、姜皇后を位からおろすそぶりさえ見せなかった。

妲己には、一日一日が待ち遠しくてたまらない。

ところで、紂王のきさきたちは、月に二回、満月と新月の日に、皇后に朝のあいさつをしにいくことになっていた。妲己も、先日寿仙宮で姜皇后に、紂王の美人として認められたので、あいさつに行かなくてはならなくなった。

妲己が中宮《ちゅうぐう》に行くと、姜皇后が宝座にこしかけ、次々と訪れるきさきたちのあいさつを受けていた。その左には西宮《さいぐう》の黄氏《こう》、右には馨慶宮《けいけいきゆう》の楊氏《よう》という、位の高いきさきたちが控えている。姜皇后は、四大諸侯の一人で東伯侯《とうはくこう》の姜桓楚《きようかんそ》の娘であり、黄氏は武成王《ぶせいおう》の黄飛虎《こうひこ》の妹である。

妲己がひざまずいてあいさつすると、姜皇后は、身を起こすように命じた。

「これがあの蘇美人ですのね」

黄氏と楊氏がうなずきあう。姜皇后は、いきなり妲己を、きびしくしかりつけた。

「陛下が政をお忘れになり寿仙宮におこもりになっていらっしゃいます。そなたが朝に歌い夕べに舞って、お引きとめしているからにほかなりません。陛下はそなたのせいで朝からお酒に溺れ、みなの諫《いさ》めにも耳を貸さないばかりか、忠実な臣下をご処刑にもなりました。

これまでの国の乱れは、すべてそなたが引きおこしたものです。今すぐ悔いあらためなさい。そして陛下を正しい道におもどしなさい。これ以上勝手気ままにふるまうなら、中宮の法によって罪に問います！　おさがり！」

妲己は声も出せず、中宮を出た。はずかしく、くやしくてたまらない。寿仙宮に帰っても、ため息をつき歯ぎしりをして、落ちつかなかった。

「姜皇后め！　陛下は皇后にしてくださるとおっしゃったけれど、今、皇后の位にいるのはあの女。あの女がいるかぎり、こんなはずかしめを受け続けなくてはならないのだわ」

そう思うと、くやしくてくやしくて、涙があふれてきた。

ついに妲己は、じゃまな姜皇后をなんとか始末しようと考えた。妲己は、後宮の外に手を貸してくれる者はいないかと考え、侍女を使いに出し、費仲《ひちゆう》に密令を下した。

命令を受けた費仲は、とまどった。

姜皇后は姜桓楚の娘である。何かあれば、東魯《とうろ》ににらみをきかせる姜桓楚がだまっているはずがない。しかし、妲己も紂王にかわいがられている。きげんをそこねたら、何を告げ口されるかわからない。日ごろのしうちが、自分の身に返ってくるのである。どちらにつくか間違えば、たちまち首が飛んでしまう。

考えた末、費仲は、妲己にとりいることにした。

費仲は、東魯出身の姜環《きようかん》というごろつきに紂王を襲わせて姜皇后を陥れる計略を立てた。それを侍女を通して妲己に伝え、日を打ち合わせた。

当日、妲己のすすめで分宮楼《ぶんきゆうろう》を出た紂王を、宝剣を手にした姜環が襲った。姜環はすぐに左右の者に取り押さえられた。費仲は自分が取り調べると申し出て、姜環を午門《ごもん》の外に連れだして尋問した。拷問するまでなく刺客はすぐに答えた。計略通りである。

謀略のことなど知らないみなは、大殿《だいでん》で、静まり返って費仲の言葉を待った。

「どうであった？」

紂王の問いに、費仲が答える。

「恐れ多くて申し上げられません」

「尋問して明らかになったのであろう、なぜ報告しないのだ？」

「申し上げるだけで罪になるからでございます」

「罪は問わぬから申せ」

紂王の許しを得た費仲は、ようやく口を開いた。

「刺客は、姓を姜、名を環と申し、東伯侯・姜桓楚の家将《かしょう》でございました。皇后陛下のご命令で陛下をなきものにし、御位《おんくらい》を奪い、姜桓楚を天子の座につけようとしたものでございます。幸い国に加護があり天地の守りがあり、陛下の御福運がならびないものであったために、謀《はかりごと》は破れて賊は即座に捕らえられました。どうぞみなを集めて協議し、罪をお定めください」

紂王は机をたたいて怒りをあらわにした。

「皇后でありながらそのような無道をなすとは、皇族であるからといって容赦はできぬ。内部にひそむ禍《わざわい》こそ放っておけぬ。ただちに西宮の黄貴妃《こうきひ》に尋問させよ！」

雷のように怒り、紂王は寿仙宮にもどった。

大臣たちはあれこれ議論したが、嘘《うそ》か真《まこと》かわからない。九間殿《きゅうけんでん》に集まったまま、西宮の黄氏が姜皇后を取り調べるのを待つことにした。

一方、話を聞かされた姜皇后は、あまりの濡《ぬ》れ衣《ぎぬ》に大声をあげて泣き、西宮に連れていかれた。姜皇后は黄氏の前にひざまずいた。

「わたくしの心に一点の曇りもないことは天地がごぞんじです。不幸にも罪を着せられたのです。わたくしの日ごろの行いに鑑《かんが》みて、真実をつきとめ、いわれない罪を晴らしていただけますよう、賢妃様にお願いいたします！」

「聖旨《せいし》にあるように、そなたが姜環に命じて陛下を弑《しい》したてまつり、成湯《せいとう》の天下を簒奪《さんだつ》して東伯侯・姜桓楚を御位につけようとしたというのは真ですか？　事は重大であり、もし真実であれば罪は九族に及びます」

「賢妃様、わたくしは姜桓楚の娘です。父は東魯をおさえる二百諸侯の頭《かしら》、国の外戚《がいせき》で位人臣を極めております。さらに、わが子殷郊《いんこう》は皇太子に立てられており、陛下亡き後は御位を継ぎ、わたくしは太后となります。父を天子になどと考えるわけがございません。そして天下の諸侯は、わたくしの父ばかりではございません。罪を問う戦《いくさ》となればどのようなことになるでしょう？　どうか詳しくお調べになって、冤罪《えんざい》をお晴らしください。陛下に真心をお伝えいただければ、このご恩は決して忘れません！」

言い終わらないうちに催促する命令が届き、黄妃は輦《こし》に乗って寿仙宮にむかった。紂王に招き入れられ、あいさつを終える。

「あやつめは白状したか？」

　黄妃は答えた。

「ご命令を受け、きつく問いただしましたが、半点の私心もなく、貞淑で賢く徳を備えております。陛下の妻として長年おつかえして恩寵《おんちょう》をたまわり、皇太子殿下をお産みになり、いずれは太后となられる身に何の不足があって一族に禍が及ぶようなことをいたすのでしょう！　姜桓楚に致しましても、東伯侯として位人臣を極めた皇族が刺客を送るなど道理にかないません。ましてや皇后陛下は御位についてからの年月、まことに礼儀にかなったお方でした。どうぞ陛下、濡れ衣であることをお察しになり、誣告《ぶこく》をしりぞけて聖徳をお示しください。皇太子殿下の御生母をお憐《あわ》れみになり、お許しください。どうか！　どうか！」

　これを聞いた紂王がそれもそうだと判断に迷っていると、かたわらの妲己がかすかに冷笑した。紂王がその笑みに気づいた。

「何がおかしいのだ？」

「黄娘《こうニャンニャン》娘は姜皇后にだまされているのですわ。

　およそ何かをしでかす者は、良い事は自分がしたことに、悪い事は他の誰かがしたことにするのですわ。ましてや大逆のような大事を軽々しく認めるわけがありません。それに、姜桓楚のもとにいた姜環が誰の指示か白状しているではありませんか。重い刑罰を加えれば、きっと認めますわ！」

「美人の言うこともっともだ」

紂王は妲己の言うがままに、罪を認めなければ片方の目をえぐると姜皇后にせまった。姜皇后は潔白を主張して認めなかったため、ついに目をえぐられ血だらけになって気を失った。

えぐりだされた血のしたたる目玉を見せられた紂王は、さすがに長年の恩愛を思って悔い、うつむいて何も言わなかった。やがて紂王はふりむき、妲己を責めた。

「軽々しくそちの言うことを信じて、罪を認めぬ姜皇后の片方の目をえぐることになってしまった、どうしてくれるのだ？　百官たちは承知せぬであろう、どうしたものか」

「姜皇后が認めなければ百官たちを黙らせることはできませんわ。東伯侯も、娘が濡れ衣を着せられたと聞いては黙っていないでしょう。つまり、何が何でも姜皇后に罪を認めさせなければならないのですわ」

紂王は進退きわまり、あせりを抑えて黙っていたが、しばらくして妲己にたずねた。

「次はどのような方法を使うのだ？」

「こうなったら白状するまでやめることはできませんわ。むごたらしい拷問にかければ、おそれて罪を認めるでしょう。銅の大きな斗《ます》を用意し、炭を入れて火で真っ赤に焼き、もし白状しないなら両手を炮烙《ほうらく》にかければ、認めないわけがありませんわ」

「黄妃の話では、まったくの無実だという。目をえぐるという間違いをしでかした上に、さらにこのようなむごい刑罰を加えては百官に何を言われることか」

「それは違いますわ！　こうなったら姜皇后を責めたてて罪を認めさせてしまわなければ。陛下はいつだって正しくなければならないのですもの」

だが、姜皇后の意志は固く、ついに十本の指を炮烙にかけられ、気を失って倒れた。黄妃はあまりのむごたらしさに心を引きちぎられ、はげしく泣いた。

紂王は、姜皇后が罪を認めずに指を焼かれたと聞くと、ひどく驚いた。妲己はひざまずき、

「お気になさることはありませんわ。刺客の姜環を西宮に連れていかせ、面会させれば必ず罪を認めます」

「そのようにはからえ」

紂王の命令により、姜環が西宮に連れていかれ、姜皇后と面会することになった。姜皇后は無残な姿で、一つの目を大きく見開いて姜環を見すえ、ののしった。

「極悪人め！　なぜわたくしを陥れようとする？　大逆の罪をかぶせようとするなど、天地も決して許さぬであろう！」

「娘娘がお命じになったことではありませんか。小人《それがし》は従ったまで。お隠しにならなく

ても、本当のことではありませんか」

黄氏は怒りをあらわにした。

「姜環、この匹夫《ひっぷ》め！　姜娘娘がこのようなむごい刑罰を受けたのを見て何も思わぬのか！」

だが姜環はふてぶてしく、黄氏がどんなに問いつめても、姜皇后に頼まれて天子の命をねらったのだと言いはった。


ところで、姜皇后には、殷郊と殷洪《いんこう》という二人の王子がいる。兄の殷郊は十四歳、弟の殷洪は十二歳。その日、皇太子の殷郊が住まう東宮《とうぐう》で、二人は碁を打っていた。知らせを受けて、二人は西宮にむかった。

姜皇后は、子供たちの声を聞くと、濡れ衣を晴らして仇《かたき》を討ってくれと言いのこし、ついに、うめき声をあげて息たえた。目の前で母を失った殷郊は、ひざまずいている姜環を見て、

「きさまが姜環だな。おまえのせいで母上は！」

怒りのあまり、一声叫んで剣をふりおろした。

「殿下、なりません」

黄氏の言葉はとどかず、殷郊は姜環を斬り殺した。そして、それでもおさまらず、剣

を持ったまま、寿仙宮へとむかった。

「ああ、これで姜皇后さまの濡れ衣が晴らせなくなってしまいました。殿下、すぐに兄上をお連れもどしください。剣を持って陛下のいらっしゃる寿仙宮にむかうのは、陛下に刃《やいば》をむけたのと同じ罪になります」

黄氏は、残った殷洪に、いそいで後を追わせた。殷洪に止められて殷郊が帰っても、黄氏の表情は晴れなかった。

「両殿下、よくお聞きください。皇太子殿下が剣をたずさえて寿仙宮におむかいになるところを、晁田《ちょうでん》と晁雷《ちょうらい》に見られました。すぐに陛下のお耳に届くでしょう。もう、逃れるすべはございません」

晁田と晁雷は紂王の忠実なしもべである。そう言っている間にも、晁田たちが西宮へとやってきた。黄氏は一人で西宮の門へと出ていった。

「そちたちは、なんの理由があって、わが西宮へとまいったのだ」

「陛下の命を受けて、両殿下のお首を頂戴に参上しました」

晁田は竜鳳剣《りゅうほうけん》（天子が使う宝剣）を黄氏に見せた。天子の剣を渡されるということは、どんな位の高い者でも容赦せずに斬っていいということである。

「おろか者！　両殿下なら東宮ではないか。さては、わが西宮の侍女をからかいにまいったのだな。このふとどき者め。陛下の剣をたずさえていなければ、ただちに罪に問うところじゃ。さっさと下がるがよい！」

日ごろはもの静かな黄氏であるが、さすがに武成王・黄飛虎の妹である。すさまじい剣幕でどなりつけた。晁田兄弟は気迫に押され、奥まで見ずに、東宮めざして去っていった。

黄氏は、あわてて部屋の中にかけもどり、泣きながら二人の王子に逃げるように告げた。

王子たちは、九間殿に残っていた大臣たちに助けを求めた。皇族でもある微子《びし》や箕子《きし》、比干《ひかん》、微子啓《びしけい》、微子衍《びしえん》、武成王の黄飛虎や、上大夫《じょうたいふ》の楊任《ようじん》をはじめとする文武百官は、王子たちに同情したが、なすすべはない。すると、方弼《ほうひつ》と方相《ほうそう》という二人の武官が進みでて、王子たちを王子たちの母方の祖父にあたる東伯侯の姜桓楚のもとに送りとどけ、援軍を求めて朝歌《ちょうか》を攻め、紂王を倒すといきまいた。王子たちは、大男の方兄弟に背負われて朝歌を後にした。

紂王は追っ手をかけた。武成王の黄飛虎は、二人が逃げのびるようにと手をつくしたが、運悪く二人は捕らえられて、朝歌に連れもどされた。

紂王は、すぐに二人を処刑しようとした。処刑を止めようとする大臣たちが、午門に集まってさわぎだす。

このとき、突然、あやしい風が砂を舞いあげて荒れくるい、あたりがまっ暗になった。

泰山《たいざん》がくずれたかのような轟音《ごうおん》がとどろき、みなが顔をおおう。

風がおさまった時には、二人の王子の姿は跡形もなかった。

この騒ぎの中、商容《しょうよう》がもどってきて諫《いさ》めたが、紂王は聞きいれないばかりか、商容まで罪に問おうとした。

商容は紂王をののしり、これでは先帝に申し訳ないと叫びながら、宮殿の柱に頭を打ちつけて自殺してしまった。

五　姫昌《きしょう》、燕山《えんざん》で雷震《らいしん》を収める

紂王《ちゅうおう》は姜桓楚《きょうかんそ》の復讐《ふくしゅう》をおそれた。そして、妲己《だっき》のすすめで費仲《ひちゅう》に相談し、事がもれないうちに四大諸侯を朝歌《ちょうか》に呼びよせて殺してしまうことにした。

ここ、西伯侯《せいはくこう》・姫昌《きしょう》が治める西岐《せいき》にも、「すみやかに朝歌に上《のぼ》り政治を助けよ」という紂王の命令が届いた。姫昌は、命令をうやうやしく受けると、使者を厚くもてなした。そして翌日、上大夫《じょうたいふ》の散宜生《さんぎせい》にむかって告げた。

「わしは朝歌におもむかなければならなくなった。国内の政治のことはそちに、外交のことは南宮适《なんきゅうかつ》、辛甲《しんこう》らにまかせる」

また、長男の伯邑考《はくゆうこう》に言いつけた。

「きのう、使者が帰ってから、一卦《いっけ》立ててうらなってみたところ、命まで失うことはないが、七年の大難にあうと出た。おまえは西岐に残って、しっかりと国を治めていなさい。法を守って、今まで通りのことをしていればよいのだ。兄弟どうし仲良くし、臣下たちと力を合わせよ。

住民に妻を求めている者がいたら金をやって結婚できるようにとりはからい、貧しい家の娘には嫁入りじたくを整える金銀を与えなさい。身よりのない者には毎月かかさず食べ物と金を与えなさい。

わしは七年たてば必ず無事に帰るのだから、あれこれ動いて早く帰国させようとしてはならない。このことを決して忘れるでないぞ」

「父上。父上が災難にあわれるのなら、わたくしが代わりにまいります。そうすれば、父上はご無事でしょう？」

「邑考よ、これは運命、天が定めた数、すなわち天数なのだ。さけようとしてもさけられない。あれこれしようとせず、父の言うことを聞きなさい。それでこそ孝行だ」

姫昌は、続いて後宮《こうきゅう》へ行き、母の太姜《たいきょう》、正妻の太姫《たいき》をはじめ、たくさんの妻たち、九十九人の子供たちに別れを告げた。

次の日、姫昌は五十人の供を連れて、西岐を出発した。上大夫の散宜生、大将軍の南宮适などの臣下たち、長男の伯邑考、次男の姫発《きはつ》、それに兵士や住民たちまでが、遠くまで姫昌を見おくった。姫昌は、みなに「七年後にまた会おう」と告げ、伯邑考に「くれぐれも兄弟仲良くせよ」と言いきかせ、去っていった。

姫昌の一行は、その日のうちに七十里（一里は日本の約六分の一）あまり進んで岐山《きざん》に着き、翌日には燕山《えんざん》に着いた。すると、ふいに姫昌が馬上で叫んだ。

「雨宿りできる村か林はないか？　まもなく大雨になるぞ」

供の者たちは、ふしぎそうにたずねた。

「空はよく晴れていて、雲一つなく、太陽が照りつけています。それなのに、雨が降るとおっしゃるのですか？」

そう言っている間に、みるみる雨雲が広がりだした。姫昌は、馬に鞭《むち》をあてて急がせ、林へとかけこんだ。供の者たちが林まで来た時、とうとう雨が降りだした。ひょうたんを逆さにし、たらいをかたむけたような、はげしい雨であった。半時辰《はんじしん》（一時間）ほど雨が降りつづいた後、

「気をつけろ！　雷が落ちるぞ」

またしても姫昌が叫んだ。そのとたん、天地をふるわせ、高い山をくずすほどの大きな音を立てて、雷が落ちた。みなは驚いて身を寄せあった。

すぐに雨はやんで雲が散り日がさして、みなは林から外に出た。姫昌は、濡《ぬ》れたまま馬上からあたりを見まわした。

「雷は光を生む。将星があらわれたはずだ。みなも将星を探すのだ」

みなは笑っていたが、やがて近くの古い墓のところで赤ん坊が泣いているのが見つかった。桃のようなほおをして、瞳に強い光のある赤ん坊であった。姫昌は、この子供こ

そ将星に違いないと言って、百番目の子供にした。

そこへ、ふいに雲中子《うんちゅうし》があらわれて、将星を預かりたいと申し出た。姫昌が許しを与えると、雲中子は、赤ん坊を「雷震子《らいしんし》」と名づけて、七年後に帰すと言いのこし、姿を消した。


やがて姫昌は朝歌に着いた。ほかの三人、すなわち東伯侯《とうはくこう》・姜桓楚、南伯侯《なんはくこう》・鄂崇禹《がくすうう》、北伯侯《ほくはくこう》・崇侯虎《すうこうこ》は、すでに集まっていた。

四人は酒をくみかわして再会を祝い、なぜ急に紂王が四人を呼び集めたのかととりざたした。だが、酔いがまわってくると、つまらないことでけんかがはじまるものである。鄂崇禹が、日ごろ崇侯虎があちこちの工事に民をかりだしてしいたげ、費仲《ひちゅう》や尤渾《ゆうこん》に賄賂《わいろ》を贈っているとなじりだした。あわやつかみあいのけんかになりかけたが、姫昌になだめられ、崇侯虎は怒りをこらえて先に眠りについた。

三人は、さらに杯を重ねた。楽しく酔い、二更《にこう》の太鼓が鳴ったころ、

「こよいは楽しくお酔いなさい。明日は市場で血に染まる」

そんな気味の悪いことをささやいた者がいた。夜遅くであたりは静まりかえっており、言葉ははっきりとしている。

「だれが言っているのかね」

姫昌がたずねると、声の主は、使命官の下男の姚福《ようふく》と名のり、姜皇后が亡くなったこと、二人の王子がふしぎな風にさらわれたことを語った。そして、紂王が四人を殺そうとしていることを教えた。

姜桓楚は、娘が罪を着せられ、ひどい目にあって息たえたと聞くと、「なんたること！」と一声あげて、その場に倒れてしまった。姫昌は姜桓楚を助けおこした。

「いたましいことですが、死んでしまった者はかえりません。せめて、明日の朝早く陛下にお目にかかり、強くお諫《いさ》めして、正しい道におもどりいただきましょう」

翌日の朝早く、四大諸侯は王宮にむかった。

紂王へのあいさつがすむと、さっそく、それぞれが書いた文書を亜相《あしょう》の比干《ひかん》を通じて紂王にさしだした。しかし、紂王は文書を受けとろうともせず、四人を処刑しようとした。

すると、費仲と尤渾が進みでて、日ごろ賄賂を欠かさない崇侯虎の命ごいをした。崇侯虎は、寿仙宮《じゅせんきゅう》をつくる時にも多くの民を出して力をつくしていたので、紂王は崇侯虎を許した。

つづいて、武成王《ぶせいおう》の黄飛虎《こうひこ》や比干らが姫昌の命ごいをした。姫昌は徳の高い人物として知られていたので、紂王は姫昌も許すことにした。さらに楊任《ようじん》たち六人の大夫が、残る二人の命ごいをしたが、紂王はとうとう聞きいれなかった。

崇侯虎と姫昌が王宮から出ていき、紂王が会議を終えると、費仲が紂王にささやいた。

「陛下、姫昌どのをお許しになって、まことによろしかったのでしょうか。うわべは従っているように見えますが、腹の中ではどんなことを考えているか、あやしいものでございます。国もとに帰って、姜桓楚や鄂崇禹の息子たちとはかって攻めのぼってきたら、いかがなさいます。

わたくしめは、姫昌どのの送別の宴《うたげ》を訪れて、腹の内を探ってまいろうと思いますが、いかがでございましょうか」

「なるほど、よい考えだ」

翌日、姫昌は朝歌を離れ、城外十里のところにある駅亭で武成王の黄飛虎、微子《びし》、箕子《きし》、比干といった高官たちと別れの杯をかわした。

姫昌は酒豪である。みなのあいさつを受けて、百杯をこすほど、楽しく杯を重ねた。

やがて、費仲と尤渾も別れをのべに来た。ほかの者たちは、費仲たちをおそれて、一人また一人と帰っていき、三人だけとなったが、姫昌は、にこにこしながら相手をした。

費仲たちは、さらに何度も酒をすすめながら、こんなことをたずねた。

「姫昌どのは、うらないで、なんでもピタリとお当てになるが、はずれることはないのですか？」

酔いがまわってきて、さすがに姫昌も口が軽くなっていた。

「この世の中のさまざまなことは、一定の法則に従って起こっているのだ。いわゆる天数だ。すでに定まっているという意味で、先天数と呼んでもいい。わしはそれを読み取っているにすぎない。だからはずれることはない。うらないの結果を見て、人はわざわいをさけようとするがね」

「では、そのうらないでは、殷《いん》はこれからどうなると出ていますか？」

姫昌は費仲たちに注意をはらうことを忘れて、口をすべらせた。

「殷はいずれ滅びる。陛下は大往生をおとげになることはないだろう、申し上げにくいことだが」

「それは、いつごろ？」

「二十八年を過ぎることはない。戊午《ぼご》の年の甲子《こうし》の日であろう」

費仲と尤渾は、ニヤリとうなずきあい、深くため息をついてみせた。そして、姫昌に、さらに酒をすすめた。

「では、わたくしどもは、どんな最期をとげるでしょうか？」

姫昌は嘘《うそ》が言えないので、そでの下で指を折ってうらない、首をかしげた。

「ふしぎなこともあるものだ」

「なんと？」

費仲たちは、笑いながらたずねた。

「どういうことかわからないが、雪と氷をかぶって、氷づけになって亡くなると出ている」

姫昌が大まじめなので、二人は笑いをこらえられなかった。

「では、姫昌どののご最期は？」

「わしはなんとか大往生できそうだ」

二人は、さらに酒をすすめてから、あいさつをして、姫昌のもとを去った。


酒席が果てると、失言に気づいた姫昌は、その場を逃れようとした。だが、すぐに追っ手がかかり、とらえられて紂王の前に連れていかれた。

「せっかく許してやったというのに、そちは朕《ちん》が大往生をとげられず、そちは良い最期を迎えるなどと申したそうだな」

紂王は、眉をさかだてて姫昌をどなりつけた。

「あやしげなことを言って人をまどわすふとどき者め！　先天数などというものがいかにいいかげんか、朕がそちに教えてやろう。すばらしい最期を迎えるがいい！」

紂王が姫昌を処刑するように命じた時、黄飛虎や七人の大臣が進みでて、ひざまずいた。

「陛下、どうか姫昌どのをお許しください。先天数は、伏義《ふつき》さまが見いだした由緒正しいもので、決して姫昌どのの作ったでたらめではありません。お信じになれないならば、何かうらなうようにお命じになって、当たれば無罪とし、当たらなければ罪をお問いになってはいかがでしょうか？」

「ならば、今現在の吉凶をうらなってみよ！」

姫昌は、金銭《かね》をとりだしてうらない、ぱっと顔をあげた。

「陛下！　たいへんでございます。明日、代々の陛下をおまつりするみたまやが火事になります。これは大凶です。殷の国の運命にかかわりましょう」

「明日の何時《いっ》ごろじゃ？」

「正午でございます」

姫昌はひとまず牢《ろう》につながれた。紂王は、みたまやをかたく守らせ、明日は香も焚《た》かないようにと命じた。

一日がたった。黄飛虎をはじめ高官たちは王宮に集まって、かたずを飲んで見守っている。

「ただいま正午でございます」

時刻を告げる声がかかった。今のところ、みたまやに火の気《け》はない。高官たちはざわめきだした。

その時、ふいにピカリと稲妻が走り、ガラガラと天地をふるわせる音が鳴りひびいた。そして、陰陽官《いんようかん》があわただしくかけこんできた。

「たいへんでございます。みたまやが火事になりました」

紂王は魂魄《たましい》が飛びだすほど驚いた。そして大臣たちに、こう約束した。

「うらないが当たった以上、姫昌を罪には問わない。だが、帰国も許さぬ。しばらく羑《ゆう》里《り》（城の名。河南《かなん》省の湯陰《とういん》県にある）に住まわせ、国が安泰となってから帰国させよう」

こうして、姫昌は羑里におもむくことになった。姫昌は七年の災難をあまんじて受けるつもりでいた。天数とわりきり、屋敷に身をおちつけて、伏羲の八卦を研究しようと考えていた。八卦を二つ重ねて六十四卦にし、さらに三百六十爻《こう》の象《しょう》に分けて、誰にでも簡単にうらなえるようにするつもりだった。

姫昌が羑里に行ってしばらくすると、にわかに天下がさわがしくなった。父の跡を継いで東伯侯になった姜文煥《きょうぶんかん》が四十万の軍をおこして遊魂関《ゆうこんかん》を攻めた。さらに、同じく父の跡を継いで南伯侯になった鄂順《がくじゅん》が二十万の軍をおこして三山関《さんざんかん》を攻めてきた。四大諸侯はそれぞれ二百諸侯をおさえているから、これで天下の八百諸侯のうち、半分にあたる四百諸侯が殷に反旗をひるがえしたことになる。

あわただしくなったのは、人間の世界ばかりではなかった。

ここ、乾元山金光洞《けんげんざんきんこうどう》の仙人・太乙真人《たいいつしんじん》のもとにも、崑崙山《こんろんざん》の玉虚宮《ぎょくきょきゅう》からの命令がとどいていた。崑崙山の玉虚宮こそは、闡教《せんきょう》の指導者である元始天尊《げんしてんそん》の住む至高の洞府である。命令は、玉虚宮の仙童である白鶴童子《はっかくどうじ》によって伝えられた。

「近いうちに姜子牙《きょうしが》を山からおろす。それに先だち、霊珠子《れいじゅし》を人間界におくられたし」

太乙真人は、命令を受けると、さっそく、一人の老人に宝珠「霊珠子」と、宝物の腕輪「乾坤圏《けんこんけん》」そして宝物の紅の布「混天綾《こんてんりょう》」をわたし、人間界にむかわせた。

六　哪吒《なた》、陳塘関《ちんとうかん》に生まれる

さて、陳塘関《ちんとうかん》というところに、李靖《りせい》という総兵《そうへい》（司令官）がいた。李靖には、殷《いん》氏という妻がいて、金吒《きんた》、木吒《もくた》という二人の子供がいる。

殷氏は三人目の子供をみごもっていた。しかし、三年六ヶ月たっても子供は生まれてこなかった。もしや妖怪なのではないかと夫婦で心配していたところ、ある夜、殷氏が、ふしぎな夢を見たと言って李靖を起こした。

「この部屋に、道服《どうふく》（道士の着る服）を着た老人があらわれましたの。わたくしが、部屋に入ったことをとがめると、ふしぎな老人は、『すばらしいお子様になりますぞ』と言いながら、ふところに何かをおしこんだのです。

驚いて目をさますと、冷や汗でびっしょりになっていました。ねえ、あなた、これは良い夢なのかしら、それとも……」

話が終わらないうちに、殷氏はおなかが痛いと言いだし、子供が生まれそうになった。李靖が部屋から出されて、子供が生まれるのを、今か今かと待ちわびていると、

「奥方さまが、妖怪をお産みになりました」

声を受けた李靖は、あわてて宝剣をつかみ、部屋にとびこんだ。

部屋の中には赤いもやがわき、ふしぎな香りがたちこめて、毬《まり》のような肉のかたまりが車輪のようにくるくると動きまわっていた。

李靖は驚いて、「やあっ！」と肉のかたまりに斬りつけた。すると、

「やあっ！」

返事をするかのように、かわいらしい元気な声がかえった。

そして、切れ目の入った肉のかたまりがさっと開いて、赤い光とともに小さな男の子がとびだした。

顔はおしろいをぬったように白く、右手に金の腕輪をはめ、目もくらむような紅の布をおなかにまいている。これこそ陳塘関に下った神聖、姜子牙《きょうしが》の先行官《せんこうかん》（先鋒《せんぽう》）として人間の世界につかわされた霊珠子《れいじゅし》の化身《けしん》である。李靖夫婦は生まれたのが妖怪ではなく、かわいらしい子供だったので、ともに喜んだ。

翌日、出産を祝って、たくさんの人々が李靖のもとを訪れた。その中に、一人の道士がいた。

李靖は、かつて西崑崙《にしこんろん》の度厄真人《どやくしんじん》に弟子入りして道術を学んだことがある。しかも、長男の金吒を五竜山《ごりゅうざん》の雲霄洞《うんしょうどう》の文殊広法天尊《もんじゅこうほうてんそん》に、次男の木吒を九宮山《きゅうきゅうざん》の白鶴洞《はっかくどう》の普《ふ》

賢真人《げんしんじん》に弟子入りさせていた。だから、道士がやってきたと聞くと、ていねいにもてなした。

「貧道《ひんどう》は、乾元山《けんげんざん》の金光洞《きんこうどう》に住まう、太乙真人《たいいつしんじん》と申す者。将軍、ご令息のお誕生、おめでとうございます」

李靖は求められるままに、子供を太乙真人に見せた。

「やはり……まちがいございません。この腕輪は『乾坤圏《けんこんけん》』、紅の布は『混天綾《こんてんりょう》』、ともにわが金光洞の宝物でございます。つまり、この子供はわが洞と、浅からぬつながりがございます。ところで将軍、お子さまは、何時ごろお生まれになりましたかな？」

「丑《うし》の刻《こく》（午前二時ごろ）でしたが」

「かんばしくありませんな。それでは、この子は、千七百人も人を殺すことになります」

李靖は驚いて子供を見つめた。むじゃきに笑っているこの子供が千七百人もの人を殺すとは、とても信じられなかった。

「ところで、お名前はもうお決まりですか。もし、お決まりでなければ、貧道が名づけ親になり、弟子にしたいのですが、いかがなものでしょう？」

「願ってもないことです。この子には、金吒、木吒という二人の兄がおり、それぞれ仙人に弟子入りしております。いずれはこの子もどこかに弟子入りさせようと思っておりました」

太乙真人は、子供を哪吒《なた》と名づけ、李靖のもてなしをことわって、去っていった。

やがて、李靖のところにも、姜文煥《きようぶんかん》と鄂順《がくじゆん》が殷に反旗をひるがえしたことが知らされた。李靖は、いつ敵が攻めよせてもだいじょうぶなように、毎日兵士たちを訓練した。

何事もなく七年がたった。

哪吒は七歳になり、背も六尺ほどになった。あいかわらず右手に金色の乾坤圏をはめ、腰に赤い混天綾をまいている。

五月の、ひどく暑い日であった。今日も李靖は兵士たちを訓練しに出かけている。その留守に、哪吒は、李靖の家来を一人つれて、陳塘関の外にある九湾河《きゆうわんが》に出かけた。汗でびっしょりになった哪吒は、川を見ると水遊びがしたくなり、服をぬいで岩の上にすわり、七尺の混天綾を水の中に入れ、水浴びをはじめた。すると、川の水が赤くそまり、布を動かすたびに川が動き、布がゆれるたびに天地がゆれ動いた。

ところで、この川は東海にそそいでいる。東海には水晶宮《すいしようきゆう》、つまり竜宮《りゆうぐう》があって、東海竜王・敖光《ごうこう》が住んでいる。竜王は、突然、水晶宮がぐらぐらゆれたので、何がおきたのかと思い、家来の巡海夜叉《じゆんかいやしや》の李良《りりよう》に見にいかせた。

「小僧、何を使って川の水を赤くそめ、宮殿をゆらしているのだ?」

巡海夜叉は水面から顔を出し、哪吒に呼びかけた。

哪吒がふりむくと、藍色の顔に赤い髪をはやした、大きな口から牙《きば》をのぞかせた化け物がいた。化け物は、手に大きな斧《おの》を持って、哪吒をにらみつけている。

「おい、お化け。呼んだのはおまえか？」

「お化けだと！　無礼者！　それがしは東海竜王におつかえする巡海夜叉の李良だ」

李良は水からとびあがり、哪吒めがけて大きな斧を打ちおろした。哪吒は、さっと身をかわし、「それっ！」とばかり、乾坤圏を投げあげた。乾坤圏が空中でむきをかえ、李良の頭めがけて落ちかかる。李良はよけきれず、頭を二つにわられて死んでしまった。

「なんだい、弱っちいやつ。乾坤圏が汚れちゃったじゃないか」

哪吒は、血のついた乾坤圏を川で洗った。この二つの宝物の力で水晶宮がぐらぐらとゆれ、倒れそうになっていることなど、知りもしない。

しばらくすると、ざわざわと波がたち、川の水が数尺ももりあがった。

「大水だ、大水だ、おもしろいな」

哪吒がながめていると、ぱっくりと波がわれて、逼水獣《ひっすいじゅう》（カバに似た水獣）に乗った武将があらわれた。きらびやかなよろいを身につけ、手に画戟《がげき》を持った、勇ましい人物であった。

「巡海夜叉の李良を殺したのはきさまだな」

「そうだよ」

「きさまは何者だ？」

「ぼくは陳塘関の李靖の息子の哪吒さ。水遊びをしていたら、いきなりとびかかってきたから、打ち殺しちゃったんだ」

「なんということを！　李良は天帝の命令で海の見まわりをしている天界の役人だぞ。それを殺すということは、天に弓を引くことと一緒だ。覚悟しろ！」

相手は、戟で哪吒をつきさそうとした。哪吒は体をかがめてやりすごし、

「ちょっと待った。名前ぐらい名のれよ」

「わたしは東海竜王・敖光の第三子、敖丙《ごうへい》だ。父上に代わって成敗してくれる」

「なんだ、敖光の息子か。おおげさだなあ。親ドジョウをつれてこいよ、皮をはいでやるから」

「なんだと！　無礼者め！」

敖丙は、するどく戟をくりだしてきた。哪吒は、さっと七尺の混天綾を投げあげた。混天綾は空一面に炎のように赤くひろがり、またがっていた水獣もろとも敖丙をまきこんだ。

哪吒は、混天綾にくるくるとからまって手も足もでない敖丙の首《うなじ》を踏みつけ、乾坤圏で頭を軽くたたいた。すると敖丙は正体をあらわし、小さな竜になって地上にのびた。

「ちっぽけな竜だなあ。ようし、筋をぬいて、父上のかぶとのひもを作ろう」

哪吒は、敖丙の筋をぬき、ぐにゃぐにゃになったその体を残して陳塘関へと帰った。

東海竜王の敖光は、息子が殺され、筋までぬかれたと聞くと、激しく怒り、人間に姿を変えて陳塘関にやってきた。李靖は兵士の訓練からもどったばかりで、哪吒が関の外に出たことさえ知らない。かつて仙術をならっていたときに知りあった敖光を、大喜びで迎えた。

「李靖どの、すばらしいご子息をお持ちだな」

敖光は部屋に入るなり、あいさつもそこそこに李靖をどなりつけた。

「久しぶりにお目にかかれたと思ったら、何をおっしゃるのです。わたしには三人の子供がありますが、おっしゃられるほどできのよい子も悪い子もおりません。何かおまちがいなのでは？」

「まちがいなどであるものか！　李靖どのの息子が九湾河で水浴びをし、どういう術を使ったのか知らないが、水晶宮に地震をおこしたのだ。見に行かせた巡海夜叉を打ち殺し、それればかりか、わしの三男の敖丙まで殺して筋をぬきおった」

竜王の敖光が激しく怒っているので、李靖は、あいまいに笑いながら、

「何かのおまちがいでしょう。長男と次男は修行に出したままですし、三男は、まだ七

歳です。いったい、どの子が、そのようなだいそれたことをしたとおっしゃるのです？」

「三男の哪吒だ」

「ふしぎなことをおっしゃいます。では、哪吒を連れてまいりましょう」

李靖は庭で遊んでいる哪吒を見つけ、問いつめた。哪吒は素直に今日のことを話した。

李靖は、あぜんとして話を聞き、聞きおわるやいなやどなりつけた。

「なんということをしでかしてくれたのだ。はやく敖光さまに許しをこえ」

哪吒は、走っていって敖光にあやまり、敖丙の筋をかえした。しかし、竜王の怒りはおさまらなかった。

「我が子も、わし同様に、天帝から任じられた竜神だ。巡海夜叉の李良も天界の役人だ。それを殺したとあっては、天界のさばきを受けさせねばなるまい。明日、天帝に訴えでるから、覚悟しておくがいい」

きびしくどなりつけて、去っていった。


李靖は、「とんでもないことになった」と大声で叫んだ。そして、殷氏とともに大つぶの涙をこぼして泣きくずれた。哪吒はそれを見るとさすがに不安になり、両ひざをついた。

「父上、母上。ぼくは普通の人間じゃなくて、乾元山金光洞の太乙真人さまの弟子です。

これから、お師匠さまをおたずねして、力を貸してくださるようにお願いしてきます。だって、化け物と小さな竜をやっつけたのは金光洞の宝物なんだから。自分でしたことの責任は自分でとるのがあたり前、父上や母上まで罰を受けたらおかしいよ」

哪吒は、屋敷の門を出ると、土をひとつかみとって空に投げあげ、次の瞬間姿を消した。これは「土遁《どとん》」という術で、仙人や道士に広く使われている。投げあげた土にとびのって、すばやく移動するのである。哪吒はもともとが金光洞の霊珠子であり、生まれながらにこういった術が使える。このほかに、木遁《もくとん》、火遁《かとん》、水遁《すいとん》、光遁《こうとん》などがあり、いずれも木や火などに乗り、その力を使ってすばやく移動する術である。

哪吒は土遁に乗って乾元山の金光洞に着き、金霞童子《きんかどうじ》に迎えられ、太乙真人に招きいれられた。哪吒は、水浴びをしていたら敖光の息子の敖丙があらわれたこと、怒りにまかせて敖丙を殺してしまったことを話した。

「東海竜王も大人げない。息子の死が天数だと、どうしてわからないのであろう。こんなことで天帝をおさわがせしてはならない。さあ、哪吒、胸を出しなさい」

太乙真人は哪吒の胸に護符を書きつけ、計略をさずけた。

哪吒は乾元山を離れて天界の宝徳門《ほうとくもん》にむかった。

そもそも天界とはどのようなところかといえば、青い空のかなたにある天帝が治める世界である。金の光が虹の雲をはきだし、瑞気《ずいき》が紫の霧となって立ちのぼり空をおおっており、地上とは異なる、わずかな穢《けが》れもない場所である。

　はじめて天界に登ったら、天帝の住まう宮殿がまず目に入る。南天門《なんてんもん》は瑠璃《るり》の青、宝《ほう》鼎《てい》が明るくかがやく。四本の巨大な柱には雲をおこす赤いひげの竜がまきつき、二つの玉の橋の上にはあでやかな羽をもつ頭の赤い鳳凰《ほうおう》がとまっている。三十三の仙宮の一つ一つ、七十二の宝殿の一つ一つに仙獣がならび、あまたの台の下には珍しい花が咲きみだれ、数知れない炉という炉の中には、とこしえに青い草がある。霊霄宝殿《れいしょうほうでん》の玉の扉には金の釘《くぎ》が打ってあり、積聖楼《せきせいろう》の前の紅の門には鳳凰が舞っている。天官たちはきらびやかな服と冠を身につけ、玉佩《ぎょくはい》（身分の高い人が腰につける玉かざり）の音も高らかにゆきかい、あたりにあるどれ一つをとっても、地上では目にしがたいものばかり。

　さて、哪吒が宝徳門に着いた時、まだ敖光は天界に着いていなかった。天帝の宮殿にはたくさんの門があるが、まだどれも開いていない。哪吒が聚仙門《しゅうせんもん》の下に立ってしばらく待つと、朝服《ちょうふく》をまとった敖光が南天門に着いた。

　哪吒の胸に書かれている「隠身符」という姿を見えなくする護符の力で、哪吒は敖光を見ることができるが、敖光からは哪吒が見えない。

　敖光があらわれると、哪吒は、姿が見えないのをいいことに、さっと近づき、後ろから乾坤圏で敖光の背中を、思いきりたたいた。ふいうちをくらって敖光が前のめりに倒れる。哪吒は、その背中に片足をかけて、ぐいっと力を入れた。

敖光は首をひねって、背中を踏みつけている相手を見ようとした。

「どうだ、まいったか」

「その声は哪吒だな。歯も生えかわっていない、うぶげもかわいていないガキめ。夜叉を殺し、わしの息子を殺してもあきたらず、こんなふるまいをするとは、断じて許せぬ。わしは雲をおこし雨をふらせる神だぞ。無道なふるまいには、必ず罰をくだしてやる」

哪吒は、よほど、乾坤圏で打ち殺してしまおうかと思った。しかし思いとどまって、

「おまえが雨の神なら、ぼくは乾元山金光洞の太乙真人の弟子の霊珠子さ。玉虚宮《ぎょくきょきゅう》の命令を受けて、一足先に人界につかわされたんだ。殷《いん》が滅んで周《しゅう》が興《おこ》る大きな流れの前では、ぼくが李良や敖丙を殺してしまったことなんか、とるにたりないことだよ。天帝に訴えるまでもないじゃないか！　お師匠さまがおっしゃっていたよ、おまえのような老いぼれはみんな、たたき殺したってかまわないってさ」

こう言うと哪吒は、げんこつで、上から下からぽかぽかと、いっきに二十回ばかりなぐりつけた。しかし、竜王の皮はかたく、いっこうにこたえている様子はない。哪吒は、「竜は鱗《うろこ》をはがされるのをおそれ、虎は筋をぬかれるのをおそれる」という言葉を思いだした。そして敖光のりっぱな服を引きはがし、左脇の下にあらわれた鱗をむしりとりはじめた。

四、五十片むしっただろうか。血と透明な汁がほとばしり、痛みは骨にまでとどいたようだ。ついに敖光は耐えきれなくなって、命ごいをした。
「助けてやらなくもないさ。おまえが天帝への訴えをあきらめ、おとなしく陳塘関についてくるならな。そうじゃなけりゃあ乾坤圏で打ち殺すだけだよ」

哪吒は、鱗をもう一片、ピリッとむしった。敖光は悲鳴をあげ、言うとおりにすると約束した。

「そういえば竜は、自由自在に大きくなったり小さくなったりできるんだろう？　ぼく、おまえが逃げださないか心配なんだ。小さくなってみせろよ」

敖光は舌うちをしながら、小さな青い蛇に姿を変えた。哪吒は蛇をそでの中に入れて、陳塘関へ帰った。

李靖のところへもどると、哪吒は、明るい声で告げた。

「父上、敖光さまは、天帝への訴えをとりさげてくださるそうです。その証拠に、ご本人をお連れしました」

「なんだと。どこにおられるのだ？」

「ほら、ここに」

哪吒は、そでの中から青蛇をとりだした。下へほうると、さっと風が吹いて蛇は人間の姿になった。敖光は激しく怒りながら哪吒がしたことを李靖に話し、左脇の下を見せた。

「このままではすまさないぞ。四つの海の竜王を集めて、きっとしかえししてやるから、首を洗って待っていろ！」

言うなり敖光は、一陣の風になって飛びさった。

李靖はあまりのことに言葉もない。だが、哪吒はすずしい顔だ。

「父上や母上は、何もご心配にならないでください。四海竜王が何をしようと、玉虚宮の命令を受けているぼくのすることをさまたげられはしません。どんなことになっても、お師匠さまがなんとかしてくださいますから」

李靖は道術を学んだことがあり、哪吒の言葉が意味するところがわからなくもない。一方、殷氏は、哪吒がやっと帰ってきたことに大喜びし、これ以上李靖を困らせないよう、奥へ行って遊ぶようにうながした。

哪吒は、母に言われて奥の庭園へ行った。しばらくすわっていたが、ひどく暑いので庭門を出て、城門の上のやぐらにのぼってすずんだ。緑が美しいながめをちらちらと見ているうちに、兵器架の上に古めかしい弓矢が置かれているのを見つけた。弓には「乾《けん》坤弓《こんきゅう》」、三本ある矢には、「震天箭《しんてんせん》」と名前がつけられている。哪吒は知らなかったが、その昔、黄帝《こうてい》が蚩尤《しゆう》を破るときに使ったという宝物であった。

「そういえばお師匠さまは、ぼくは先行官になるって言っていたっけ。なら、武器ぐらい使えなくちゃあな。練習してみようっと」

哪吒は乾坤弓に矢を一本つがえ、西南にむけて射た。

矢はひゅうひゅうと音をたて、赤い光をはなって飛んでいった。そして、はるかかなたの骷髏山《ころざん》にまでとどき、崖の下で花かごを手に薬草を採っていた碧雲童子《へきうんどうじ》ののどにささった。碧雲童子がばったり倒れると、近くにいた彩雲童子《さいうんどうじ》があわててかけよった。矢は急所を射抜いており、碧雲童子はこときれていた。彩雲童子は大急ぎで、二人の師匠である白骨洞《はっこつどう》の仙女・石磯《せきき》娘娘《ニャンニャン》に知らせた。石磯娘娘は崖下にかけつけ、碧雲童子のなきがらをたしかめた。矢が震天箭であったため、石磯娘娘は激しい怒りのままに青鸞《せいらん》に乗り、陳塘関にやってきて、黄巾力士《こうきんりきし》（仙人の召し使い。身長一丈ほどの武者で、頭に黄色い布をまいている）に李靖をさらわせた。

しかし、李靖は何も知らない。必ず犯人をさしだすと約束して、陳塘関に帰った。そして、犯人が哪吒だとわかると、大きなため息をついた。

「まったくおまえは、次から次へとやっかいごとを引きおこす。さあ、石磯娘娘にあやまりに行くのだ」

二人は、土遁に乗って、骷髏山にむかった。

李靖が先に洞に入って、石磯娘娘にあいさつをした。石磯娘娘は彩雲童子に哪吒を連れてくるように命じた。

外で待っていた哪吒は、洞から誰かが出てきたので、先手必勝とばかりに、いきなり乾坤圏を投げつけた。彩雲童子はよけられず、「きゃっ！」と一声あげて倒れてしまった。

声を聞きつけて、洞から石磯娘娘が姿をあらわした。石磯娘娘は、地面でもがいている彩雲童子を見て、大声でどなった。

「なんてことを！　碧雲童子を殺したばかりか、彩雲童子にまで手をかけるとは！」

石磯娘娘は、魚尾金冠《ぎょびきんかん》をかぶり、真っ赤な八卦衣《はっけい》を着て、麻の靴をはき絹のひもをしめていた。手にした太阿剣《たいあけん》をかまえて、哪吒ににじりよってくる。哪吒は、彩雲童子のところから乾坤圏をとりもどし、もう一度投げつけた。

「金光洞の乾坤圏ではないか。さてはおまえか？」

石磯娘娘は、飛んできた乾坤圏をつかみとり、指先でくるくるとまわした。哪吒はびっくりし、あわてて七尺の混天綾を投げあげた。石磯娘娘は大声で笑って、そでをさっとふった。たちまち混天綾は、ひらひらとおりてきて、石磯娘娘のそでの中に入ってしまった。

「おまえの師匠はほかに、どんな宝物を持っていたっけ？」

哪吒は、どうしていいかわからなくなり、いちもくさんに逃げだした。石磯娘娘が声高く笑う。

「李靖、そちは帰るがいい。わたしは金光洞に行って、哪吒を痛い目にあわせてやります」


「お師匠さま、助けてください。石磯娘娘が宝剣を持って追いかけてくるよう」

乾元山にたどりついた哪吒は、はあはあ言いながら金光洞にとびこんだ。

「どうしたんだね。まあ、おちついて話しなさい」

太乙真人は、やさしく問いかけた。

「ぼくが射た矢で、石磯娘娘の弟子が死んでしまったんだ。そうしたら、石磯娘娘がぼくを殺そうとした。大事な乾坤圏も混天綾も、とりあげられちゃった」

太乙真人は哪吒を後ろの桃園《とうえん》（仙人の洞府というのはトンネルのようになっていて、奥に別天地が広がっている）に隠し、外に出て洞の門によりかかった。しばらくすると、宝剣を手にした石磯娘娘がけわしい顔をしてやってきた。

「太乙真人さま、お久しゅう」

頭をさげたが、顔は笑っていない。太乙真人も慇懃《いんぎん》にあいさつをかえした。

「道兄《どうけい》（道士が、他の道士をうやまって呼ぶ言葉）の弟子が、貧道の弟子の碧雲童子を殺し、彩雲童子にまで手をかけたばかりか、乾坤圏や混天綾を貧道に投げつけました。ごぞんじでしょう？　哪吒をお出しください。かくまうと、ひどいことになりましてよ」

「いかにも。哪吒は、わが洞の中におる。しかし、哪吒は崑崙山の玉虚宮の命令で動いている。貧道の一存ではお引きわたしいたしかねる」

「何を言うのです。弟子が悪事をなしたら、師匠が罪を問うべきでしょうに」

「石磯娘娘、ことはそう簡単ではないのだ。

そなたが属するのは截教《せつきょう》、貧道は闡教《せんきょう》。われわれは千五百年の間、三尸《さんし》（体の中にあるとされる三匹の虫）を絶ち切ったことがなく、ために殺戒《さつかい》（人を殺してはならないといういましめ）にふれてしまったのだ。それゆえ、洞府から人間の世界におりて殺しあいを行って殺戒を開き、この厄運（一種の末法思想。千五百年ごとに厄運があり、世が乱れ、清められるという）をはらわねばならないのだ。

『封神榜《ほうしんぼう》』というものを知っているかね。封神榜は、神に封《ほう》ずる者の一覧表だ。封神榜に名前がのっている者は、ひとたび命を失い、神としてまつられる。その数三百六十五名とか。殷が滅び周が興るという、人界の天数を天帝が定めた時に、截教・闡教・西《せい》教《きょう》の三《さん》教《きょう》の指導者の同意をえて、封神榜は作られた。

玉虚宮の元始天尊さまは、われわれ門下に、周の国を助ける人物を人界におくるようにとお命じになった。哪吒はその一人で、もともとは霊珠子だ。やがて姜子牙のもとで武将として活躍するだろう。お弟子を傷つけてしまったことも天数と思って聞きわけてもらえないだろうか？」

「聞きいれかねます」

石磯娘娘は宝剣を太乙真人めがけてふりおろした。太乙真人はたくみにそれをよけ、するりと金光洞にすべりこむと、剣を手にとり、何かをとりあげ、東の崑崙山にむけて頭をさげた。

「お許しください。弟子はこの山で殺戒を開きます」

太乙真人は、洞外に出ると、石磯娘娘を指さしてどなった。

「わが乾元山をさわがすふとどき者、ここで果てるがいい！」

「なんですって！」

石磯娘娘が剣をふりおろし、太乙真人が受けた。二人は場所を入れかえながら、はげしく打ちあった。二本の剣がぶつかりあい、飛びちる火花が、雲をいろどり、きらきらとかがやかせる。

と、ふいに、石磯娘娘が、ハンカチのような宝物・八卦竜《はっけりゅう》鬚帕《しゅはく》を空中に投げあげた。八卦竜鬚帕はぐんぐんと大きくなって、太乙真人をつつみこもうとする。

太乙真人は笑って、むにゃむにゃと呪文をとなえ、「落ちろっ！」と指さした。すると、八卦竜鬚帕は、ひらひらと空中から落ちた。

石磯娘娘は怒りで顔を桃の花のように赤くし、剣を雪のように激しく舞わせた。

「そっちがそのつもりなら、遠慮せんぞ」

太乙真人はさっと身をひるがえし、剣のとどかないところに飛びのき、九匹の火竜でできた宝物のかご・九竜神火罩《きゅうりゅうしんかとう》を投げあげた。

ぐんぐんと大きくなる九竜神火罩を見て、石磯娘娘は逃げようとしたが逃げきれず、かごの中にとらえられた。

「うわあ、すごいや。これがあったら石磯娘娘なんかへっちゃらだったのに」

洞の中からこっそりのぞいていた哪吒が走りよってきた。

「こら、哪吒。のんびり見ていないで、早く陳塘関に帰りなさい。四人の竜王たちが集まって、おまえの両親をつかまえようとしているぞ」

これを聞くと、哪吒の目に涙があふれた。

「お師匠さま、どうかぼくの両親もお助けください。ぼくがしてしまったことで両親が罰を受けるなんて耐えられません」

そう言うなり、声をあげて泣きだした。

「本当にそう思うのなら、方法はなくもない」

太乙真人が哪吒に耳うちした。哪吒は感謝して、土遁に乗って陳塘関へいそいだ。

とらえられた石磯娘娘は、九竜神火罩の中で東西南北さえわからなくなっていた。太乙真人が手をパチンとたたくと、かごの中に炎がおどり、はげしい光が生じた。からまりあった九匹の火竜が三昧神火《さんまいしんか》を吐いて石磯娘娘を焼いたのである。

雷の音がしたかと思うと、石磯娘娘は修行で得た力を失って正体をあらわした。石磯娘娘の正体は石ころである。天地の外で生まれた石が、長い間天地の霊気をとり、日月《じつげつ》の精華を受けて、道を得て数千年たったものの、いまだにさとりを得て天に登ることができず、この厄運にあうという天数が定まってここに死を迎え、もとの姿にもどったのである。

こうして太乙真人は完全に殺戒を開いた。真人は、九竜神火罩を小さくもどし、乾坤圏と混天綾も忘れずに拾い、洞にもどった。

一方、哪吒が陳塘関に帰ると、四つの海を治める竜王たちが集まっていた。東海竜王・敖光、南海竜王・敖順《ごうじゅん》、西海竜王・敖明《ごうめい》、北海竜王・敖吉《ごうきつ》といった面々である。

「ぼくがやったことだ。ぼくが責任をとる。父上や母上に手を出すな」

哪吒は四人の竜王にむけて言いはなち、右手に剣をとった。

「ぼくは、崑崙山の玉虚宮からの命令で人界にくだった霊珠子だ。今、体を両親におかえしする。そうしたらもう、この二人とは何の関係もないはずだ。それでもまだ、この二人にも罪があるというのなら、天帝に話を聞いてもらうしかない」

「よかろう。命にかえて両親を助けようとは孝行なことよ」

敖光が言い、四人の竜王は李靖と殷氏から離れた。

哪吒はためらいもせずに、剣で左腕を斬りおとした。つづいて腹を斬りひらいて腸《はらわた》をえぐり骨をほじくりだした。もう、おしまいである。哪吒のたましいは体から飛びだしていった。

四人の竜王たちは、哪吒が死んだのを見とどけると、約束を守ってたちさった。殷氏は、泣きながらわが子のなきがらをひつぎにおさめ、手厚くほうむった。

七　哪吒《なた》、蓮花化身《れんげけしん》をあらわす

　哪吒《なた》のたましいは、体からは離れたものの、死の国にむかいはしなかった。もともと哪吒は金光洞《きんこうどう》の宝物で、たましいというものを持っていなかった。肉体を得て人間としてこの世に生まれ、死んでそれを失うことで、幽霊となったが、人間と同じというわけにはいかない。人間のたましい、つまり魂魄《こんぱく》は、三魂七魄《さんこんしちはく》といって、三つの魂《こん》と七つの魄《はく》からできている。魂は精神をつかさどり、魄は肉体をつかさどる。

　人が死ぬと三魂七魄が体を離れる。そして三魂だけが死の国にむかい、やがて新たな形骸《けいがい》（七魄）を得て再生する。だが金光洞の霊珠子《れいじゅし》であった哪吒は人間と同じように生まれ変わることができない。

　哪吒のたましいは、ふらふらと乾元山《けんげんざん》の金光洞にむかった。

「お師匠さま、師兄（兄弟子。ここでは哪吒のこと）が、なんだかおぼつかない足どりで、よろよろふわふわとやってきました」

　洞の前にいた金霞童子《きんかどうじ》が、哪吒を見つけて太乙真人《たいいつしんじん》を呼んだ。太乙真人は、哪吒がたましいだけになってやってきたのだと、すぐに気づいた。

「哪吒よ。こんなところに来てもだめだ。陳塘関《ちんとうかん》にもどって母に夢で教えるのだ。陳塘関から四十里ほど離れたところにある翠屏山《すいへいざん》の頂上に、小さな空き地がある。そこにおまえをまつるお宮を建ててもらいなさい。人々の願いを聞いて三年間お香の煙を受ければ、再び人間界にもどり、真の主《あるじ》を助けられるはずだ。すぐに行きなさい！」

　哪吒は、さっそく殷《いん》氏の夢に入りこんだ。

「母上、哪吒です。ぼくは、たましいだけになって苦しんでいます。どうか翠屏山の頂上に、ぼくをまつるお宮を建ててください。神様としてお香の煙を受ければ天界に生まれかわれるはずです。ご恩は決して忘れませんから」

　殷氏は泣きながら目をさまし、この夢を李靖《りせい》に話した。李靖は、いつまでも哪吒のことばかり考えているせいだと怒って、とりあわなかった。

　哪吒は、次の日も、その次の日も殷氏の夢を訪れた。しまいにはおどすように迫ったので、ついに殷氏は、こっそり腹心の者に金をわたし、お宮を建てさせ、哪吒そっくりの神像を作ってまつらせた。

　お宮におちついた哪吒は、人々の願い事をきちんと聞きとどけた。たちまち哪吒のお宮は、どんな小さな願いでもかなわないことがないと評判になった。老若男女を問わず、近くの者も遠くの者も、続々とつめかけて願い事をしていく。哪吒の像をおがみにくる人は増えつづけ、お香の煙がたえないほどになった。

半年ほどがすぎたある日、兵士たちの訓練中に、李靖が翠屏山のそばを通った。

「ずいぶんと人が詣《もう》でているが、この山にはどんな神様がまつられているのだ?」

李靖が馬上から部下にたずねた。

「なんでも、哪吒さまという神様のお宮があって、たいそうなご利益《りやく》があるとか」

「なに、哪吒?」

李靖は、あわてて山の上にかけのぼった。すると、門に「哪吒行宮《こうぐう》」の四字があった。

人々をおしのけてお宮にとびこむと、哪吒そっくりの像が左右に鬼を従えて立っていた。

「なんということだ! 哪吒め。さんざん悪さをしたあげく、死んでからも人々をばかにするか!」

李靖は、哪吒の像を鞭《むち》でたたきこわし、となりの鬼をけり倒した。

「こいつは神などではない。以後参拝してはならぬ」

集まっていた人々に参拝を禁じ、部下にお宮を焼くように命令した。

像がこわされ、お宮が焼かれてしまったため、哪吒は再び行き場をなくした。

「なんてことをするんだ。父母に体はかえした。もう父でもなんでもないのに、なぜお宮を焼き、像をこわした。生きかえれたら、ただじゃおかないぞ!」

半年間、祭祀《さいし》を受けて、わずかながら形になり声ぐらいは出るようになっていた。しかたなく、哪吒は金光洞に相談しにいった。

太乙真人は、哪吒から話を聞いて、顔をしかめた。

「李靖も困ったことをしてくれた。姜子牙《きょうしが》が人界におもむく日も近いというのに……。しかたがない。とっておきの方法を使おう」

太乙真人は、金霞童子にむかって命令した。

「五蓮池《ごれんち》から、茎のついた蓮《はす》の花を二輪と蓮の葉を三枚とってきなさい」

金霞童子は、ぱたぱたとかけていき、すぐに花と葉をとってきて地面においた。太乙真人は、蓮の花をしばって花びらを広げ、頭と体と足を作った。つづいて蓮の茎を折って三百ある骨の関節とし、三枚の葉を天、地、人の三才になぞらえて、頭と体と足にそれぞれかぶせた。そして、金丹《きんたん》を一粒、その中においた。

太乙真人が術を使うと、金丹に凝縮されていた気が蓮の人形の中で動きはじめる。気が入りまじり、なめらかに体の中で運動しているのを確かめて、哪吒のたましいを蓮の人形の中にみちびいた。

「哪吒、早く人間になれ。やあっ！」

太乙真人が気合いを入れると、

「やあっ！」

大きな声をあげて一人の人間がはねおきた。顔はおしろいをぬったように白く、くちびるは朱をぬったよう、目はきらきらと光っている。これこそ、哪吒が蓮の花から変身した姿だった。みかけは前と変わらないが、身長は一丈六尺もある。哪吒は、太乙真人の前にひざまずいた。

「桃園《とうえん》についておいで。山からおろす前に、宝物をあたえよう」

まず太乙真人は、哪吒に、宝物の槍《やり》・火尖鎗《かせんそう》をわたし、扱いを教えた。哪吒はたちまち覚える。

「槍は使えるようになったな。それから乗り物として風火輪《ふうかりん》をあたえよう。別に授ける霊符《れいふ》と、秘訣《ひけつ》（まじないの言葉）をもちいよ。足で踏むと二つの車輪が風と火を起こしてまわるようになる」

次は、豹皮嚢《ひょうひのう》（豹の皮でできた袋）だった。袋の中には、乾坤圏《けんこんけん》と混天綾《こんてんりょう》、それに金磚《きんせん》（金の煉瓦《れんが》）が一個入っている。

「では、陳塘関に行って、ぼくの像をこわした李靖をこらしめてきます」

哪吒は太乙真人に叩頭《こうとう》して恩を謝し、火尖鎗を手に、風火輪に乗り、足を踏んばった。足のわずかに下で風火輪がまわりだす。すばらしい速さであった。

哪吒は、たちまちのうちに陳塘関につき、大声で呼びかけた。

「李靖、出てこい！」

部下が、あわてて李靖に報告した。

「哪吒さまが、火と風を出す二つの車輪に乗り、槍をたずさえて、将軍をお呼びになっています」

「嘘《うそ》をつくな！　死んだ人間が生きかえるわけがないではないか！」

李靖は画戟《がげき》をとり、あし毛の馬にまたがって門を出た。風火輪に乗り火尖鎗を手にしているのは、まぎれもない哪吒であった。

「化け物め！　死んでもまだ悪さをするのか？」

「李靖、すでに体はかえしたのだから、もう、父でも子供でもない。翠屏山でぼくの像に鞭をくれ、お宮を焼いた恨みを晴らさせてもらうぞ！」

李靖の頭めがけて、哪吒が槍をくりだした。李靖が画戟で受ける。哪吒の力は強く、数合のうちに李靖は力を出しつくし、汗だくになって東南のほうへ逃げだした。

追いかける哪吒の風火輪はすばやく、李靖の馬ではかなわない。李靖は馬からおり、土遁《どとん》に乗って進んだ。哪吒は笑って、李靖の速度にあわせて、風と火の音をたてながら飛んだ。

「今、止まったら、槍で一突きにされてしまう。どうしたものか」

李靖が困りはてていると、むこうから、頭に布をまいた子供が、道服《どうふく》の大きなそでをひらひらさせながら走ってきた。子供は李靖にむかって、「父上！」と呼びかけた。

李靖は、ほっと息をついた。この子供こそ、李靖の次男、九宮山《きゅうきゅうざん》の白鶴洞《はっかくどう》の普賢真《ふげんしん》人《じん》の弟子の木吒《もくた》であった。

哪吒がそれを見て、風火輪に乗ったままおりてきた。

「子供が父親を殺そうとするとはなんだ！　さっさと行ってしまえ！」

木吒がどなりつけた。

「おまえは何者だ？　なぜ大口をたたく？」

「おれは木吒だ」

哪吒は、あらわれたのが二番めの兄だとわかると、

「二の兄上は知らないんだ」

と言い、翠屏山で李靖が哪吒の像をこわし、お宮を焼いたことを木吒に話した。

「李靖の言いぶんとぼくの言いぶん、どっちが正しいと思う？」

「父上と言え！」

「だって、ぼくは体をかえしたから、もう、李靖とは親でも子でもない」

「ばかやろう！　それはへりくつだ！　親不孝者め！」

木吒は、剣を出して哪吒に斬りかかった。哪吒が槍で受ける。

「木吒、おまえに恨みはない。じゃまをしないで、そこをどけよ！」

「なんてやつだ！」

木吒が斬りつける。哪吒が槍で受け、車輪と徒歩が位置を換え、兄と弟は激しくやり

あった。哪吒は李靖に逃げられはしないかと気になって身が入らない。槍で剣を受けながら、金磚を空にむけて投げた。木吒は金磚をよけきれず、背中を打たれて地面にころがった。

哪吒は、再び風火輪で李靖に近づいた。李靖があわてて逃げる。哪吒が叫ぶ。

「どこへ逃げても無駄さ。必ずきさまの首をとって、恨みを晴らしてやる！」

李靖は林をなくした鳥のように逃げ場を求めて走りつづけた。すでに東も西も南も北もわからない。走って走って、しかし、ついに息をきらした。

「やめだ、やめだ。いったいわしは、前世でどんな悪いことをしたのだろう。修行をしても仙人にはなれず、こんなやっかいごとにまできこまれた。もうここまでだ。やつの手にかけられるより、いっそのこと……」

自殺しようと李靖が剣に手をかけた時、

「李将軍、待たれよ！」

救いの声がした。見あげると、頭の両側にまげをゆい、青い道服に絹のひもをしめた五竜山《ごりゅうざん》雲霄洞《うんしょうどう》の文殊広法天尊《もんじゅこうほうてんそん》が手に払子《ほっす》を持って立っていた。李靖の長男、金吒《きんた》の師匠である。いつのまにか五竜山まで来ていたのであった。

「お助けください！」

「早く洞の中に入れ。後はわしが引きうける」

李靖が雲霄洞にとびこむと、すぐに哪吒がやってきた。哪吒は、李靖の姿がなく、頭の両側にまげをゆった道士が山腹に立っているのを見つけ、呼びかけた。

「将軍が一人逃げてこなかったか？」

「李将軍なら、わが雲霄洞の中におる」

「隠すと、代わりに槍のえじきにするぞ！」

「おまえは何者だね？　わしに槍をむけるというのか？」

哪吒は相手を知らなかったので、大声で名のりをあげた。

「ぼくは乾元山金光洞の太乙真人の弟子の哪吒だ。あまくみるなよ！」

「はて。太乙真人どのに、哪吒なんて名のお弟子がおられたかのう。悪さをするならよそに行っててしなさい。さもないと桃園に三年間つりさげて、わしの杖《つえ》で二百回たたくぞ」

「なんだと！」

哪吒は文殊広法天尊を槍でつこうとした。天尊はそれをかわして洞へと逃げた。哪吒が追う。と、天尊がふりむき、近づく哪吒めがけて、そでの中から遁竜椿《とんりゅうとう》を取りだし、さっと投げあげた。遁竜椿は三つの金の輪と杭《くい》でできた宝物で、手に持っているときは蓮の花の形に見えることから、七宝金蓮《しちほうきんれん》ともいう。

たちまち風がおこり、雲と霧がわきあがり、土が舞いあがる。あたりがよく見えなくなったところへ、何かが音をたてながら落ちてくる。哪吒は、何が何だかよくわからないうちに、首に一つ、両足に一つずつ金の輪をはめられて、金の柱にしばりつけられて動けなくなっていた。

「どうだ、これでもあばれるか！」

天尊は、金吒に、ふしくれだった杖を持ってこさせて、哪吒をたたかせた。目や鼻から火が出るほど痛い。そして、くやしくてたまらない。哪吒が歯ぎしりしていると、大きなそでのゆったりとした道服をまとった太乙真人がやってきた。

「お師匠さま、お助けください」

しかし、太乙真人は知らん顔をして、文殊広法天尊と笑いあっている。

「お弟子をこらしめてやりましたぞ」

「哪吒の殺戒《さっかい》が重すぎたので、こちらに送って減らしていただいたのです、お手数をおかけいたしました」

「もうよかろう。金吒、哪吒を放してやりなさい」

天尊の命《めい》を受けて、金吒は哪吒に目を閉じさせ、さっと霊符を書いて、遁竜椿をおさめた。目を開けると、輪っかも柱も消えていた。哪吒は体をのばして、

「やった！　これでなんでもできるぞ」

さっそく、李靖を追いかけようとする。それを、太乙真人が呼びとめた。

「待ちなさい。哪吒、ここへ来て師伯（師匠の兄弟子）にごあいさつするのだ」

続いて太乙真人は李靖を呼び、やはり頭を下げてあいさつさせた。

「翠屛山でのことは、李将軍の心がせますぎましたな。しかし、これでもう、おあいこでしょう」

哪吒は李靖があらわれたので、うずうずしている。太乙真人は、それを見てとった。

「まあ、気持ちのおさまらないこともあろうから、当分は親子が顔をあわせないほうがいい。李将軍、先にまいられよ」

李靖は礼を言って、山から出ていった。哪吒はくやしがったが、師匠の前では何も言えず、もどかしがってため息をついている。太乙真人は心の中で笑いながら、

「哪吒。おまえは金光洞に帰って留守番をしていなさい。わしは師伯と碁を打ってから帰る」

これを聞いた哪吒の顔が、ぱっと明るくなった。

「わかりました」

あわただしく洞を出て風火輪に飛びのった。口ではああ言ったが、このまま李靖を見のがして金光洞に帰る気はない。山を離れたとたん、土遁に乗って進んでいる李靖の後を追いはじめた。

「李靖、覚悟！」

李靖は、あっという間に追いつかれた。今度こそ助かりそうにない。しかしそのとき、黒い服を着た一人の道士が丘の上で松によりかかっているのに気づいた。道士は、李靖に声をかけてきた。

「何をあわてているのかね？」

「哪吒に追われているんです。どうかお助けください！」

「わしの後ろに隠れなさい。力を貸そう」

李靖が息をきらせながら仙人の後ろにまわるとすぐ、哪吒が風火輪に乗ってやってきた。

「おまえが哪吒か？」

「そうだよ。なぜ李靖を後ろに隠すのさ」

「なぜ李靖を追っている？」

哪吒は、翠屏山でのことを話した。

「でも、五竜山で話はついているのだろう？　約束は守らなくちゃいけないよ」

「いやだ。李靖をつかまえて、恨みを晴らすんだ」

すると道士は、李靖のほうをふりむいた。

「こう言っているんだ。一回、戦ってみてはどうかね」

「しかし、こいつは力が強くて、わたしではたちうちできません」

道士は、李靖に精気のもとである唾《つば》をはきかけ、背中を手でたたいた。

「さあ、こわがらずに戦いなさい。わしがついている」

李靖は勇気を出して、画戟で打ちかかった。哪吒が火尖鎗で迎えうつ。父子は山上で五、六十回打ちあったが、なかなか勝負がつかない。逆に今度は哪吒のほうが汗だくになった。

哪吒は、道士が李靖に何かしたに違いないと考え、李靖の戟がとどかないところへ飛びずさり、道士を槍でつこうとした。すると道士が、ぱっと大きく口を開け、白蓮《びゃくれん》の花を火尖鎗にふきつけて槍の動きを止めた。

「こら、なぜわしをねらった？」

「おまえが何かしたから李靖が強くなったんだ。まずおまえからやっつけてやる」

「ならば相手になってやろう」

哪吒は、怒りのままに火尖鎗をふりあげ、道士の頭めがけてくりだした。道士は、ぱっとわきに飛び、そでを一ふりした。たちまち、雲がわき、紫の霧がたちのぼる。そして、何かが落ちてきて哪吒を閉じこめた。宝塔・玲瓏塔《れいろうとう》である。

道士が塔の上で手を一打ちすると、塔の中に炎があがった。哪吒が悲鳴をあげて命ごいをする。道士が哪吒に呼びかけた。

「哪吒、李靖を父と認めるか？」

「認めます。認めますから、早く出してください」

道士は、これを聞くと、玲瓏塔を小さくもどした。哪吒は、やけどがないかと体じゅう見てみたが、どこにもこげたあとさえない。

「父と認めたからには、二度と戦おうとしてはならない。頭を下げ、『父上』と呼んであいさつしなさい」

哪吒がためらっていると、道士は、また塔を使おうとした。哪吒はあわてて、

「父上、申し訳ないことをいたしました」

頭を下げて叫んだが、心の中ではくやしくてしかたない。道士はそれを見ぬいて、李靖に玲瓏塔をさずけた。

「李靖。もし哪吒が言うことを聞かなかったら、この玲瓏塔を使って焼きなさい。哪吒も、いいかげんに聞きわけたらどうだね。おまえたちはいずれ同じ君主につかえることになるんだ。仲なおりしなくてはいけないよ」

こうなってはしかたがない。哪吒は風火輪に乗って乾元山へと帰っていった。李靖は道士に厚く礼を言って、名前をたずねた。

「貧道《ひんどう》は、霊鷲山《りょうじゅせん》は元覚洞《げんかくどう》の燃燈道人《ねんとうどうじん》と申す。

将軍は修行の途中で世俗の富貴を享受しているが、今、殷《いん》の紂王《ちゅうおう》は徳を失い天下は乱れている。官職を捨て山中に身を隠し、周《しゅう》が兵を起こすのを待って手柄を立ててはど

うかね」

李靖は叩頭すると、陳塘関にもどり、姿を消した。

後に李靖は、この時さずけられた金色の玲瓏塔を手にしていることで、托塔天王《たくとうてんのう》と呼ばれるようになる。

八　姜子牙《きょうしが》、崑崙山《こんろんざん》からおりる

崑崙山《こんろんざん》にある玉虚宮《ぎょくきょきゅう》には、闡教《せんきょう》の指導者である元始天尊《げんしてんそん》が住んでいる。門下の十二人の弟子が地上での災厄を犯し、人を殺さなくてはならないという罰を受けることになったため、元始天尊は玉虚宮を閉じ講義をやめた。また、昊天上帝《こうてんじょうてい》（天帝）が十二大仙に臣下となるように命じたことから、三教《さんきょう》で話しあい、闡教徒・截教徒《せっきょうと》・人間の中から三百六十五位の神をつくり、それを八つの部、すなわち雷《らい》・火《か》・瘟《おん》・斗《と》という上の四部と、群星列宿《ぐんせいれつしゅく》・三山五岳《さんざんごがく》・歩雨興雲《ほうこううん》・善悪《ぜんあく》の神という下の四部に分けることになった。

この時、殷《いん》は滅び周《しゅう》が興《おこ》り、神仙《しんせん》が殺戒《さっかい》にあい、元始が神を封《ほう》じ、姜子牙《きょうしが》が丞相《じょうしょう》という福を受けるのはすべて定められたことであり、偶然ではない。

ある日、八宝雲光座《はっぽううんこうざ》にすわっていた元始天尊は、白鶴童子《はっかくどうじ》に命じて弟子の姜子牙を呼びだした。

「おまえがこの山に来て、何年たったかな？」

「三十二歳でまいり、もうすぐ七十二歳ですから、四十年ほどです」

「悲しいかなおまえは仙人になることはない。人間としての幸福を受けるがよい。今、人界には、殷が滅び周が興るという大きな変わりめの時がおとずれている。おまえは下山し、ここでの四十年を無駄にせず、盟主を助けて丞相となり、わしの代わりに神を封ぜよ。ここはおまえが長居する場所ではない、すみやかに山をおりよ」

姜子牙は、修行を続けたいと願いでたが、「天からの命令である」と言われ、しかたなく、琴《きん》、剣、衣服、嚢《ふくろ》といったわずかな荷物をまとめた。

いよいよ山からおりるとき、元始天尊から、先を予言する詩があたえられた。

八年ばかりは困窮するが、耐える心で分を守るまで
磻渓《ばんけい》の石の上で釣りをすれば、高明を求める賢あり
聖君を補佐し相父《しょうふ》となり、十二年拝将し兵権を握る
諸侯は戊甲《ぼこう》に会合し、十七年で神を封ずるまた四年
（注：二十《にじゅう》を八、九三《きゅうさん》を十二、九八《きゅうはち》を十七と解した）

元始天尊に「また上山する日もあろう」と言われ、子牙は、みなに別れを告げて玉虚宮を出た。兄弟子にあたる南極仙翁《なんきょくせんおう》が麒麟崖《きりんがい》まで見おくってくれた。

こうして姜子牙は人界におりた。もともと親戚の一人もいないが、宋異人《そういじん》という義兄弟がいたので、身をよせることにした。朝歌《ちょうか》の南三十五里のところにある宋異人の屋敷に着くと、宋異人は姜子牙を大喜びで迎えてくれた。

姜子牙は宋異人にすすめられて、馬氏《ばし》という六十八歳の妻を迎えた。しかし、馬氏はお金のことばかり考えていて、姜子牙のことをわかろうとしなかった。姜子牙は、竹ざるを編んだり、そばをつくって朝歌まで売りに行ったり、お酒や食べ物を出す店や肉屋をさせられたが、どれもうまくいかない。馬氏はそのたびに姜子牙を「役たたず」とののしって、夫婦げんかばかりしていた。

やがて、宋異人の庭に住みついた妖怪を退治したことから、馬氏は姜子牙が仙術を使えることを知って、朝歌にうらないの店を出させた。

朝歌の南門近くにある宋異人の家の一軒を片付けて、左に「只言玄妙一団理」、右に「不説尋常半句虚」という対聯《ついれん》（対句を書いた掛け物）をはり、奥に「一張鉄嘴、識破人間凶興吉」「両隻怪眼、善観世上敗和興」の対聯、上席に「袖里乾坤大、壺中日月長」の一幅をはって、吉日を選んで開店した。だが、四、五ヶ月たっても客は来なかった。

ある日、劉乾《りゆうけん》という木樵《きこり》が対聯を見て、担いでいた柴《しば》をおろして店に入ってきた。机につっぷしてうとうとしていた子牙は、机をドンと劉乾にたたかれて、びくんと顔をあげた。目をこすって見れば、身のたけ一丈五尺ほどの、目つきのするどい大男である。

「うらなうかね？」

「先生は何て名だ？」

「姓は姜、名は尚《しよう》、字《あざな》は子牙じゃ。そして号《ごう》は飛熊《ひゆう》」

「じゃあ聞くが、『袖里乾坤大、壺中日月長』ってのは、どういう意味なんだ？」

「『袖里乾坤大』とは、過去であろうが未来であろうが万象《ばんしよう》を知りつくしているということで、『壺中日月長』とは、長生不老の術をこころえているという意味だ」

「けっ、大きなことを言いやがる。過去も未来も知りつくしているんなら、何をうらなってもはずれることはないな。それなら二十文でうらなってみろや。もしはずれたら、こぶしをお見舞いして、こんなところで店を開けないようにしてやるぜ」

やっと来たと思ったらとんでもない乱暴な客であった。子牙は、ただ、卦帖《けちよう》（卦の書いてある書きつけ）を引かせた。劉乾から手渡された卦帖を見て子牙が告げた。

「わしの言うとおりにするがいい」

「わかった。きっと言うとおりにしよう」

劉乾が返事をしたので、子牙は、「まっすぐ南に進んだら、柳のかげに老人あり。点《てん》心《しん》四つと酒二杯、百二十文を手に入れる」と書いて渡した。それを見るなり、劉乾は叫んだ。

「へっ、さっそくはずれてらあ。おれは二十年あまり柴を売っているけど、誰にも点心や酒をおごってもらったことなんかないぜ。話にもならねえ、大はずれだ」

　子牙は、笑った。

「行けばわかろうさ」

　劉乾は柴をせおって南にむかった。するとはたして柳の下に一人の老人が立っていた。

「おーい、柴売り。その柴はいくらだね？」

　老人が呼びかけてきたので、劉乾は、へえ、当たっているじゃないかと思い、

「百文でいいぜ」

　意地をはって、うらないよりも二十文少なく言った。老人は柴がよく乾いているのを確かめ、劉乾に家まで運ぶように頼んだ。柴を運びおえた劉乾は、あたりをきれいに掃除して、老人が代金を持ってくるのを待った。

　老人は家から出てくると、あたりを見てつぶやいた。

「ほう、今日は小者《こもの》が精を出したな」

「ご老人、おれが掃除しておいたのさ」

「ほう、よいお方だ。今日、息子が結婚するのだ。こんなよい日にあなたのようなよい

お方にお目にかかれ、すばらしい柴を売っていただけるとは、これも何かのお引きあわせであろう」

老人が家の中へ戻ると、子供が点心を四つと、酒一壺《つぼ》、椀《わん》を一個持ってあらわれた。

「お召しあがりください」

劉乾はため息をついた。

「姜先生こそ真《まこと》の神仙だ！　だが、一杯目をなみなみとそそいだら、二杯目がちょっとしかなくなるってことまでは見越しちゃいなかろうさ」

劉乾は椀にあふれるほど酒をついで飲み、再びついでみると、はたしてちょうど一杯分あった。劉乾が礼を言うと、老人は二つつみの金を出した。まず、柴の代金として百文を劉乾にわたし、さらに二十文を手わたした。

「酒でも買って、あんたも息子のよき日を祝ってくれ」

劉乾はびっくりするやらうれしいやら、「朝歌に神仙があらわれたぞ！」と叫びながら、姜子牙の店にかけもどった。

劉乾がふれまわったおかげで客が入りはじめ、半年ほどで子牙はすっかり有名になり、うらなってもらいにくる人がおしよせるようになった。

ある日、喪服（中国の喪服は白）を着た若い女が、姜子牙の店にもじもじしながら入ってきた。

「たいへん申し訳ないのですが、先にうらなっていただけないでしょうか」

きれいな顔だちをした女が声をかけると、いわくありげに見えたのか、ならんでいた人々が順番をゆずった。

姜子牙は一卦《いっけ》たてた。そしてたちまち、女が妖怪だと見破った。昼間から妖怪が朝歌に出歩いていることに驚きながらも、子牙は妖怪を退治しようと考えた。

「右手をお出しください」

「あら、このお店では、手相も見てくださいますの」

女は疑いもせずに右手を出した。子牙は、いきなり女の手首にある脈門を押さえつけた。

「何をなさいます」

女が手を引こうとする。姜子牙は、丹田《たんでん》中の先天の元気を動かして目に力をこめた。目が赤くなり、瞳が金色に光る。こういう目は火眼金睛《かがんきんせい》と呼ばれている。火眼金睛でにらみつけられると、妖怪は女の体から出ていけなくなる。

「お助けください。このうらない師が、わたくしの手をつかんではなさないのです」

女が、後ろにならんでいる人々にむかって叫んだ。

「姜子牙。その年になって、まだ若い女にさわりたがるのか」

「かわいそうじゃないか。手をはなしてやれよ」

事情を知らない人々が集まってくる。妖怪が逃げてしまえば身のあかしがたてられない。姜子牙は、あわてて石のすずりをつかみ、妖怪の頭のてっぺんをなぐりつけた。頭から血を流して女が動かなくなる。子牙は手をはなさず、脈門をおさえつけ、妖怪が姿を変えないようにした。

「たいへんだ。うらない師が女をなぐり殺した」

たちまち店の前に人だかりができた。ちょうどそこへ、亜相《あしょう》の比干《ひかん》が馬に乗って通りかかった。比干は、集まっていた人々から、姜子牙が客の美人に悪さをしようとしたが、いうことをきかないのでなぐり殺したという話を聞かされ、子牙をとらえ、馬前に引きださせた。

子牙はことされた女の手をおさえたまま、ひざまずいた。

「これはどういうことなのだ。なぜ、死んだ女の手をはなさない？」

「この女は人間ではなく、妖怪です。手をはなせば女の形だけを残して逃げてしまいます」

「ふしぎなことをいうお年寄りだ。名はなんと言われる？」

「わたくしは、姓を姜、名を尚、みなからは子牙と呼ばれている者でございます。少しばかり陰陽《いんよう》のことにこころえがございまして、こちらでうらないの店を出しておりました。すると、ふとどきせんばんなことに、妖怪が女に化けて、うらなってもらいにきたではございませんか。退治しようとしたら妖怪がさわぎ、こういったしだいとなりました」

比干は、しばらく考えこんでいたが、

「人殺しなら罪になるが、妖怪を退治したのなら罪はない。どちらの言いぶんが正しいか、陛下のご判断をあおごう」

と言い、姜子牙を連れて王宮へむかった。

紂王《ちゅうおう》は、今や皇后の位についた妲己《だっき》とともに、きらびやかな摘星楼《てきせいろう》で酒を飲んでいた。話を聞くなり、たいそうめずらしがって、

「妖怪とは面白いではないか。摘星楼の下まで連れてまいれ」

やがて、姜子牙が女の死体を引きずりながら姿をあらわし、かしこまった。顔をあげさせて、まず驚いたのは妲己であった。子牙のつかまえている妖怪こそ、千年の狐《きつね》の妹分、玉石の琵琶《びわ》の精だったからである。琵琶の精は、昨夜、妲己のもとを訪れ、宮女を食べて帰ったばかりだ。

しかし紂王は、妲己の顔色が変わったのに気づかなかった。

「ほう、それが妖怪か。ただの女ではないか」

「焼いてみれば、おわかりいただけるかと」

紂王は柴や薪《まき》を楼の前の庭に積みあげさせた。子牙は、女の頭のてっぺんに符印を書いて妖怪が逃げられないようにし、手をはなした。そして、女の服をとき、胸と背中にも符印を書きたして手足を動かせないようにした。

子牙は女の体を柴の上に引きあげ、火をつけた。火はパチパチと激しく燃えあがり、風に勢いを増して天地をこがした。金の蛇となってからみつく炎からは、誰も逃れられないはずであった。だが、二時辰《じしん》（四時間）が過ぎても、女の体にはこげめ一つつかない。紂王は驚きを隠せなかった。

「なるほど妖怪だ。して、その正体はいったいどんなものなのだ？」

「おぼしめしとあれば、今からお目にかけましょう」

姜子牙は三昧真火《さんまいしんか》で妖怪を焼いた。三昧真火は通常の火と異なり、目や鼻や口から吐きだされる。これは、精・気・神を三昧に練成し、炎の精髄に育てあげたものである。三昧真火を普通の炎とともにかけられては耐えられない。火の中の妖怪はすがりつくように立ちあがって叫んだ。

「姜子牙よ。いったい何の恨みがあって、わたしを燃やすのだ」

紂王はその声を聞くと、冷や汗でびっしょりになり、ほうけたように目を見開いた。

「陛下、楼にお進みください。雷がまいります」

子牙がパチンと手をたたくと、大きな音をたてて雷が落ちた。火が消えて煙が晴れた後には、琵琶の形をした玉石が、ぽつんと転がっていた。

「妻よ、ついに妖怪が正体をあらわしたぞ」

紂王が叫んだが、妲己は琵琶の精がいたましくて、顔をあげて見ることさえできなかった。やっとのことで笑い顔を作って、

「陛下、わたくしに、この石をくださいませ。弦をはり、琵琶として使ってみとうございます」

紂王は、すぐに妲己の願いを聞きいれた。妲己は、さらに、姜子牙をとりたてるようにと紂王に願った。琵琶の精の恨みを晴らすために、目のとどくところにおいておきたいからである。紂王はこれも聞きいれた。

姜子牙は、下大夫《かたいふ》にとりたてられ、司天監《してんかん》の職に任命され、冠と帯をもらって宋異人と馬氏のもとに帰った。宋異人は大喜びし、友達を呼んで姜子牙の出世を祝った。

妲己は玉石の琵琶を摘星楼の上におき、天地の霊気を採らせ、日月《じつげつ》の精華を受けさせた。琵琶の精は五年後にもとの姿をとりもどし、妲己とともに殷の天下を滅ぼすことになる。

妲己は、さらにむごいことをくりかえしていた。

まず、摘星楼の下に広さ二十四丈、深さ五丈の大きな穴を掘らせ、そこに朝歌の人々に集めさせた、たくさんの毒蛇をはなし、蠆盆《たいぼん》と名づけた。そしてこの蠆盆に、姜皇后のもとで働いていた七十二名の侍女たちをつき落とした。

蠆盆の左右には池を掘らせて、左の池の中には酒糟《さけかす》の山を作らせ、枝だけの樹木をびっしりとささせ、薄切りにした肉を葉っぱのように枝にかけさせて肉林《にくりん》とし、右には酒をなみなみとそそがせて酒池《しゅち》とした。そして、侍女や宦官《かんがん》に相撲を取らせて、勝った者は酒池に落として酒を飲ませ、負けたほうは頭をわって酒糟の中にほうりだした。なぜこのようなことをしたのかと言えば、夜の二、三更になると狐の姿に戻って酒糟の中の宮人たちを食べて妖気を養っていたのである。

もちろんこの間にも妲己は、琵琶の精の恨みを晴らすために、姜子牙を計略にかけるすきをねらっていた。

ある日、妲己は紂王にたっぷりと酒をすすめ、一枚の絵図を見せた。絵図には、高さ四丈九尺のきらびやかな建物が描かれていた。すべてが玉石でできていて、瑪瑙《めのう》の手すりがつき、棟木《むなぎ》や梁《はり》には宝石があしらってあり、夜になると光り輝くという。

「陛下。これは、『鹿台《ろくだい》』と申す建物です。鹿台こそ、この世の富の粋《すい》を集めた、天子さまにふさわしい建物でございます。鹿台の上で宴《うたげ》をもよおせば、仙人や仙女が訪れます。神仙が訪れるようになれば、陛下は不老長寿を得て、わたくしとともにこの楽しみを永遠にお続けになることができましょう」

紂王は、ぐっと身をのりだしてきた。妲己は先を続けた。

「すぐれた技術と頭脳を持ち、陰陽のことにも通じた者でなくては、鹿台を築きあげることはかないません。先日下大夫におとりたてになった姜尚におまかせになってみてはいかがでございましょうか」

紂王は、妲己の言うがままに姜子牙を呼びつけた。


姜子牙はうらないによって、妲己のはかりごとで身に危険が迫っていると気づいていた。呼びに来た比干に別れをのべ、これまでの恩に報いようと、比干に、災難が突如としてふりかかったら開くようにと告げて手紙を残した。そして、運命は定まっているのだから、自分のために命ごいをしてまきこまれることのないようにと比干に忠告し、摘星楼にむかった。

摘星楼で紂王にあいさつを終えると、鹿台の絵図を見せられ、工事を監督するように命じられた。子牙は、このような工事に人々をかりだそうとする紂王にすっかりいやけがさしてしまった。

「これはたいへんな仕事でございます。三十五年という月日をかけても、完成させるのは難しいかと……」

「三十五年か。のう、妻よ。三十五年もかかるのでは、役に立たないのではないか?」

するとは妲己は、きっぱりと決めつけた。

「何が三十五年もかかるというのです。天子をあざむくふとどき者! 陛下、姜尚を炮《ほう》烙《らく》におかけください」

姜子牙は腹を決めた。

「陛下に申し上げます。鹿台の建設は人々に苦労をかけ、国の財産をついやす、まったく無駄なものです。どうかおとりやめください。今、天下の半分が殷に反旗をひるがえしております。天候も乱れ、半年も雨が降らないかと思えば大雨が降るといったぐあいで、作物の実りも悪く、人々は苦しんでいます。どうか人々の幸せを考えて、ご生活をあらため、国の乱れをお正しください。このまま民をしいたげつづければ、陛下はやすらかな最期をお迎えになれますまい」

紂王はこれを聞くと、大声で姜子牙をどなりつけた。

「朕《ちん》をそしるとは、いい度胸だ。炮烙をおそれぬのか? ならば塩づけにして切りきざむ刑にしてやろう。連れていけ!」

しかし姜子牙は、とらえられる前に身をひねり、摘星楼から飛びおりた。紂王は、あまりの逃げっぷりに、怒りながら大笑いした。

姜子牙は楼から飛びおりると宮殿の中を走りだした。竜徳殿《りゅうとくでん》、九間殿《きゅうけんでん》をすぎて、九《きゅう》竜橋《りゅうきょう》まで走った時、追っ手の姿が見えたので、手すりからザブンと川に飛びこんだ。追いかけていた人々は、子牙が川に飛びこんで自殺したと思い、それ以上追おうとしなかった。

しかし姜子牙は水遁《すいとん》に乗って水の中を進み、その場から逃れていた。

一方、子牙が水に飛びこむのを見た上大夫《じょうたいふ》の楊任《ようじん》は、紂王を諫《いさ》めて両目をくりぬかれ気を失った。その時、あやしい風が吹いて、楊任を連れさった。二人の王子のときと同じであった。

このあやしい風は黄巾力士《こうきんりきし》があらわれる時におこる。実は、殷郊《いんこう》と殷洪《いんこう》の二人は、太《たい》華山《かざん》の雲霄洞《うんしょうどう》の仙人・赤精子《せきせいし》と九仙山《きゅうせんざん》の桃源洞《とうげんどう》の仙人・広成子《こうせいし》が、楊任は、青峰山《せいほうざん》の紫陽洞《しようどう》の仙人・清虚道徳真君《せいきょどうとくしんくん》が、黄巾力士にさらわせたのであった。

清虚道徳真君は楊任を横たえ、えぐりとられた目の穴に仙丹《せんたん》を一粒ずつ入れ、先天の真気を顔にふきかけた。

「楊任、起きあがれ。たあっ！」

まさに起死回生の妙術。道徳真君の気合いとともに、楊任の目から長い手が、ニュッとのびた。二本の手の手のひらには、それぞれ一つずつ目がついている。この目は上は天界をのぞけ、下は地の底をうかがい、中は人間界のすべてのことを知ることができるという特別なものである。

起きあがった楊任は、自分の目がいつもと違うことに気づいた。そして、かたわらにいる道士に話しかけた。

「ここは、死の国でございましょうか？」

「いや。青峰山の紫陽洞だ。わしはここの洞主・清虚道徳真君じゃ。おまえさんの民を思う気持ちが捨てておきがたくて連れてまいった。ああ、その目はわしがつけたのじゃ。地上のことばかりではなく、空の上も地面の下も見ることができる。便利じゃぞ。まあ、まだ天数もつきていないことだし、ここで修行でもするんだな。じきに、人界にもどってもらって姜子牙の手助けをしてもらうことになろうから」

こうして楊任は清虚道徳真君を師匠として紫陽洞で修行をし、山をおりる日を待つことになった。

紂王は、姜子牙に代わって、崇侯虎《すうこうこ》に鹿台を築くように命じた。崇侯虎は今までにも、寿仙宮《じゅせんきゅう》や摘星楼を築くときに大きな働きをしてきた。鹿台についても、何一つ言わずに引きうけた。

しかし、鹿台を築くのには、はかりしれないほどの金と人手がかかった。規模が大きい上、普通の建物なら木を使うところを、玉や瑪瑙や宝石を使うのだから、まず探させたり彫らせたり、磨かせなくてはならない。国じゅうの各家庭から、働ける者が三人いたら二人を、一人しかいなければその一人を工事にかりだすというひどいことになった。金のある者は金をとりあげられ、金のない者は工事にかりだされて死ぬまで働かされるといったありさまだ。

人々は、おそれ、恨みの声をあげ、家の戸を閉めて各地に逃げだした。しかも崇侯虎は集めた人々をきびしくあつかった。たくさんの子供や年寄りが死んで、鹿台の下に埋められた。朝歌もさわがしくなり、逃亡する者が後をたたなかった。

さて、水遁で王宮を逃れた姜子牙は、やがて川から姿をあらわし、宋異人の屋敷にもどった。

すると馬氏が出てきて、子牙をおおげさに迎えた。馬氏は、子牙が位は低いとはいえ大臣になってからは、ひどくきげんがいい。

姜子牙も、そんな妻をかわいく思っていた。急に大臣からおろされたばかりか、罪をおって朝歌を去らなくてはならなくなったなどと聞いたら、どれほど残念がるか。かわいそうに思ったが隠してもおけない。思いきって、鹿台の建築をことわり、殺されそうになって逃げてきたことを告げた。そして、自分は西岐《せいき》に行き、いずれは国の丞相になる運命を持っているのだと教えた。だが、馬氏は、「下大夫もまともにつとめられない者が、それ以上の出世などできるわけがない」と言って、とりあわなかった。

二人は、はげしく言いあらそった。姜子牙は宋異人のとりなしで、しかたなく離縁状を書いた。子牙は、できれば再婚しないでほしいと馬氏に望んだが、馬氏は子牙の手から離縁状をひったくり、荷物をまとめて実家に帰ってしまった。子牙は、ため息をつきながら異人に別れを告げた。

西岐までは長い道のりである。黄河《こうが》をわたり、さらに旅をつづけて臨潼関《りんとうかん》に着くと、七、八百人の人々が、父も子も兄弟も夫婦も一緒になって泣きあっていた。その中に、前に姜子牙の店にうらないをしてもらいに来た人がいた。

「姜子牙さまではございませんか」

「ここにいるのは朝歌の人たちじゃないか。なぜみんな、こんなところで泣いているのだ？」

「みんな、逃げてきたのです。天子さまが鹿台とかいう建物をお建てになるそうで、崇侯虎さまが、おそろしいかりたてをなさっています。働ける者の三人に二人をさしだすなど、できることではありません。それよりいっそのこと、遠くに逃げてしまおうと思って、みなでここまで来ました。でも、臨潼関の張総兵《ちょうそうへい》が関を通してくださいません。もう、ここでつかまるのを待つしかなく、ただこうして泣いているのです」

姜子牙は、これを聞くと、いたたまれなくなり、こんなところまでは自分が大臣からおろされたことは伝わっていないと考え、「下大夫の姜子牙」と名のって、臨潼関の張総兵にかけあいに行った。

臨潼関の総兵の張鳳《ちょうほう》は、頭のかたい男だった。かえって子牙のことを、天子の命令にそむいて住民を逃がそうとするふとどき者だと言って、つまみだした。

もどってきた子牙を人々は大喜びで迎えた。しかし、やはり臨潼関を通してもらえないとわかると、人々は、前にもまして激しく泣きだした。悲しみの声が野原に響きわたるのを聞いて、

「ああ、どうか泣かないでくれ。わしが必ず助けてやる！」

こらえきれなくなった子牙は、人々にむかって叫んだ。

「逃げたい者は、たそがれどきになったら集まってくれ。やがて、わしが『目を閉じろ！』と叫ぶ。そうしたら目をつぶれ。耳もとで風の音がするだろうが、わしが言うまで、決して目を開けてはならない。もし目を開けたら落ちて死ぬが、そうなってもわしを恨まないでくれ」

人々は、姜子牙のうらないがおそろしいほど当たったことや、妖怪さわぎを覚えていたので、姜子牙の言うとおりにすると約束した。

一更（午後八時）のころ、ころあいを見て、姜子牙は大声で叫んだ。

「目を閉じろ！」

そして、崑崙山のある方角をおがみ、口の中でぶつぶつと呪文をとなえ、

「たあああっ！」

一声、気合いを入れた。たちまちあたりに土煙が舞いあがり、姜子牙の体が宙に浮く。同時に、目をつぶった人々も、いっせいに宙に浮かんだ。土遁《どとん》の術を用いて人々もろとも関をぬけてしまうつもりである。

人々は耳もとではげしい風のうなりを聞いた。しかしそれも、ほんの一瞬であった。

姜子牙が、「目を開けていいぞ」と叫んだときには、臨潼関、潼関《とうかん》、穿雲関《せんうんかん》、界牌関《かいはいかん》、汜水関《しすいかん》という五つの関を越えて、金鶏嶺《きんけいれい》に着いていた。もう、西岐のうちである。

人々は姜子牙の力に驚きながら、口々に礼をのべて歩きだした。そして西岐の人々にあたたかく迎えられた。

子牙は人々と別れて、磻渓にむかった。

九　伯邑考《はくゆうこう》、進貢して罪をあがなう

姫昌《きしょう》の長男の伯邑考《はくゆうこう》は、羑里《ゆうり》にとらえられている父に代わって治めている西岐《せいき》に、朝歌《ちょうか》の人々をやさしく迎えいれた。父が言いのこしたように、妻を求めている者には金をやって結婚できるようにさせ、身よりのない者もきちんと生活できるようにとりはからった。そして、そろそろ姫昌がとらえられて七年になるので、紂王《ちゅうおう》に宝物を贈って父をかえしてもらいに行こうと決心した。

西岐には世にもまれな宝物が三つあった。一つは七香車《しちこうしゃ》という車で、軒轅黄帝《けんえんこうてい》が蚩尤《しゆう》を破る時に使ったという、押したり引いたりしなくても、乗った人が右と思えば右、左と思えば左に動くというもの。もう一つは醒酒氈《せいしゅせん》という毛氈《もうせん》で、酒に酔った人を横たえればたちまち酔いがさめて正気にかえるというもの。最後の一つは白面猿猴《はくめんえんこう》という小さな白い猿で、三千の小曲、八百の大曲を覚えていて、よく通る細い声で歌い、手のひらの上で舞いを舞う。

伯邑考は、朝歌に着くと比干《ひかん》のとりつぎで、紂王に目通りを願いでた。

摘星楼《てきせいろう》に呼ばれた伯邑考は、這《は》ったまま紂王の前に進みでて、父を思う情をせつせつと訴え、三つの宝と十人の美女を献じた。紂王は心を動かし、伯邑考に顔をあげるように命じた。伯邑考は感謝し、手すりの外に立った。

伯邑考はものごしおだやかな、見目《みめ》うるわしい若者である。形よい眉、澄んだ瞳、赤いくちびるからは白い歯がこぼれ、やわらかな言葉には人をひきつけるやさしい響きがあった。御簾《みす》の中からそれを見た妲己《だっき》はすだれをまきあげさせた。紂王は妲己があらわれたのを見て、声をかけた。

「妻よ、西伯侯《せいはくこう》の子の伯邑考が、父に代わって罪をつぐないにまいった。孝子と呼ぶにふさわしい行いではないか」

「西岐の伯邑考は琴《きん》をよくするとうかがっております。世にまれな、天下にならぶ者ない腕とか。一曲、聴いてみとうございます」

紂王は酒色に溺れ、久しく妲己の妖気を受けていたので、礼儀というものを考えてもみず、伯邑考を間近によせて妲己に拝礼させた。琴を奏でるように求められた伯邑考は、静かに告げた。

「父母が苦しんでいる時に、くつろいで食事を楽しむことはできません。今、父は罪を犯して七年の長きにわたって囚《とら》われて苦しんでおります。臣がなぜ、琴をひいて楽しむことができましょう！　乱れた心で乱れた音を奏で、お耳を汚すことをおそれるばかりでございます」

「では、曲のできしだいでは、父を帰してやることにするが、それでどうじゃ」

紂王の言葉を聞くと伯邑考はたいそう喜び、恩を謝した。紂王は琴を持ってこさせた。伯邑考はあぐらをかいて琴をひざの上に置き、ほっそりとした指で弦をつまびいた。玉をはじくようなひそやかな音色が、深山の谷を吹きわたる松風のように清らかに響く。まさに天上の音、耳にした者はさわやかな気持ちになり、瑤池《ようち》に遊んでいるようにうっとりとなった。紂王は満足し、ねぎらいの宴《うたげ》を用意させた。

妲己は伯邑考を盗み見た。白い顔、みやびやかな姿、穢《けが》れない風情《ふぜい》には心を惹《ひ》きつけられる。一方、紂王の容姿には人を惹きつけるものがない。いくら帝王の相であったとしても、酒色に溺れていては、やつれるのがあたり前である。佳人は少年を愛するもの、ましてや妲己は妖怪である。

妖怪は人の精気を取って妖気を養う。少年からは、より多くの精気を取ることができる。妲己は、伯邑考をここにとどめ、琴を習うのにかこつけて気を惹き、鸞鳳《らんぽう》の契《ちぎ》りを結んで楽しもうと考えた。

妲己は、帰国させる前に伯邑考から琴を習いたいと望み、紂王の許しを得た。

宴の用意が整うと、妲己は金の杯をとり、紂王にどんどん酒を飲ませた。そして酔いつぶれた紂王を寝室へ運ばせると、さっそく琴を二つ持ってこさせて伯邑考と自分の前に置かせた。

「皇后陛下。琴というものには五形《ごけい》があり、六律五音《りくりつごいん》があり、吟《ぎん》、揉《じゆう》、勾《こう》、剔《てき》がございます。左手を竜の瞳のように丸くし、右手を鳳凰《ほうおう》の目のように細くして、宮《きゆう》、商《しよう》、角《かく》、徴《ち》、羽《う》を押さえます。また八法（八つの弾き方）があり、六忌（六つの忌むべきこと）、七不弾（七つの弾いてはならない時）がございます」

だが妲己が琴を習いたいなどと言ったのは、伯邑考の気を惹きたかっただけである。琴には目もくれず、ほおを桃の花のように染めて、なよやかに身をくねらせ誘惑しにかかった。朱をさしたような唇から甘い言葉をもらし、かわいらしくほほえんで秋波をおくる。

伯邑考でなければ心を乱していたであろう。だが伯邑考の意志は固く、琴を教えることしか考えていない。妲己が二度三度と流し目をおくっても、心を動かさなかった。

「難しいわ、しばらく休みましょう」

妲己は左右に言いつけて、宴の支度をさせ、伯邑考にも相伴するように言った。

伯邑考はぎょうてんしてひざまずき、

「臣は罪を犯した者の息子。どうして尊い皇后陛下のおそばに座ることができましょう」

顔をあげようとしない。妲己が言う。

「わたくしは臣下と席を同じくしようとしているのではありません。琴の師匠としてのそちを尊んで、席をあたえるのです」

だが伯邑考はどうあっても顔をあげない。やむをえず妲己は酒をかたづけさせ、再び琴をとった。伯邑考が琴をつまびき妲己が秋波をおくって、しばらくの時が過ぎた。

と、ふいに妲己がガタリと琴を置いた。

「わたくしは上席、そちは下席、このように遠く離れていては、弦をつまびくのにも誤りがあろうというもの。なかなか上達しないでしょう」

「おあわてになってはなりません。時間をかければ自然と身につくものでございます」

「なりません。今夜のうちに上達していなかったら、明日、陛下に何と申し上げるのです？　さあ、上座におあがりなさい。わたくしをそちの胸にだき、手をとって琴をつまびけば、時間をかけなくてもたちまち上手になりますわ」

伯邑考は魂《こん》が万里、魄《はく》が三千里のかなたに飛びだすほど驚いて色をなした。

「皇后陛下は臣に犬畜生になれとおおせですか！　このようなことを史書に書かれたら、いかがなさいます？　たとえ御身《おんみ》が潔白であったとしても天下の人々は信じますまい。おあせりになってはなりません」

妲己は耳まで赤くなって何も言いかえせなかった。

伯邑考を下がらせ、怒りをつのらせながら紂王の休む寝室へ行った。

夜が明けると、紂王は隣の妲己に琴の腕はあがったかとたずねた。妲己は、ここぞとばかりに伯邑考をそしった。

「陛下。伯邑考には琴を教える心などなく、逆によこしまな気持ちをおこして、礼儀にはずれた淫《みだ》らなことを言って、わたくしにたわむれかけました。これを申し上げずにおけましょうか」

「あ、あやつめ、そのようなことを！」

紂王は激怒し、ただちに起きて朝食をすませると、伯邑考を呼びつけた。

紂王は妲己の言葉を信じて、伯邑考をどなりつけた。だが、夜のことを口にするのははばかられる。もう一度琴をひかせて、心の乱れがないか、みずから確かめることにした。

伯邑考はひざをついて琴をつまびき、国のあるべき姿を歌うことで、暗に今のありようを諫《いさ》めようとして、こんな詞《し》をくちずさんだ。

くもりなき忠実な心で、君のとこしえのご幸福をお祈りいたします
やわらかな風が吹き季節は正しくめぐり、国は末永く栄えましょう

紂王は琴の音色の中に、ただ国を愛する気持ちしか読みとることはできなかった。妲

己は、紂王に伯邑考をとがめる気持ちがないのを見てとると、今度は、白面猿猴の歌を聞きたいと願った。

紂王の命《めい》を受けて、伯邑考は赤いかごを開いて白い猿をはなし、拍子木を投げあたえた。

拍子にあわせて猿が歌いだすと、みなは、うっとりと聴きほれた。悩みごとのある人もうれいを忘れ、喜んでいた人は手をたたき、泣いていた人は泣きやみ、歌の心得のある人であれば、ただ口を開けて聴きほれるばかりになる。妲己も、猿の歌にわれを忘れて聴きいり、あんまり歌に酔いしれて、つい人間の姿に化けているのを忘れて、狐《きつね》にもどってしまった。

その瞬間、猿は歌をやめ、狐めがけて走りだした。だが、すんでのところで千年の狐は妲己の姿にもどり、誰にも見とがめられなかった。

白い猿が席をとびこえて妲己にとびかかる寸前、紂王のこぶしがとんだ。白い猿は、こぶしにあたって、あっけなく死んでしまった。

妲己が悲鳴をあげ、紂王が、「伯邑考をとらえて蠆盆《たいぼん》にほうりこめ！」とどなる。

「猿はいくら歌を歌うといっても、礼儀をわきまえないけものでございます。おおかた、皇后さまの前にならんでいた果物でも欲しかったのでございましょう」

伯邑考が言いわけをしたが、紂王は聞きいれない。けっきょく伯邑考は父を連れて帰るどころか、死刑にされてしまった。

紂王は、さらに、伯邑考の肉で肉餅《ロウビン》（生地に肉だねを包んで加熱した料理）を作って羑里の姫昌のもとに運ばせた。食べなければ殺され、もし食べれば聖人の徳はないとみなされる。姫昌は息子の肉と知りながら、気づかないふりをして肉餅を三つ、口にした。以後、紂王は姫昌をたいしたことがない人物とみなすようになった。


西岐では、伯邑考が殺されたと知って、上大夫《じょうたいふ》の散宜生《さんぎせい》が、費仲《ひちゅう》と尤渾《ゆうこん》にそでの下を贈り、姫昌を帰してもらう計略をたてた。

これは、実にうまい考えであった。費仲と尤渾は、贈り物を受けとると、がらりと態度を変えた。二人は紂王に、そろそろ姫昌を許してはどうかとすすめたばかりか、姫昌の位を上げるように求めた。紂王は二人の言葉を聞きいれて、姫昌に王と名のることを許し、国に帰すことにした。

姫昌は、この七年間、じっくり伏羲《ふっき》の八卦《はっけ》を研究してきた。八卦を二つ重ねて六十四卦にし、さらに三百八十四爻《こう》に分けて解説をつけた。この研究は、『周易《しゅうえき》』として後の世に伝わっている。

紂王からの使者が着くと、姫昌は、ようやく七年の災難が終わりに近づいたことを喜んだ。そして朝歌にむかい、位が上がって文王《ぶんのう》となった祝いの宴会を王宮の竜徳殿《りゅうとくでん》で開き、さらに三日間、位にふさわしい行列を連れて街をねり歩き、朝歌の人々の祝賀を受けることになった。

二日目の昼もだいぶまわったころ、兵士の訓練を終えた武成王《ぶせいおう》・黄飛虎《こうひこ》が朝歌に帰ってきた行列と行きあった。黄飛虎は姫昌が罪を許されたのを喜び、武成王の屋敷で、二人で酒をくみかわすことにした。

「文王どのは七年前、一度は許されたのに、ぼやぼやしているうちにまた罪に問われてつかまってしまったことをお忘れか？　許されたからには、早く西岐に帰られたほうがよろしいのではないか？　またいつ陛下の気が変わるかわからないぞ」

「しかし、関を通していただけないでしょう」

「関を通る銅符なら、わしが持っている」

黄飛虎は、文王・姫昌に、銅符をわたして、すぐに朝歌を離れるようにすすめた。そして、副将の竜環《りゅうかん》と呉謙《ごけん》に西門を開けて文王をおくりだすように命じた。

翌日、紂王は、やはり姫昌を文王にして帰国させるのはまずいと考えなおし、追っ手をかけた。神武大将《しんぶだいしょう》軍《ぐん》の殷破敗《いんははい》と雷開《らいかい》が命令を受け、武成王のところで三千の兵を整えて、姫昌を追いかけることになった。

文王は一晩休まずに孟津《もうしん》をすぎ黄河《こうが》をわたり、澠池《べんち》を望む大道をゆっくりと進んでいた。

すると後ろで土ぼこりがあがり、兵士たちがおしよせてきたので、大急ぎで馬を進めた。しかし、臨潼関《りんとうかん》まで二十里あまりのところで、ついに追いつかれそうになった。

さて、終南山《しゅうなんざん》の雲中子《うんちゅうし》は、文王の危機を知って、今こそ雷震子《らいしんし》を父に会わせようと考えた。雷震子は、七年前、朝歌にむかう姫昌からあずかった赤ん坊である。雲中子が道術を教えて育てていたが、約束の七年が過ぎて今では七歳になっていた。雲中子は金《きん》霞童子《かどうじ》に、桃園《とうえん》で遊んでいる雷震子を呼んでこさせた。

「雷震子よ、おまえの父が臨潼関のあたりで災難にあっている」

「お父さんって、いったい誰です？」

「おまえの父は、西伯侯、いや、文王・姫昌どのだ。急いで、虎児崖《こじがい》の下から兵器をとってきなさい。少しばかり兵法を教えてやるから、助けに行きなさい」

命を受けた雷震子は玉柱洞《ぎょくちゅうどう》を出て、崖の下に目をこらした。だが、それらしいものは見あたらない。

「うっかりしちゃった。どんな兵器だか聞きわすれた。槍《やり》か刀か剣か戟《げき》か鞭《むち》か、それとも斧《おの》かな。お師匠さまに聞いてこなくちゃ」

雷震子が身をひるがえそうとした時、ぷうんとよい香りがただよってきた。前には谷川があり、ごうごうと水音がしている。たぐいまれな幽玄な景色で、檜《ひのき》や柏《かしわ》に藤がからまり、崖には竹があり、狐やウサギがぴょんぴょんと往来し、鹿や鶴の声がし、緑草の陰に霊芝《れいし》も見え、青々とした枝に梅が実っている。緑の葉かげから赤い杏《あんず》の実が二つのぞいているのに、はっと気がついた。

雷震子はうれしくなって、けわしい崖を藤や葛《くず》のつるに手をかけて、するするとおりていった。赤い杏の実を手にとると、あまい香りが鼻をくすぐり、みずみずしくておいしそうだった。

「一つ食べて、一つをお師匠さまにさしあげよう」

雷震子は片方の実を口に入れた。思ったとおりの味わいである。気がつくと、もう一つも口に運んでいた。

と、ふいに、シュッと音をたてて、左脇の下に、地面にとどくほど長いつばさが生えた。雷震子はびっくりぎょうてん、あわててぬこうとしたがぬけない。それどころか、次は、右側にもつばさが生えた。雷震子はあぜんとして地面にすわりこんだ。

変身はそれで終わりではなかった。つばさが生えたのに続いて顔つきが変わりだした。鼻が口と一緒に高くなり、ワシかタカのくちばしのようにつきだした。顔が藍色になり、髪が朱色に、目はつきだして金の鈴のようになり、イノシシのような牙が生え、体も二丈もの大きさになっている。

雷震子は、しばらく口をぱくぱくさせていたが、けんかに負けたニワトリのようにつばさを引きずって玉柱洞に帰った。

雲中子は、雷震子を見るなり、「いいぞ。いいぞ」と手をたたいて喜んだ。

「すぐにわかったようだな」

雷震子は、ようやく雲中子の言った兵器というのが、あの赤い杏の実だったことに気づいた。

雲中子は、雷震子を桃園に連れていき、宝物の金棍《きんこん》をわたし、使い方を教えた。見かけはただの金色の棒だが、この金棍にはふしぎな力が封じこめられていて、使い方しだいでは強力な武器になる。上下にふれれば、竜が天に登ったり海に下ったりするかのような勢い。回転させれば、びゅうびゅうと風雨の音をたてて、さながら虎が頭をゆすって向きを変えるかのようだ。しかも、動かすたびに光り輝き、あでやかな色が空中に入り乱れる。

それから雲中子は、雷震子の左のつばさに「風」、右に「雷」の字を書いて呪文をとなえた。すると雷震子は、風と雷の音をたてながら空を飛べるようになった。

「さあ、急げ。臨潼関にむかい、父を助けるのだ。だが、五つの関を越えたら父とともに西岐にむかうことは許さぬ。また、紂王の軍将を傷つけてもならぬ。すぐにもどって、ここで修行を続けるのだ。さあ行け！」

雷震子は、さっとかしこまり、洞府を出た次の瞬間、つばさを広げて飛びあがった。

たちまちのうちに臨潼関に着き、丘の上におりた。あたりを見まわしたが人影はない。

雷震子はそこで、はたと考えこんだ。

「うっかりしちゃった。お父さんの文王・姫昌ってどんな人なのか、お師匠さまに聞きわすれた。見たらわかるかなあ」

そうつぶやいた時、むこうから黒いひとえの服をはおり、青い毛織《けおり》の笠《かさ》をかぶった人が、白馬に乗って飛ぶようにかけてきた。

「もしかして、文王・姫昌さまですか？」

文王は馬をとめ、声のしたほうを見て叫んだ。

「なんということだ。化け物がからかいに来るとは」

しかし、思いなおして丘の上にかけあがりながら呼びかけた。

「いかにも。わしが姫昌だが、豪傑はなぜ、そのようなおたずねをなさるのだ？」

雷震子は聞くなり文王の前にかしこまり、地面に頭をつけてあいさつした。

「お父さ、いや、父君。ご安心ください。ただいま助けにまいりました」

「豪傑、何をおっしゃるのだ。わしはいっこうにぞんじあげぬが」

「父君。ぼくは、燕山《えんざん》の雷震子ですよう」

「雷震子？　そうか、あれから七年だ。しかし、わが子よ、なんという姿なのだ。雲中子どのとともに、終南山で修行をしていたのではないのかね」

「お師匠さまの命令で、父君を助けにきたんです」

「ありがたいことだが、追いかけてくる人たちは殷《いん》の兵士たちだ。紂王陛下のご命令で働いているだけだから、手荒なことをしてはならない。ましてや、一人でも殺したら、殷の国に弓を引くことになるぞ」

「はい、わかっています。お師匠さまからも、くれぐれも人を殺さず、ただ父君が五つの関を越えられるように助けてこいと言われました」

追っ手の軍勢は旗幡《はた》をひるがえし、銅鑼《どら》や太鼓をいっせいに鳴らして、ときの声をあげ、砂ぼこりを舞いあげて迫ってくる。雷震子はそれをちらりと見て、脇の下のつばさを広げ、空へ飛びあがった。

「止まれ！」

雷震子は、すぐに殷の兵士たちの前におり、金棍を手に大声で叫んだ。

「何者だ。なぜ、われらの道をはばむ」

殷破敗と雷開が、兵士をわって、雷震子の前に姿をあらわした。

「文王の第百子、雷震子だ。手荒なことはしたくない。これから少しばかり力を見せるから、かなわないと思ったらとっとと引きかえせ」

雷震子は、ばさっと飛びあがり、山のふもとのつきでたところを、「やあっ」と、金棍でなぐりつけた。つきでていた巨大な岩がいくつにもわれ、大きな音をたててころがり落ちる。雷震子は地面におり、驚きあきれている二人の将軍にむかって金棍をかまえた。

「さあ、どうする?」

「今回はおまえの言葉を聞いて朝歌に帰るが、今度会ったら容赦しないぞ」

二人の将軍たちは、さっと兵をまとめて引きかえした。

雷震子は文王のもとにもどり、父に背中をむけた。

「さあ、父君。お乗りください。五つの関を越えたむこうまでおおくりします」

文王は、言われるままに雷震子の背におぶさった。そして、かたく目を閉じて、耳もとでうなりをあげる風や雷の音をしばらく聞いていた。

一刻《こく》(一昼夜の百分の一。約十五分)とかからないうちに、雷震子は五つの関をぬけて金鶏嶺《きんけいれい》に舞いおりた。文王は背からおり、厚く礼を言った。

「じゃあ、ぼくはお師匠さまのところへ帰ります。くれぐれも、お気をつけて。もっと修行をして、近いうちに山からおりて父君のもとへまいります」

雷震子は、そう言うと終南山に帰っていった。

文王は、西岐にむかって歩きだした。途中の宿屋の主人にわけを話すと、主人がロバに鞍《くら》をつけ引いてくれることになった。それから一日、文王は、七年たっても、なんの変わりもない風景を見て、思わず涙をこぼしながら西岐にむかった。

すると、西岐山のところに思いがけなく二本の赤い旗がひるがえっていた。文王が近づくと、喜びの声をあげて、大将軍の南宮适《なんきゅうかつ》や上大夫の散宜生などの臣下たちがかけよってきた。姫昌の母の太姜《たいきょう》が、うらないによって姫昌の帰国を知り、準備を進めていたのであった。文王は、国じゅうの人々から大歓迎を受け、すべての者にただ感謝するばかりだった。

帰り道、文王は、伯邑考のことを思いだして涙をこぼした。すると急に胸が苦しくなり、肉のかたまりを三つ吐いた。肉のかたまりからは四本の足が出、長い耳がのびて、三匹のウサギとなって西へむかってかけさった。

十　渭水《いすい》に文王《ぶんのう》、太公望《たいこうぼう》を訪ねる

ところで、姜子牙《きょうしが》はどうしただろうか。

姜子牙は、朝歌《ちょうか》を捨て磻渓《ばんけい》に行き、そこに隠れ住み、毎日、黄庭経《こうていきょう》（道教の経）を読んで修行にはげみながら、渭水《いすい》という川で釣りをしていた。ときどき崑崙山《こんろんざん》のことを思いだしたが、元始天尊《げんしてんそん》から教えられた詩の言葉を守って、山に帰ろうとはしなかった。

とはいえ、真《まこと》の主《あるじ》はなかなかあらわれず、思わずため息が出る。柳の下にすわり、つきることない川の流れを見ていると、すべてがむなしく思えてならない。

再びため息をついた子牙の耳に、こんな歌が聞こえてきた。

山にのぼって木を切って、斧《おの》で枯れ藤を真っ二つ
ウサギは走り、鹿は鳴き、梢《こずえ》にゃ鳥がピーチクよ
松も柏《かしわ》もあおあおしげり、すももは白くて桃は紅
おいらは木樵《きこり》だ富貴はいらぬ、一石の柴《しば》は米三升

いつもかかさぬ料理と酒二杯、月と二人で乾杯だ
静かなお山で花を追い、自由気ままにどこへでも

楽しそうに銅鑼《どら》声をはりあげて歌いながら通りかかった木樵は、かついでいた柴をおろして子牙に近よってきた。

「おい、じいさん。いつもここで釣り糸をたらしているが、じいさんが何か釣りあげているのを見たことがない。いったい、どんな魚をねらっているんだい」

木樵は子牙の釣り糸をつまみ、引っぱりあげた。そして、急に笑いだした。

「じいさん、何をやっているんだい。これじゃあ、釣れやしないよ」

木樵が引きあげた釣り糸の先には、まっすぐな針がついていた。

「じいさんさ、名前は何ていうんだ?」

「わしは東海許州《きょしゅう》の生まれで、姓を姜、名を尚《しょう》、みなからは子牙と呼ばれておる。号《ごう》は飛熊《ひゆう》」

木樵は声をたてて笑った。

「こりゃおかしいや。たいそうなことを言うじいさんだなあ。号なんていうものは、よほどの人じゃなけりゃつけてないもんだぜ。号をつけるより、針を曲げてえさをつけろよ。それと浮きだ。魚が来て浮きが動く。浮きが動いたところを引きあげれば、ちゃん

と鯉《こい》が釣れるぜ。じいさんのやりかたじゃ、三年どころか百年たったって、一匹も釣りあげられないぞ」

「何もわかっとらんようじゃな。わしは魚を釣っているのではない。王侯を釣っているのだ」

木樵はまた大笑いした。

「王侯とは聞いてあきれるぜ。そのツラに王侯なんざ似合わない。エテ公がお似合いってところさ」

「ツラか。ところで、おまえさんは何という名だね？」

姜子牙は、木樵の顔をじっと見つめた。

「おいらの姓は武《ぶ》、名前は吉《きつ》。代々西岐《せいき》に住んでいる」

「わしが見たところ、おまえさんの顔には悪い相があらわれている」

「何だって？」

「左目が青くて右目が赤い。おまえさんは今日西岐で人を殺すことになる」

「ケッ、何てことを言うんだ。のろいをかけようってのか？　せっかく釣りを教えてやったっていうのに」

武吉は姜子牙をどなりつけ、さっさとその場を後にした。そして、柴をかついで西岐城の中に売りにいった。

南門から西岐城に入ると文王《ぶんのう》の行列に行きあった。おおぜいの臣下たちが文王の車に従っていて、道がこみあっていた。武吉は、てんびん棒でかついでいた柴をかつぎなおそうとした。その時、あろうことか柴がくずれて、てんびん棒が門を守っていた王相《おうそう》という兵士の耳にあたり、王相を殺してしまった。

武吉はたちまちとらえられて文王のところに連れていかれた。そして、南門のところで三日間、地面に線を引いただけの牢屋《ろうや》に入れられることになった。牢屋を見はる役人はなく、人の代わりに棒が立てられる。

殷《いん》の国でも、地面に線をかいて牢屋にするのは西岐だけで、他の地方にはきちんとした牢屋がある。西岐には文王の徳がいきわたっていて罪を犯す人が少ない上、文王のうらないがある。もし、この牢屋から逃げだしても、文王のうらないで必ず探しだされ、犯した罪の倍、牢屋に入れられるというわけである。

そんな牢屋に入れられた武吉はおいおいと泣きだした。そこへ、散宜生《さんぎせい》が通りかかった。散宜生は武吉があまりひどく泣いているので、わけをたずねた。武吉は泣きながら胸のうちを散宜生に訴えた。

「おいらには、七十すぎのおっかさんがいます。兄弟も妻も子供もありません。もしおいらが帰らなかったら、おっかさんは腹をへらして死んじまいます。

お慈悲でございます。おっかさんの世話をする間、牢屋から出していただけませんでしょうか。用意が整ったら必ずもどってきますから」

「そうか。それなら、そのようにとりはからってやろう」

散宜生のはからいで、武吉はしばらく山にもどることを許された。武吉は母親に、今日のことを残らず話して聞かせた。

「あのじじいの言葉の毒にあたったんだ」

「いや、そうじゃないよ、武吉。そのおじいさんこそ、先を見通す力を持っていたんだ。世に隠れ住む賢人だったに違いない。その方にならば、おまえを救うことができるかもしれないよ」

武吉は母にすすめられて、姜子牙が釣りをしている川辺にやってきた。

「おじいさん、おいらが悪かった。おじいさんの言ったとおりになった」

武吉は西岐でのことを話し、姜子牙の前に泣きながらひざまずいた。

「このとおりだ。おいらとおっかさんのことを助けてくれ！」

姜子牙は武吉の顔をじっと見ていたが、やがて静かに口を開いた。

「天数は動かしがたい。だが、おまえさんには出世する相が出ている。わしを師匠としてうやまい従うなら、助けてやらぬこともない」

武吉は、これを聞くなり、地面に頭をつけて子牙をおがんだ。

「お師匠さま。おいら、何でもやります」

姜子牙はあいさつを受け、

「うむ、これで今日から、おまえさんはわしの弟子だ。助けてやらなくてはなるまい。今から言うことをしっかり聞きなさい。まず、すぐに家に帰って、寝台の前に、おまえさんが入れるぐらいの穴を掘りなさい。深さは四尺。夜になったら穴の中で寝て、母親に、頭のところに一つ、足のところに一つ、灯《あ》かりをともしてもらいなさい。それから、米でもご飯でもいいから、二つかみばかりぱらぱらと体にかけてもらい、その上にいくらか草をかけてもらうのだ。一晩ぐっすり眠ったら、それでもう大丈夫だ」

武吉は大喜びで帰っていった。姜子牙は夜中の三更《さんこう》（午前〇時）になると、髪をふりみだし、剣をぬき、北斗《ほくと》を踏んで（道教の祈りの時に使う歩き方。北斗七星の形に足を運ぶ）、手を組み合わせて印《いん》を結び、武吉のために祈りをあげた。これで武吉についてのうらないが当たらないようになる。

翌日の朝、武吉がやってきて、「お師匠さま」とあいさつした。子牙は、おごそかに告げた。

「これでおまえは牢屋にもどらなくてもよくなった。これからは、わしについてよく学ぶがいい。朝早く起きて木樵の仕事をすませ、夜はわしのところで兵法を勉強するのだ。わしが見たところ、近いうちにこの西岐にも戦《いくさ》が起こる。そのとき、天子に力を貸せるようにはげめ」

こうして、武吉は姜子牙のもとで武芸を学び、『六韜《りくとう》』（兵法書。太公望《たいこうぼう》こと姜子牙が書いたとも、魚の腹から得たともいう）の講習を受けるようになった。

半年ほどが過ぎた。散宜生は、武吉がいつまでたってももどらないので、どうなったのか文王にうらなってもらった。すると、武吉が身投げして死んでしまっていると出た。文王は、罪をおそれて自殺したに違いないと言って、武吉をあわれんだ。

やがて、再び春が訪れた。

文王は、帰国してすぐ西岐の南に霊台《れいだい》という高さ二丈の台を築いて、さまざまなしるしを読みとるのに使っていた。ある夜、文王はその霊台で休み、二枚のつばさがある額の白い虎が東南からとびかかってきて、台の後ろに火の手が上がるという夢を見た。夢判断で、その虎は熊で、文王を補佐する賢者があらわれ周《しゅう》が興《おこ》る吉兆だとされた。以来、文王は西岐じゅうを探しまわらせていたが、これといった人物はなかなかあらわれず、賢人探しが続いていた。

そして訪れた春である。文王は、賢人を探すのはもちろんのこと、春の景色も楽しむことにし、文武の臣下たちを連れ馬に乗って南に進んだ。

しばらく行くと、漁師たちがふしぎな歌を歌っていた。

思い返せばその昔、成湯《せいとう》は桀《けつ》をたいらげた
正義の旗はひるがえり、民は心を安んじた
今六百と余年を経《へ》、恩も情けも消え散った
肉の林に酒の池、千尺の血を積んだ鹿台《ろくだい》よ
内と外から国は荒れ、四海に響くうめき声
我滄海《われそうかい》の客なれば、星を見上げて糸を垂れ
川の流れに耳を洗い、亡国の音に知らぬ顔

文王はこの歌を聞きとがめ、「川の流れに耳を洗い、亡国の音に知らぬ顔」という言葉が、その昔の聖君である尭《ぎょう》が、不肖の息子ではなく賢人に位を譲ろうとしたときの話にもとづいていると気がついた。尭王から位を譲ろうと言われた高潔の士は耳が汚れたと言って洗い、そこに来たもう一人は、その汚れた水を牛が飲まないようにと、牛を川上に連れていって水を飲ませたという。

漁師たちの中に賢人がいないか探させたが、漁師たちは、この歌は、ここから三十五里のところにある磻渓に住んでいる老人が作ったのだと言うばかりであった。

文王は、その人こそ賢人だろうと考え、さらに馬を進めた。すると今度は、木樵たちがこんな歌を歌っていた。

鳳《ほう》も麒麟《きりん》も少なくないが、乱れた世には飛ばぬもの
雲を起こして竜が飛べば、人はあわてて賢者を探す
風を起こして虎が走れば、人はあわてて賢者を探す
よく見よ、畑をたがやす農夫、心は尭や舜《しゅん》の楽しみ
職に就くべき学識を、胸にいだいているやも知れぬ
古来賢者は不遇を伝えて、水のほとりで身は終えぬ
富貴なんぞは見くだして、天をあおいで名君を待つ

これこそ、と文王は馬をとめさせ、木樵の中に賢人がいないか探させた。しかし木樵たちは、この歌は、ここから十里のところにある磻渓で釣りをしている老人が口ずさんでいるもので、朝夕通りがかりに聞くので覚えてしまったのだと言った。

文王がさらに進むと、散宜生が「あの木樵は、死んだはずの武吉によく似ていますが」と言った。呼びよせてみると、たしかに武吉だった。文王はうらないがはずれたことをいぶかしく思い、武吉にわけをたずねた。

「すべて、お師匠さまのおかげでございます。お師匠さまは、東海許州のお方で、姓を姜、名を尚、みなからは子牙と呼ばれておられ、道号は飛熊」

「おめでとうございます！」

散宜生が馬上で礼をとった。

「武吉の言う、道号を飛熊とおっしゃるお方こそ、霊台の夢のお方に違いありません」

文王は、さっそく武吉に案内させて林に入っていったが、姜子牙は住まいにいなかった。

帰る途中、文王は川のほとりにより、柳の下にある、釣りをする人が座る石のかたわらを見た。ただ竿《さお》が水面に揺れているばかりで子牙の姿はない。文王は心残りでならなかった。

やむをえず城に帰り、文王は誠意を見せるために三日間ものいみをし、四日目に身を清め、衣冠を整えた。輿《こし》にきちんとこしかけ、贈り物をかつがせて、行列を従え、武吉を武徳《ぶとく》将軍にとりたて、いよいよ姜子牙を迎えようと、再び磻渓を訪れた。

三十五里進んで林に着くと、

「みなはここで待っておれ。釣りのおじゃまをしてはならぬ」

散宜生だけを連れて林の中に入った。すると子牙が背をむけて川辺に座っていた。文王は、子牙の後ろにそっと立った。

子牙は、文王に気づいて歌を口ずさんだ。

西風が起きて白雲が飛ぶ、年老いた身で何をなそうとする？

五鳳《ごほう》が鳴き真の主が現れ、釣り糸を垂れる我を知るは稀《まれ》なり

「楽しんでおいでのようですな」

子牙はふりむき、あわてて竿をおき、地にひれふした。

「お出ましとは知らず、お出迎えもいたさなかったことを、どうかお許しください」

文王はあわてて姜子牙を助けおこした。

「ずっと先生をお慕いしておりました。ご尊顔を拝し、これにまさる喜びはございません」

子牙の小屋へ行き、文王と子牙はあらためて礼をかわしあった。

「久しくご高明をあおぎながら、お目にかかることがかないませんでした。豊かなご学識にふれ、お教えを拝聴できるだけで、昌《しょう》にとって三生《さんしょう》の幸せでございます」

「このような年寄りに何の力がございましょう。文は邦《くに》を安んじるに足りず、武は国を定めるに足りません。賢王のご聖徳を汚すことになるのではありますまいか」

散宜生がかたわらから言葉を足す。

「ご謙遜には及びません。身を清め心をつくしてまいったわたくしどもの気持ちを、どうぞおくみとりください。今天下は乱れ、天子は酒色に溺れ、賢者を遠ざけ、よこしま

な者を重く用いて、民をしいたげ、国じゅうが怨嗟《えんさ》の声に満ちております。今こそ、民を幸せにするために賢人が必要なのです。胸の内をおあかしになって、どうか、わが主君にお力をお貸しください」

散宜生が贈り物を見せた。子牙は童子《どうじ》にそれを収めさせた。つづいて散宜生は輿を押してこさせて子牙にすすめた。だが子牙は遠慮して乗らない。文王が再三すすめても決して乗ろうとしなかった。

しかたなく文王が輿に乗り、子牙を馬に乗せて西岐城に帰った。この時、姜子牙は齢《よわい》八十歳に近かった。

文王が姜子牙を連れて西岐に帰ると、人々はあらそって出迎え、喜ばぬ者はなかった。宮殿で文王に対し臣下の礼をとった子牙は、右霊台丞相《うれいだいじょうしょう》（首相）に任命された。姜子牙は、西岐に腰をすえて、国を治める方法を文王と語りあい、法律を定めた。

姜子牙のことを、太公が望んでいた人物、すなわち太公望とも呼ぶ。

十一　妲己《だっき》、計を設けて比干《ひかん》を害する

やがて、文王《ぶんのう》が姜子牙《きょうしが》を丞相《じょうしょう》に迎えたことが朝歌《ちょうか》に知らされた。報告を受けたのは比干《ひかん》である。比干は紂王《ちゅうおう》の叔父《おじ》で、亜相《あしょう》の位にあった。比干は、このことを紂王に知らせに摘星楼《てきせいろう》にむかった。すると、崇侯虎《すうこうこ》が鹿台《ろくだい》ができあがったことを知らせに来ていた。紂王は比干の報告を無視し、さっそく贅《ぜい》を極めた鹿台で妲己《だっき》と宴会を開いた。

「のう、妻よ。神仙《しんせん》はいつ訪れるのであろう？」

紂王は、鹿台を築く時に、妲己が「鹿台で宴《うたげ》を開けば、仙人や仙女が訪れるようになる」と言ったのを覚えていた。これは妲己のでまかせだったのだが、紂王は信じこんでいた。

「仙人や仙女は、月が丸くなって輝き、空がすみずみまで澄みわたれば訪れますわ」

「今は十日だが、十四、五日になれば月が丸くなって輝くだろう、その頃には神仙に会わせてもらえるであろうな？」

九月十三日の三更《さんこう》の頃、紂王が熟睡しているのを見はからって、妲己は狐《きつね》の姿にもどり、一陣の風となって朝歌の南門の外三十五里にある軒轅《けんえん》古墳にむかった。その穴の中が千年の狐の精のもとのすみかだった。ここには今、百年、二百年だの、三百年、五百年だのといった、天地の霊気を採り日月《じつげつ》の精華を受けて変化《へんげ》の術を身につけた化け狐の仲間と、妹分の九首の雉《きじ》の精がすみついている。

古巣にもどった千年の狐をみなは大喜びで迎えた。

「今日は楽しい話を持ってきたのです。次の十五夜に、みんなを天子さまの宴会に招待します。ただし、化けられる者に限ります。仙人や仙女に化けて朝歌に来るように」

するとき九首の雉の精が、

「おねえさま、わたくしは少しこわいので遠慮しておきます。化けられる三十九名をよろしくお願いいたします」

千年の狐は、すぐに風の音をたてて王宮にもどり、何食わぬ顔で閨《ねや》にもどった。紂王は酔いつぶれており、妖怪の出入りに気がつかなかった。

やがて満月の夜が来た。紂王は、比干に神仙の相手をするように命じ、鹿台に三十九人分の席をつくらせた。天子の宴席である。竜や鳳凰《ほうおう》を料理したかとみまごうばかりの珍味が山をなし、美酒は海ほど用意された。姿を見せてはいけないと妲己に言われて、とばりのむこうで紂王は妲己と杯をかわしはじめた。

一更になるころ、遠くで風の音が起こった。狐たちが仙人や仙女に化ける妖気で、たちまち名月が霧に隠れる。虎のほえる声にも似た大きな風音がし、台の上に飄々《ひょうひょう》と人が降りてきた。月光がしだいにあらわれる。

「仙人さまがたですわ」

妲己は紂王にささやいた。

とばりをすかして紂王がのぞくと、仙人や仙女たちは、青、黄、赤、白、黒の服を思い思いにまとっていた。さまざまな冠や頭巾をかぶり、坊主頭の者もいれば、頭の両側にまげをゆった者もいるといった具合。豊かな髪を雲のようにゆいあげた仙女もいるのを見て、紂王はおおいに喜んだ。

宴会が始まると、比干は金の壺をとり、三十九人それぞれに酒をついで乾杯してまわった。比干は「百斗《と》を飲みほす」と言われるほど酒に強い。なんなく三十九人と、それぞれ二回ずつ乾杯してまわった。すると、何だかけものくさい、おかしなにおいが仙人たちから立ちのぼりはじめた。

比干は首をかしげながら、さらに杯をすすめていった。すると前の席にいる仙人の尻から狐のしっぽがぶらさがっていた。

それを見た比干は、この仙人たちの正体をさとった。そして、狐の相手をさせられていたと気づくと、くやしくてたまらなくなった。

この時、妲己もまた、仲間の一人が酔って正体をあらわしそうになったのを見て、あわてて宴会をお開きにした。

　比干は鹿台からおりて分宮楼《ぶんきゅうろう》を過ぎ、午門《ごもん》を出て馬に乗った。しばらく行くと、武《ぶ》成王《せいおう》の黄飛虎《こうひこ》が家来を連れて夜まわりをしているのに行きあった。

「武成王どの。世の乱れここに極まれり、だ」

　比干は、あいさつもそこそこに、紂王が開いた月見の宴会に狐の「仙人」たちが並んでいたことを告げた。黄飛虎は驚きあきれながらも、比干を帰し、狐退治にのりだした。

　黄飛虎は四人の配下の将軍、黄明《こうめい》、周紀《しゅうき》、竜環《りゅうかん》、呉謙《ごけん》を集めた。

「それぞれ二十名の兵を連れ、東西南北の四つの門を見はれ。もしあやしい道士たちが門を出ていったら後をつけて、すみかをつきとめ、すぐに報告せよ」

　狐たちは酔っぱらって風に乗れなくなり、五更（午前四時）になるころ、ふらふらしながらひとかたまりになって、開いた南門を出ていった。周紀がこれを追いかけ、城から三十五里にある軒轅古墳の脇の石洞に入っていくのを確かめた。

　黄飛虎は周紀に三百名ほどを連れていかせ、石洞の入り口をふさがせ、薪《まき》を積んで火をつけさせた。そして、しばらくしてから比干と一緒に様子を見に出かけた。

　狐たちはすっかり焼け死んでいた。こげた毛皮、焼けただれた肉の悪臭が鼻についた。

　比干が武成王に言う。

「これだけ狐がいるのだから、こげていない毛皮を集めてはぎ、長い上着を作って陛下にさしあげてはいかがであろうか。それを見た妲己が陛下の前でうろたえれば、陛下も目をお覚ましになるかもしれない。われわれの忠誠をしめすことにもなる」

二人は笑いあい、この計画を実行に移した。

上着は、表に真っ赤な絹、裏に化け狐の毛皮をつけて見事にしあげられた。上着ができあがるまでに季節は移り、冬が訪れていた。

紂王が妲己と雪見の宴を開いている時に、比干はこの上着を朱色の盆にのせて献上した。

「このようにあたたかいものは初めてじゃ。皇叔《こうしゅく》の功は大きいぞ」

鹿台の上はひどく寒く、紂王は上着を着こんで満足そうにうなずいた。

しかし妲己は、一目で、それが妹分の狐たちの毛皮だと見破った。悪ふざけをして仲間を宴会に呼んだ報いではあったが、いたましくてならない。妲己は深く比干を恨むようになった。

「陛下、狐の毛皮など、ご竜体（天子の体）にふさわしくございませんわ」

妲己は、さっさと紂王から上着をとりあげ、倉庫にしまわせた。紂王が上着をぬぐのを見ても、身を引き裂かれるほどの悲しみがおそってくる。妲己は涙を隠して、いつかこのしかえしをと、比干の後ろ姿をにらみつけた。

月日は飛ぶように過ぎる。妲己は復讐《ふくしゅう》のための計略を練り、ある日、鹿台での宴の際に、わざと妖気をはらった。化粧を落としたようなものである。日ごろのあやしいまでの美しさの十分の一か二といったところだ。それまでが、初めてほころびた牡丹《ぼたん》、風にゆれる芍薬《しゃくやく》、雨を帯びた梨の花、日ざしに酔った海棠《かいどう》とでもいうべき世を絶する美貌であっただけに、紂王は驚いた。

「陛下、なぜわたくしの顔をしきりに見つめておられるのです？」

紂王は笑って答えない。かさねて妲己が問うと、ようやく口を開いた。

「そちはまこと、なよやかな花や美しい玉のようだな。手ばなすにしのびがたい」

「わたくしごときでは、陛下のご寵愛《ちょうあい》にたえぬことをおそれるばかりでございます。わたくしには妹を胡《こ》、名前を喜媚《きび》という義理の妹がございます。今は仙家《せんか》に出家して紫《し》霄宮《しょうきゅう》にいるのですが、その美しいこと、わたくしなど足もとにもおよびません」

酒色を好む紂王はこれを聞いて喜び、妲己に笑いかけた。

「妹がいるのなら紹介してもらえぬか？」

「喜媚はまだ結婚しておりませんの。幼いときに出家して道を学び紫霄宮で修行しておりますす。簡単に来られるわけがありませんわ」

「そこを朕《ちん》のために、曲げて何とかしてくれぬか？」

「冀州《きしゅう》にいた頃、仲のよかった喜媚が出家することになり、涙ながらに別れたのです。そういえばそのとき、二度と会えないのかと問うわたくしに喜媚は、もし五行《ごぎょう》の術を得たら信香（消息を伝えることのできるお香）を送るから、会いたくなったら信香を焚《た》くようにと言ったのです。一年ほどして信香が送られてきましたが、まだ使ったことはございません。陛下がおっしゃるまで、すっかり忘れておりましたわ」

紂王はたいそうな喜びようで、

「ではすぐに信香を焚くがよい」

「おあせりになってはなりません。喜媚は仙家に出家しておりますから、俗人と同じというわけにまいりません。

明日までお待ちください。月下に茶菓を用意させ、身を清め香を焚いて迎えましょう」

宴が果て、紂王が眠りについた夜中の三更、妲己は狐の姿にもどり、軒轅古墳にむかった。九首の雉の精だけが泣きながら出迎えた。

「おねえさま！　おねえさまが宴に招いたために、一族は死に絶え、皮まではがれてしまいましたわ」

妲己もまた泣き、

「仇《かたき》を討たずにいられるものですか。計略を考えたから助けてちょうだい。ひとりでここにいても寂しいでしょう、この機会に皇宮に入り一緒に楽しみましょう」

打ち合わせをして妲己は宮殿にもどり、紂王とともに眠りについた。


次の日、紂王は喜媚のことばかり考えて、はやく日がかたむかないか、はやく月がのぼらないかと、待ちに待った。

やがて天を洗うかのような月がのぼった。紂王は妲己と台の上で月をながめ、はやく香を焚いて会わせてくれと妲己をせかした。

「ではこれから香を焚いて喜媚を呼びますが、出家している身ですから陛下がいらしたら驚いて帰ってしまうかもしれません。まずはどこかに隠れておいでになり、わたくしがお引きあわせするのをお待ちください」

妲己が手を清めて香を焚くと、一更の太鼓が鳴るころ、風がうなり、厚い雲がわき、黒い霧が空を迷わせて、名月が姿を消した。天地が暗くなり寒気がしのびこむ。

「喜媚がまいりますわ」

妲己が言いおわらないうちに、空中から人の声がした。妲己はいそいで紂王を奥にむかわせた。

紂王は内殿に進み、すだれごしにぬすみ見た。

風がやむと、真っ赤な八卦衣《はっけい》をまとい麻の靴をはき絹のひもをしめた女道士が立っていた。

月光が再びさっとさす。白く光る明るい月あかりのうえ、ろうそくの灯がきらきらと照らしている。

灯月《とうげつ》のもとの佳人は白日のもとの十倍の美しさとは、よく言ったもの。女の肌は雪のように白く、表情はおだやかで朝の霞《かすみ》を思わせる。海棠のようにあでやかな姿、さくらんぼのようにかわいらしい口、香るかんばせ、桃のほお、すきとおるような美しさに、紂王は心をつかまれた。

妲己が喜媚に茶をすすめ、あいさつをかわす。二人は殿内に入り、座って茶を飲みはじめた。紂王はあらためて喜媚の姿を見、また妲己を見た。妖気をまとっていない妲己と比べると、喜媚の美しさは天と地ほどの違いがある。天子であれば喜媚も共に寝所に侍《はべ》らせて何の問題もないと考えると、気持ちを止められなくなった。

「精進料理を召しあがる？　それとも、なまぐさものにしましょうか？」

「精進料理にしていただけるとありがたいわ」

二人は語り合いながら杯をすすめる。

灯火のもとの喜媚はさらになまめかしく、花の精か月の女神の嫦娥《じょうが》と見まごうばかりだった。紂王の魂《こん》は三千里、魄《はく》は山河を越えて十万里をさまよい、ともに席について語りあえないのを恨んで、耳やほおをかき、立ったり座ったり、もうどうしていいかわからない。ついに、がまんしきれなくなって、わざとらしく咳《せき》ばらいをした。

妲己はその意味をさとり目配せをすると、喜媚にもちかけた。

「ご迷惑かもしれないけれど、お願いしたいことがあるの」

「何でしょう？　うかがいますわ」

「以前、天子さまの前であなたの徳が高いことをお話ししたら、天子さまはお喜びになり、紹介してほしいとおっしゃったの。お断りすることもできないし、いらしたこの機会にご紹介させていただいてもよろしいかしら？」

「わたくしは女の身で、しかも出家しておりますわ。酒席をともにすることは礼儀に反します」

「あら、出家したら、三界《さんがい》の外に出て五行の中に在らず、でしょう。世俗の男女の別など関係ないわ。それに、天子さまは天の子だから神仙と同格です。わたくしとあなたは幼いときからの義理の姉妹だから、天子さまにお目にかかるのは親戚に会うことで、問題ありませんわ」

「おねえさまがそうおっしゃるのでしたら、では」

「では」という言葉が終わらないうちに、紂王が部屋にとびこんできた。紂王が喜媚に頭をさげ、喜媚もあいさつをかえす。

「どうぞおかけください」

紂王がかたわらに腰かける。二人は上座と下座に移った。

灯火のもとで、紂王は二度三度と喜媚の赤い口もとを見つめた。さくらんぼのような口からは、かぐわしい息がとぎれることなく吐きだされ、うるんだ双の瞳はこびをふくみ、かわいらしいことこの上ない。紂王は欲望をおさえきれなくなり、思いがつのって、全身から汗がふきだした。

妲己は紂王の体に火がついたのを見てとると、更衣をすると言って部屋を出た。

紂王は下座に移り、上座の女道士に杯をささげた。思いをこめて見つめれば、喜媚はほおをそめて笑っている。

「ありがとうございます」

杯を受けとって、なよやかな声で礼をのべた。手と手が近づいたすきに、紂王は喜媚の腕をそっとつねった。だが、女道士は何も言わなかった。いやがらないのは脈がある証拠、紂王は舞いあがらんばかりに喜んだ。

「台の前に出て、月をめでてはいかがかな？」

「ええ」

紂王は喜媚の手をとって台の前へといざなった。喜媚は身を引こうとしない。紂王は心を動かして肩を抱いた。月の下でよりそえば、思いはますますつのる。紂王はうれしく思い、たわむれの言葉を投げた。

「修行を捨てて、姉とともに朕のもとにつかえてはどうじゃ。清らかさより富貴を選び、朝夕楽しみをつくすのも悪くあるまい！　わずかな人生、わざわざ苦しまなくてもよかろう。どうじゃ？」

喜媚は何も言わなかった。逃れようとしないのを見て、紂王は喜媚の胸に手をのばしてまさぐる。やわらかく、あたたかく、みずみずしい肌であった。気のあるようなないようなそぶりを見て、腕に抱きかかえて配殿（正殿の脇の建物）にいざない、契りをかわした。歓をつくすこといくたびか、ようやく手を休める。

身を起こして服を整えているところに妲己があらわれて、喜媚の黒髪が乱れ、はあはあと息を切らせているのを見てとった。

「どうしたのです？」

「隠すことはできまい、たった今、喜媚と縁《えにし》を結んだ。これも天のくだした赤い糸じゃ。これからは妹とともに朕のかたわらにはべり、朝に夜に楽しみ、つきることない幸福をともに受けるがよい。喜媚をすすめてくれたそちに感謝するぞ」

紂王は宴の用意をしなおさせ、三人で夜明けまで飲みあかして鹿台の上でともに休んだ。

紂王がひそかに喜媚をめとったことは、外に知られることはなかった。紂王は、ますます政治をかえりみなくなり後宮《こうきゅう》に閉じこもった。武成王の黄飛虎でさえ、紂王に会って諫《いさ》めることができない。ある日、東伯侯《とうはくこう》の姜文煥《きょうぶんかん》が兵を分けて野馬嶺《やばれい》を攻め、陳塘関《ちんとうかん》を落とそうとしているという知らせが入った。黄飛虎は、魯雄《ろゆう》に十万の兵をあたえて関を守りに行かせた。

喜媚を得てからの紂王は、朝に交わり夕に歌うことばかりを考え、国の大事を思いもしなかった。妲己は復讐の時が来たことを知った。

ある日、紂王と胡喜媚と妲己の三人で朝食をとっている時に、妲己が「うっ！」と大きな声をあげて倒れた。目を閉じて何も言わず、口から血を流し、顔が紫がかっている。

紂王はぎょうてんした。

「何年もともに過ごしてきたが、このようなことは今までなかった。いったいどうしたのだ？」

胡喜媚がわざとうつむき、深くため息をついた。

「おねえさま、昔の病気がぶりかえしたのですね」

「昔の病気のことなど、朕は聞いたことがないが」

「ずっと昔、まだ結婚せず、冀州にいたころのことでございますもの。おねえさまは命にかかわるような心臓の病気をお持ちだったのです。冀州のお医者さまである張元《ちょうげん》先生にみていただくと、先生は『玲瓏心《れいろうしん》』なる薬をひとかけらせんじて、おねえさまにお飲ませになりました。それですっかりよくなって、それからは具合が悪くなるのを見たことがございませんでした」

「ではすぐに冀州に使いを出し張元を呼びよせよ」

「陛下、冀州までは長い道のりです。行ったり来たりで一月以上かかります。先生にいらしていただく前に、おねえさまの命がなくなってしまいます。もし朝歌に玲瓏心があれば、おねえさまはよくなるはずでございます」

「では、玲瓏心を用意させよ。その玲瓏心とやらは誰が持っておるのだ？」

胡喜媚は指を折って何かしきりに数えるようなふりをし、

「わたくしがうらなったところでは、朝廷にただ一人、位人臣を極めた大臣だけがお持ちです。けれどおねえさまを救ってくださらないのではないでしょうか」

「そやつは誰だ、すぐに教えよ」

「亜相の比干さまだけが、玲瓏七竅《れいろうしちきょう》の心臓をお持ちです」

「比干は皇叔、朕と血のつながりのある親族じゃ。わが妻のためになら玲瓏心のひとかけらぐらい、喜んでさしだしてくれるであろう。すぐに比干を呼べ！」

紂王は、たてつづけに使者を出し比干を呼びつけた。比干は、あまり何度も使者がくるのに驚きあきれながら、六人目の使者にたずねた。

「して、このようにお急ぎとは、陛下は、どのようなご用むきなのだ」

「蘇《そ》皇后さまのご病気の薬に、比干殿下がお持ちの『玲瓏心』をひとかけらさしだすようにとのおぼしめしです」

比干は、はっとして身をふるわせた。「玲瓏心」を言葉どおりに考えたら、「よくできた心臓」である。妲己の今までのふるまいを考えれば、人の心臓をほしがることも十分にありそうであった。

比干は、すぐに陛下のもとへうかがうと返事をし、奥に戻り、妻と子供の微子徳《びしとく》に別れを告げた。

そのとき、微子徳が泣きながら言った。

「心配いりません父上、その昔に姜子牙が父上の相を見て『どうしてもさけられない災難が突如としてふりかかったらお開きください』と言って残していった手紙があるではありませんか」

「おお、それを忘れていた」

あわてて手紙を読んだ比干は、火を用意させ、手紙に入っていた符を焼いて灰を一椀《ひとわん》の水にまぜ、いっきに飲みほした。そして朝服《ちょうふく》に着がえ、馬に乗って午門にむかった。

紂王が比干の心臓をせんじて妲己の薬にするらしいといううわさを聞いて、武成王の黄飛虎や大臣たちが午門に集まっていた。そこへ比干が馬に乗ってあらわれ、午門で馬からおりた。みなは比干に、なぜそんなことになったのかとたずねたが、比干は、「使者から聞いた以上のことはわからない」と言うばかりだった。

みなは比干を大殿《だいでん》に連れていき、比干は呼ばれて鹿台にのぼり紂王にあいさつした。

「わが妻の突然の心臓の病をなおせるのは玲瓏心だけなのだ。皇叔が玲瓏心を持っているそうだな。ひとかけら借りうけて薬にし病を治すことができれば、その功は莫大《ばくだい》じゃ」

「『玲瓏心』とは？」

「皇叔の体の中にある心臓にほかならない」

比干は紂王をどなりつけた。

「心臓は体の主《あるじ》、肺の奥に隠れ、六腑《ろっぷ》の中央に座し、百悪に侵されることなく、ひとたび侵されれば死ぬ。心が正しければ手足も正しく動き、心が正しくなければ手足も正しく動かない。心臓は万物の命の宿るところ、四象変化の根本。もし傷つけられれば生きてはおれぬ！　死んでも惜しくはないが、妖婦の言葉を聞いてわしの心臓をえぐるようなことをすれば国があやうくなるぞ！」

「皇叔はまちがっておる！　ただ心臓のひとかけらを借りればそれですむのに、何をつべこべ言う必要がある？」

比干は気が高ぶって大声で叫んだ。

「暗君め！　酒色に溺れて物事がわからなくなったか！　心臓のひとかけらを取られれば、わしは死んでしまうではないか。この比干が心臓をえぐられるような、どんな罪を犯したというのだ！」

紂王は怒り、

「朕は天子、そちは叔父とはいえ臣下だ。朕が死ねと言えば口ごたえせず死ぬのが臣下の道であろう。それを朕をののしるとは礼儀知らずめ！　さあ、比干をひっとらえ、心臓を取り出せ！」

紂王が命じると、比干は大声でののしった。

「いやしい妲己め！　死の国で先帝陛下にお目にかかっても、わしには何の恥じるところもないのだ！　誰ぞ、剣を持て！」

比干は左右の者に剣を持ってこさせると、代々の天子をまつるみたまやの方角を八度ふしおがみ、涙を流した。

「成湯陛下《せいとうへいか》、成湯の二十八世の天下は殷受《いんじゅ》が絶つのです、臣の不忠ばかりではありませぬ！」

帯をといて裸になると、へそに剣をつきたて腹をさいた。だが、姜子牙の符水の力で、体からは一しずくの血も流れでなかった。比干は腹の中に手を入れて心臓を取り出し、投げすてると、何も言わずに服を合わせ、血の気の失《う》せた顔で鹿台をおりた。

「老殿下、いかがでしたか?」

宮殿の前に集まっていた黄飛虎や大臣たちは、王宮からあらわれた比干に声をかけた。だが、さっきと様子が違う。顔が真っ白で返事もない。首《こうべ》をたれ、早足で九竜橋《きゅうりゅうきょう》をわたり、午門を出ていった。そして馬に乗り、朝歌の北門にむかう。

黄飛虎はいぶかしんで、黄明と周紀に後を追わせた。

比干は飛ぶように馬を走らせ、五里から七里ほど進んだ。すると、道ばたで一人の女が、手かごに入れた無心菜《むしんさい》(野菜の一種)を売っていた。「無心菜、無心菜」という呼びかけを聞いて、たづなを引きしめる。

「これが無心菜か?」

「はい、無心菜です」

「無心、無心、と。もし人が無心(無心臓)であったら?」

「心臓がなければ人は死にます」

女が答えると、比干は一声大きく叫び、馬からころがり落ちて、血だらけになって息たえた。女の言葉で、比干の体を守っていた姜子牙の符水の力が破られたのである。もし女が、「人は心臓がなくても生きていられる」と言っていたならば、比干は命を失わずにすんだ。

比干が馬から落ちたのを見た女は、あわててかけさっていった。

やがて、黄明たちの報告を受けて黄飛虎たちがやってきて、比干のなきがらをひつぎにおさめ、北門の外に安置した。

そのとき、朝歌の北に土煙があがった。すぐに伝令がやってきて、太師《たいし》の聞仲《ぶんちゅう》が帰ってきたことを告げた。殷《いん》の太師の聞仲は、淡い金色の顔に五すじの長いひげ、そして額に三つめの目のある道士である。墨麒麟《ぼくきりん》に乗り、二本の金鞭《きんべん》をあやつり、紂王のために国を守って数々のいさおしをあげてきた。今日また北海七十二諸侯の反乱をしずめてもどったのである。

墨麒麟に乗った聞仲は、まず北門の外に安置されているひつぎを見つけて比干の死に驚き、城に進んだところで鹿台が高くそびえているのを見、午門で高官たちに迎えられて麒麟をおりた。みなとともに九間殿《きゅうけんでん》に入ると、上奏文が山積みになってほこりをかぶっていた。東には黄色い大きな柱が立ててある。聞仲がたずねると、炮烙《ほうらく》というものだという。

「炮烙とは？」

武成王が答えた。

「太師、炮烙という刑罰は、銅でつくられた上中下に三つの火門のある柱に炭を入れて真っ赤に焼き、罪人を鉄鎖でしばって抱きつかせるものです。処刑のときは四肢が焼けただれて灰になる悪臭が殿前にただよい、たまりません。この刑に処されるのは、天子の過ちを諫めたり、天子の仁徳のなさを口にしたり、天子の道義にはずれた行いを正そうとした者たちです。この刑ができてからというもの、忠良な者は隠遁《いんとん》し、賢者は位を退き、能力のある者は国を去り、忠義の士は死んで節を守るようになりました」

聞仲はこれを聞くと、あまりのことに怒りで顔を真っ赤にした。額にある三つめの目がかっと開き、一尺あまり光をはなった。

聞仲はあいさつを終えると、そのままのいきおいで紂王を強く諫めた。そして、みなと話しあいをした後、三日間屋敷にこもった。

四日目、聞仲は朝の会議の際、紂王にむかって、十の約束を求めるきびしい文書をつきつけた。

その十の約束とは、

一　鹿台をこわして、人々を安心させる

二　炮烙《たいぼん》を廃し、諫めようとする臣下に忠義をつくさせる

三　蠆盆《たいぼん》を埋め、後宮の侍女たちを安心させる

四　酒池《しゅち》、肉林《にくりん》をなくし、諸侯たちからそしられないようにする

五　妲己を皇后の位からおろし、新たな皇后を立て、誘惑を退ける

六　費仲《ひちゅう》と尤渾《ゆうこん》を処刑して、よこしまな者へのみせしめとする

七　倉を開いて、飢饉《ききん》にあった人々に食糧を分けあたえる

八　東伯侯と南伯侯《なんはくこう》に使いを出し、帰順をうながす
九　賢人を探して意見を聞く
十　言論を盛んにし、諌めを含めてものを言いやすくする
紂王は、十の約束のうち七つを聞きいれたが、一つめの鹿台、五つめの妲己、六つめの費仲と尤渾については、もう少し商議してからと言って断った。聞仲は、費仲と尤渾の罪をはっきりさせることで、なんとか話をまとめた。そして、道をはずれた行いをしないようにと強く諌めた。聞仲が帰国したことで、紂王が妲己を迎える前のように、政治がきちんと行われるようになるかと思われた。

だが、国が滅びかけている時には、わざわいが次から次へと起こるものである。これで万事がうまくいくわけがなかった。突然、東海の平霊王《へいれいおう》が反乱を起こしたのである。聞仲は黄飛虎と相談し、黄飛虎が朝歌に残り、聞仲が反乱をしずめに行くことになった。そして翌日には二十万の兵をひきいて朝歌を後にした。

紂王は、聞仲がいなくなったとたんに費仲たちを自由にさせ、約束を守ろうとしなかった。

十二　崇侯虎《すうこうこ》を斬り、文王《ぶんのう》、託孤する

聞仲《ぶんちゅう》が平霊王の反乱をしずめにむかってしばらくすると、朝歌《ちょうか》にも再び春がめぐってきた。牡丹《ぼたん》がさかりとなったのを見て、紂王《ちゅうおう》は牡丹見の宴会を催し、高官たちをまねいた。

紂王は妲己《だっき》と胡喜媚《こきび》を連れて、牡丹園の見える建物で酒をくみかわし、満足そうであった。だが、今天下には反乱があいついでいる。武成王《ぶせいおう》の黄飛虎《こうひこ》や大臣たちは、こんな時にのんびり花をめでる気持ちにはなれなかった。紂王は、そんなことにはおかまいなしに、妲己たちを残して建物からおりてきて、みなに酒をすすめた。紂王みずから酒をついでまわったため、大臣たちは断ることができない。とうとう、みなは、真夜中まで牡丹園に引きとめられてしまった。

二更《にこう》の太鼓が鳴っても紂王はもどらず、妲己は胡喜媚とともに横になっていた。やがて三更となるころ、妲己は人間を食べようと正体をあらわした。すると、あやしい風がどうっと吹いて土煙がたち、みなの集まっている牡丹園のあずまやがゆれ動いた。みな

が驚きあやしんでいると、

「化け物だ！」

酒番たちがいっせいに叫んだ。少し酔っていた黄飛虎は、あわてて席を立った。見れば、何か背の低い生き物が、金色の目をらんらんと輝かせ、夜つゆを分けて近づいてくる。

黄飛虎は長い尾から、それが狐《きつね》であると見破ったものの、何も武器を手にしていない。

「やっ！」とばかりに、あずまやの手すりをよじり折り、狐めがけて打ちつけた。妖怪は身をおどらせ、再び飛びかかってくる。

「誰か、北海から来た金目の神鷲《しんおう》をはなせ！」

黄飛虎が左右の家来たちにどなる。命令を受けて、あわただしく赤いかごが開かれた。神鷲は灯火のような目で狐を見つけだし、すばやくおそいかかった。かぎ爪にかけられた千年の狐が、一声叫んで太湖石《たいこせき》（飾りとして庭に置かれる変わった形の穴のある石）の下に姿を消す。

これを見た紂王は、すぐに太湖石の下を掘りかえさせた。すると、二、三尺ほどの深さのところに、数かぎりない骸骨《がいこつ》が埋められていた。紂王は驚き、これこそ王宮から立ちのぼっていた妖気の正体だと考えた。だが、これは千年の狐が食べた人間の骨の山であった。

千年の狐は妲己にもどり、何食わぬ顔で眠りについた。しかし、翌朝見ると、顔にひとすじの傷をおっていた。

散歩に出て海棠《かいどう》の枝でけがをしたのだと紂王には言いわけをしたが、大事な顔を傷つけられたのである。妲己は、神鷲をはなった黄飛虎を深く恨むようになった。


話はかわる。西岐《せいき》の姜子牙《きょうしが》は、比干《ひかん》の死と平霊王の反乱を知った。さらに崇侯虎《すうこうこ》が、工事に人々をかりだして苦しめ、費仲《ひちゅう》や尤渾《ゆうこん》と手を結んで政治を動かし、好き勝手をしているという。

知らせを聞いた姜子牙は、文王《ぶんのう》にひととおりの報告をした上で、こうつけくわえた。

「今、崇侯虎をほうっておくと、大変なことになります。天に代わって成敗いたしましょう」

「何を言われるのだ。崇侯虎どのとわしは同じ殿《いん》の臣下どうし。勝手に征伐するなど許されることではない」

「大王は、考え違いをしておられます。今、崇侯虎を征伐するのは、天子さまのためによこしまな者を討ちほろぼすことにほかなりません。天子さまをお助けし、この世をいにしえの聖王、尭《ぎょう》や舜《しゅん》が治めていたころのような、すばらしい世の中にするのです」

文王は尭や舜という名前に弱い。姜子牙にうまくまるめこまれてしまった。

「では、誰に軍をひきいさせようか」

「わたくしが大王に代わって犬馬の労をとりましょう」

「いや、わしもまいろう。話しあって事を進めねばなるまい」

「では、大王のご親征として、ふれを出しましょう」

　文王みずから出陣することにし、十万の兵をそろえると、吉日を選んで幡《はた》をまつり（出陣式を行い）、南宮适《なんきゅうかつ》を先頭に、辛甲《しんこう》を副将として、四賢八俊《しけんはっしゅん》と呼ばれる臣下たちとともに、軍を進めはじめた。西岐の人々は喜んで文王の軍を迎え、ニワトリや犬さえおそれてさわぐことがなかった。

　やがて文王は崇城に着き、陣地を築いた。この時城主の崇侯虎は朝歌に行っており、城はその子の崇応彪《すうおうひょう》が守っていた。

　戦いが始まると、まず、南宮适が敵の大将の黄元済《こうげんせい》を討ちとった。次に出てきた陳継《ちんけい》貞《てい》が辛甲に敗《ま》けそうになると、崇応彪は金成《きんせい》、梅徳《ばいとく》の二人を加勢に出した。子牙は、南宮适ら六人に出陣を命じた。辛甲たちは二人の将軍を討ちとり、意気ようようと陣地にもどった。

　崇軍は、かなわないと見ると城から出てこなくなった。姜子牙は城攻めをしようと考えたが、文王は、城内の住民を傷つけてはならないと言って、許さなかった。子牙は計略を思いつき、南宮适に手紙を持たせて曹州《そうしゅう》にむかわせた。曹州は崇侯虎の弟の崇黒《すうこく》虎《こ》が治めている。崇黒虎は、かつて截教《せっきょう》の仙人について学んだことがあり、兄と違ってもののわかった人物である。

南宮适がもどるとすぐ、崇城に崇黒虎が三千の精鋭をひきいて助けに入った。

その翌日、南宮适が出陣すると、崇城からは、なべ底のように黒い顔に、赤いもじゃもじゃひげを生やした崇黒虎があらわれた。赤いひたたれに金の連環《れんかん》のよろい、九雲冠《きゅううんかん》をつけ、白玉の帯をしめ、威風あたりをはらっている。

崇黒虎は、黄色い眉の下の強く輝く目で南宮适をにらみつけた。

「わけもなく境界を侵す、ひきょう者どもめ。わしが相手だ！」

崇黒虎は、火眼金睛獣《かがんきんせいじゅう》にまたがって進みでると、両手に一本ずつ持った深い金色の斧《おの》をふりおろした。南宮适はそれを刀で受け、二十回ばかり打ちあった。この間に二人はひそかに言葉をかわしていたのだが、刀と斧のぶつかりあう音にかき消されて、他の人々には聞こえなかった。

しばらくすると、「とてもかなわぬ。ひとまず休戦だ」と叫んで、南宮适が馬をかえした。崇黒虎は南宮适を追いかけようともせず、城にもどっていった。

崇応彪は、帰ってきた黒虎にむかって、ふしぎそうにたずねた。

「叔父上《おじうえ》。なぜ金のくちばしの神鷹《しんよう》をお使いにならなかったのですか」

「敵の姜子牙は崑崙《こんろん》で学んだ術者だと聞いている。あの術の破り方もこころえているであろう。出しおしみをしたのではない。それより、朝歌に使いは出したのか？」

崇応彪は崇黒虎にうながされて、朝歌の崇侯虎に急を知らせる手紙をおくった。

やがて崇侯虎が、紂王に援軍を出してもらう約束をとりつけて、崇城にもどることになった。崇黒虎は、家来の高定《こうてい》と沈岡《しんこう》に密命をあたえ、城門のところで待たせた。そして崇応彪とともに、城から三里のところに崇侯虎を出迎えた。

三人は一緒に城にもどった。ところが城門を入ったとたん、崇黒虎が剣をぬきはなった。

「者ども、かかれ！」

崇黒虎が大声で叫ぶと、「おう！」と声があがり、高定と沈岡が手下を連れてあらわれ、崇侯虎、応彪父子の腕をしばりあげてしまった。

「兄をとらえるとは、どういうことだ！」

崇侯虎が毒づくと、崇黒虎は二人を文王の陣地に引きたてながら叫んだ。

「兄者《あにじゃ》は権力の座にあって徳を積まず、朝廷を乱し、民をしいたげて鹿台《ろくだい》を築いた。今、天下の人々は、崇の字を聞いただけで顔をそむけるようなしまつ。同じ崇の姓を持つ身としてだまっておれないのだ」

崇侯虎、応彪父子は、崇黒虎の手で姜子牙に引きわたされた。崇黒虎は文王に迎えられ、子牙のすすめで崇城のあるじとなった。子牙は、崇侯虎の妻や娘までは殺そうとせず、崇黒虎にあずけて世話をさせた。

やがて、崇侯虎、応彪父子が首をはねられた。文王は、それまで人の首など見たことがなかった。あげられた首を見せられて肝をつぶし、あわててそでで顔をおおった。

「お、おどかすでない！」

子牙は首を轅門《えんもん》（陣営の表門）にかけさせた。


文王と子牙は、黒虎と別れて西岐に兵をかえした。文王は、崇侯虎の生首を見てから心が定まらず、うつうつとして楽しまなかった。帰る道々、食が進まず夜もよく眠れず、一日中ぼんやりしており、また目の前に崇侯虎が立っている姿が見えると言ってはおびえてガタガタとふるえた。

医者にかかっても薬を飲んでもよくならない。みなは心配していたが、病気は日一日と重くなり、いよいよあぶなくなった。

文王は、子牙に後のことを頼み、跡継ぎの姫発《きはつ》を枕もとに呼んだ。

「おまえはまだ小さい。他人にどうすすめられようと、みだりに征伐などしてはならない。たとえ天子さまが不徳であっても、おまえまで道にはずれたことを行って、君主を殺したというような汚名を着せられないようにしなさい。

さあ、ここへ来て、子牙どのを亜父《あふ》（父に準じる人）と呼んでごあいさつし、朝晩教えを受けるがよい。子牙どのの言葉を父の言葉と思ってよく聞きなさい」

文王は姫発を姜子牙の前にひざまずかせ、亜父と呼ばせた。

「善を怠らず、義を疑わず、あやまちをあらためる。この三つを守って身をおさめ、人々の幸せを守りなさい」

文王は、すべてを言いおわると、静かに息をひきとった。時は紂王二十年の仲冬《ちゅうとう》（陰暦の十一月）、九十七歳。みずからうらなったとおりの大往生であった。

文王が亡くなるとみなは相談をし、姫発を西伯侯《せいはくこう》の位につけた。姫発は、文王のとむらいを終えると、姜子牙をうやまい、文王にならって西岐を治めた。西の二百諸侯は姫発にあいさつの使者を出し、やがて姫発は武王《ぶおう》と名のった。

汜水関《しすいかん》（泗水《しすい》地方にある城の名）の総兵《そうへい》・韓栄《かんえい》が、このことを紂王に知らせた。手紙を見た大夫《たいふ》の姚中《ようちゅう》は、姫発が勝手に王号を名のったことを一大事と考え、紂王にはやく西岐を討つように求めた。だが、

「姫発など、くちばしの黄色いこせがれ。姜尚《きょうしょう》など一介の術者ではないか。おそれるに足りぬ」

紂王は笑ってとりあわなかった。

十三　周紀《しゅうき》、武成王《ぶせいおう》に反をそそのかす

月日は流れ、紂王《ちゅうおう》二十一年の元旦が訪れた。元旦に諸侯が天子にあいさつをしに集まるように、王や大臣の妻たちも、元旦には皇后にあいさつをしに行くことになっている。武成王《ぶせいおう》・黄飛虎《こうひこ》の妻の賈《か》氏も、この定めに従って王宮を訪れた。賈氏は、毎年、皇后へのあいさつを終えたあと、西宮《さいぐう》にいる黄飛虎の妹を訪れ、おしゃべりするのを年に一度の楽しみにしていた。

実はこの日を、妲己《だっき》は待っていたのである。

妲己は、神鷔《しんおう》を使って大事な顔を傷つけた黄飛虎への恨みを晴らすために、賈氏を利用しようと考えていた。そして、あいさつに訪れた賈氏をつかまえて、

「夫人は、おいくつでしたかしら？」

「むなしく三十と六年を過ごしてまいりました」

「わたくしより八つお年上なのですね。では、お義姉《ねえ》さまだわ。義姉妹の契りを結びましょう」

と言うと、むりやり酒を飲ませ、摘星楼《てきせいろう》に連れこんだ。そこへ、紂王が姿を見せるという知らせが入った。賈氏は、あわてて部屋をとびだし、手すりの外に立った。

「手すりのむこうに誰かいるようだが」

「武成王・黄飛虎さまの奥さまでございます」

「主君は臣下の妻の姿を見ないのが礼儀だ。朕《ちん》はよそへまいろう」

「いえ、お待ちくださ い、陛下。賈お義姉さまとわたくしは、義姉妹の誓いをかわした仲でございます。それに、武成王の妹は陛下の西宮妃です。親戚どうしが顔を合わせるのは礼儀に反しません」

「そうか」

賈氏は妲己にうながされて、やむをえず部屋の中に入った。妲己はさらに、賈氏に身を起こすように命じた。紂王は賈氏の姿をぬすみ見た。はたして、生まれついての美貌にみがきのかかった、女ざかりの美しさであった。恥知らずにも紂王は賈氏に座をすすめた。

「陛下、わたくしはただ皇后さまに新年のごあいさつを申し上げるためにまいったのでございます。主君は臣下の妻にまみえないのが礼儀でございます。どうか、すみやかにわたくしをここからお帰しください」

「そう、かしこまることはないではないか。席につくのがいやなのなら、朕が席を立って一献さしあげよう、どうじゃ？」

紂王の下心は明らかである。賈氏は、怒りと恥ずかしさのあまり真っ赤になった。

紂王は杯をとり、笑いながら両手で賈氏にささげた。逃れられないと知った賈氏は、杯をつかみ、紂王の顔めがけてたたきつけた。

「暗君め！　わたくしの夫は、三十いくたの働きをして天子のために国を守ってきたというのに、いさおしに報いぬばかりか、蘇《そ》妲己の言葉を信じて、わたくしをはずかしめようとするか。暗君め！　おまえといやしい妲己には、死に場もないであろうよ」

紂王は腹を立てて左右の者に命じ、賈氏をとらえさせようとした。

「つかまえられるものなら、つかまえてごらんなさい！」

賈氏は手すりに近づき、大声で叫んだ。

「黄将軍！　わたくしの身をささげて、あなたの名誉と節操をお守りします。三人の子供たちをどうかよろしくお願いいたします！」

夫人は空中に身をおどらせ、その身は楼台の下にたたきつけられた。

紂王は驚き、建物の下で動かなくなった賈氏を見おろした。なんということをしてしまったのかと心が痛んだが、今さらどうにもならない。

しばらくすると、黄飛虎の妹である西宮妃・黄《こう》氏が「賈氏が妲己に摘星楼へ連れこまれ、飛びおりて死んだ」と聞いて、西宮からかけつけてきた。黄氏は、部屋にとびこんでくるなり紂王をののしった。

「暗君め！　おまえは先祖代々の陛下の徳を汚した！　わたくしの兄の黄飛虎は国の兵をまとめる大将。心より国の平和を願い、身をかえりみず働いてきた。そして、わたくしの父の黄滾《こうこん》は界牌関《かいはいかん》を守って日々兵士を訓練して苦労を重ねている。一族みなで国や民のためにつくしているのを知らないわけではないでしょう！　それなのに、礼儀にのっとって元旦のあいさつをしにきたお義姉さまをだまして摘星楼へ連れこむなんて！」

紂王はひとことも口をきかず、くちびるをかみしめていた。黄氏は、紂王の隣に妲己がいるのを見つけると、指をつきつけてののしった。

「あばずれ女！　お義姉さまが摘星楼から飛びおりたのはおまえのせいね！」

黄氏は妲己につかみかかった。黄氏は将軍の家の出、生まれつき力が強い。妲己を床におしたおして、こぶしで二、三十回なぐりつけた。妲己は妖怪だが、紂王が見ていては正体をあらわすわけにもいかない。叫び声をあげて紂王に救いを求めた。

「こら、やめんか。妲己とは何のかかわりもない。おまえの義姉は朕にふれた恥ずかしさのあまり、自殺したのだ」

「暗君め。妲己を殺してお義姉さまの命をつぐなえ！」

ふいに、黄氏がふりまわしたこぶしが紂王の顔にあたった。

「こいつめ、朕に手をあげたな！」

紂王は腹を立て、黄氏の髪をつかみ宮衣に手をかけ、引きおこしたかと思うと力にまかせて摘星楼の下に投げすてた。あわれ佳人は命を失い、骨はくだけ身はそこなわれ、衣は血にそまった。

　摘星楼の下に重なった二人のなきがらを見おろし、紂王はうめき声をあげた。

　賈氏の供の者が、二人の死を知らせにあわてて黄飛虎の屋敷にかけもどった。屋敷では、新年を祝って、黄飛虎の弟の黄飛彪《こうひひょう》と黄飛豹《こうひひょう》、黄飛虎の義兄弟でもある四人の将軍の黄明《こうめい》、周紀《しゅうき》、竜環《りゅうかん》、呉謙《ごけん》、それに黄飛虎の子供たちが集まってさわいでいた。

　突然の訃報に屋敷の中は大さわぎとなった。黄飛虎は、じっと悲しみをかみしめてだまりこみ、十四歳の黄天禄《こうてんろく》、十二歳の黄天爵《こうてんしゃく》、七歳の黄天祥《こうてんしょう》は、母親が死んだと聞いて声をあげて泣きだした。黄明が口を開く。

「兄貴、ためらうことはないじゃないか。あの暗君が義姉さんの姿を見て、よからぬことをしでかそうとしたに違いないんだ。義姉さんは操を守り、夫の名誉と節操を守るために、楼から飛びおりたんだろう。黄娘娘《ニャンニャン》は義姉さんが死んだのを見て、暗君に抗議して楼の下につきおとされたんだ。他に考えられるか！

『君主が正しくなければ、臣下は外国に身を投じる』。南に北に、東に西に、馬の鞍《くら》から離れず、よろいをとくこともなく戦いつづけたおれたちだ。こんな仕打ちをされたのでは、世の人に顔むけできないぜ。さあ、朝歌《ちょうか》に反旗をひるがえそう！」

四人はそれぞれ馬にまたがり、得物《えもの》をとって門から出ていった。だが黄飛虎は、妻のために国を裏切る気にもなれず、四人を呼びとめた。

「もどれ！　どこへ行くつもりだ、誰につくつもりだ！　用意もせず、たった四人で朝歌を出てどうする？」

黄飛虎は剣を手に、もどった四人をどなりつけた。

「逆賊め！　恩を思わず、わしの一族にわざわいをまねくつもりか？　わしの妻が摘星楼で死んだことが、おまえたちと何の関係がある。黄氏一族は七代にわたって殷《いん》につかえ、二百余年にわたって恩恵を受けてきた。女一人のために謀反を起こすわけにはいかないのだ！

まさかおまえたち、この機に乗じて朝歌に反し、略奪してまわろうというのではあるまいな。高い位を受けていながら国の恩を思わず狼《おおかみ》のように貪欲な心を一生持ちつづけるとは、盗賊であったころが忘れられないのか！」

これを聞くと四人はだまりこんだ。

しばらくすると、黄明が笑い声をあげた。

「まったくだ。兄貴の言うとおり、おれたちには関係ないよな！」

四人はかたわらで大声で笑いあいながら酒を飲みはじめた。三人の子供が泣いているのに楽しそうに飲んでいるのを見て、黄飛虎が怒りをあらわにした。

「何がそんなにうれしい？」

「兄貴の家のことは、おれたちには関係ない。元日を祝って、酒を飲んで楽しんでいるんだ。文句あるか」

「わしが悲しんでいるのを見ながら、大笑いしているのか？」

「長兄が悲しんでいるのを見てじゃなく、長兄を笑っているんですよ」と周紀。

「なんだと！　王の位にあり、禄《ろく》は人臣をきわめ、いならぶ朝廷の臣下の首位をしめ、大臣の服をまとって腰に玉帯をしめているこのわしを、笑っていると言うのか？」

「長兄は、臣下の首位で、大臣の服を着ておられる。だが、日ごろの度量や今の位にのぼるまでを知っている人ばかりではない。何も知らない人は、義姉さんの色香で君主にとりいって富貴を得たと言うでしょう」

周紀の言葉を聞いた黄飛虎は大声をあげた。

「何だと！」

黄飛虎はついに心を決めた。黄飛彪は、兄が紂王を捨てて朝歌を出ると聞くと、千人の家来をまとめ四百台の車に金目の物や金銀財宝を積みこませた。黄飛虎は、その間に将軍たちと相談し、行き先を西岐《せいき》に定めた。

「朝歌を出る前に、紂王に一太刀《ひとたち》あびせていきましょう」

周紀にうながされ、黄飛虎は弟たちと竜環と呉謙に子供と荷物をたのみ、西門で待つように命じた。そして、金のよろいかぶとを身につけ五色神牛《ごしきしんぎゅう》にまたがり、黄明と周紀とともに午門《ごもん》にむかった。

すでに夜は明けていた。

「紂王、出あえ！」

周紀の大声があたりに響きわたる。紂王は、賈氏と黄氏の死に気がぬけたようになっていたが、「黄飛虎が謀反を起こし挑戦してきた」と聞くと、近衛《このえ》兵を呼び、馬に乗り斬将刀《ざんしょうとう》をとって、午門を出た。

黄飛虎は、さすがに紂王を前にすると気おくれした。なりゆきでこういうことにはなったが、今まで命をかけて守ってきた君主である。それを見てとって、周紀が斧《おの》で紂王に打ちかかった。紂王が刀で受ける。黄明が戦いに加わる。もうためらうことはできなかった。黄飛虎は紂王のほうにむけて神牛を進めた。

四人は三十回あまり刃《やいば》を交えた。さすがの紂王も名だたる三人を相手ではささえきれず、午門の中へと馬をかえした。黄飛虎は、追おうとする黄明をとめ、西門にむかった。そして弟や竜環、呉謙らとおちあい、朝歌を出て西岐にむかって進みはじめた。

黄飛虎がそむいたことが知れわたると、朝歌の人々は不安がって、家の戸を閉めて出歩かなくなった。文武の臣下たちは王宮を訪れ、紂王に説明を求めた。紂王は「賈氏は皇后の怒りにふれ、飛びおり自殺をした。黄氏は兄の力をたよって皇后を傷つけようとして、朕ともみあいになり、楼から落ちた、つまり事故である。黄飛虎がなぜ急に謀反を起こして午門に攻めいったのかはわからない」と答えた。

そこへ、おりよく聞仲《ぶんちゅう》が、東海の反乱をしずめて帰国した。

聞仲は、ならんでいる臣下の中に黄飛虎の姿がないのに気づくと、紂王を問いつめた。紂王はさきほどの答えをくりかえしたが、聞仲はすべてを見ぬいてしまった。

「陛下、これはゆゆしき事態ですぞ。だんじて武成王どのを失ってはなりません。これは陛下の引きおこしたことですから、もし武成王どのがもどられても陛下に刃をむけたことはお許しにならなければなりません。

至急、臨潼関《りんとうかん》、佳夢関《かぼうかん》、青竜関《せいりゅうかん》の総兵《そうへい》に武成王を関の外に出さぬよう、檄文《げきぶん》をお出しください。わしはいそいで武成王どのを追いかけます」

聞仲は休む間もなく墨麒麟《ぼくきりん》に乗り、手勢を連れて朝歌の西門から出発した。

道は、孟津《もうしん》をすぎ、黄河《こうが》をわたってしばらく行ったあたりで三つに分かれる。まっすぐ進めば臨潼関、左に行けば青竜関、右を選べば佳夢関にたどりつく。よく使われるのは臨潼関を通る道だが、この道を選べば、その先にはかたく守られた五つの関がある。

黄飛虎がどの道を選ぶかまではわからなかったので、聞仲はすべての関に檄文をおくらせた。

せいいっぱいの速さで孟津まで進むと、はるかかなたに、それらしい一行が西にいそぐ姿が見えた。聞仲は家来たちをいそがせた。ところが、ふいに一行の姿が消えてしまった。

そして、そのむこうから、土煙をあげて青竜関の総兵の張奎芳《ちょうけいほう》があらわれた。

「黄飛虎どのに会われなかったか？」

「お目にかかりませんでした」

「ではすみやかに兵をもどし、気をつけて関を守られよ」

つづいて佳夢関を守る「魔家四将《まかししょう》」と呼ばれる四人の将軍たちがたどりつく。

「黄飛虎どのは、そちらへむかわれなかったか？」

「見かけませんでした」

「ではすみやかにもどり、力を合わせて関を守られよ」

そしてさらに、臨潼関の総兵の張鳳《ちょうほう》が馬をとばしてきた。

「黄飛虎どのは？」

「お目にかかっておりません」

「ではすみやかに兵をもどして、くれぐれもかたく関を守られよ」

聞仲は、三つの道すべてにいないとは、どこへ行ったのかと首をひねった。その時、家来があわてて報告した。

「後ろに朝歌にむかう人馬があります」

ふりむくと、一群の武将たちが朝歌にむかって走っていくところだった。その中に黄飛虎らしい姿を見つけて、聞仲は家来たちの馬をとめさせた。

「どうやら、やりすごされたらしい。黄飛虎どのが朝歌にもどられるなら都合がよい。追いかけて朝歌にもどろう」

そして、うらなってもみずに朝歌へもどりはじめたのである。

十四　黄天化《こうてんか》、潼関《とうかん》で父に会う

聞仲《ぶんちゅう》の前から黄飛虎《こうひこ》たちが姿を消したのには、こんなわけがあった。黄飛虎たちは、黄河《こうが》をわたり、澠池《べんち》県はさけて進み、臨潼関《りんとうかん》にむかっていた。車があるのでどうしても進むのは遅くなる。やがて、後ろに土煙をたてて追いかけてくる一団があった。

旗を見れば聞仲であった。黄飛虎は、聞仲が相手では逃れられまいと、ため息をついた。そこへ追いうちをかけるように、左からは青竜関《せいりゅうかん》の張奎芳《ちょうけいほう》、右からは佳夢関《かぼうかん》の魔《ま》家四将《かししょう》、真ん中からは臨潼関の張鳳《ちょうほう》がやってきた。たった七歳の黄天祥《こうてんしょう》を見つめて、黄飛虎はとほうにくれた。

ところがここで、青峰山《せいほうざん》の紫陽洞《しようどう》の仙人・清虚道徳真君《せいきょどうとくしんくん》が黄飛虎たちの危機を知って、助けの手をさしのべた。黄巾力士《こうきんりきし》に、人や物をまきとって隠すことのできる宝物の幡《はた》「混元幡《こんげんはん》」を使わせたのである。清虚道徳真君は、混元幡に黄飛虎たちをまきとって追っ手から見えなくさせ、近くの山にうつした。そして神砂を使って、聞仲にせものの黄飛虎たちの後を追わせたのであった。

聞仲は碧遊宮《へきゆうきゆう》の金霊聖母《きんれいせいぼ》の門下で、五行《ごぎよう》に通じ、海をくつがえし山を動かす力の持ち主である。黄飛虎のゆくえをうらなっていればだまされなかったのだが、今回は、道徳真君にうまくひっかけられてしまった。

四方からの追っ手が行ってしまうと、道徳真君は混元幡をもとの場所に広げさせ、黄飛虎たちを道にもどした。

黄飛虎たちは、ふいにくらくらして倒れ、目をさまし、何が起きたのかとふしぎに思った。とはいえ、追っ手がいなくなっていることにまちがいはない。天の助けと考えて臨潼関にむかった。

臨潼関の総兵《そうへい》の張鳳は、黄飛虎の父・黄滾《こうこん》の友人である。黄飛虎は張鳳にかけあい、関を通してもらおうとした。しかし、張鳳は黄飛虎の言うことに耳を貸さず、刀で打ちかかってきた。

黄飛虎はやむをえず槍《やり》で受け、まだ説得しようとしながら、三十回ほど槍と刀を打ちあわせた。張鳳は力つきて馬をかえし、黄飛虎がそれを追いかけた。と、張鳳は、急に刀をおろし、戦衣をめくりあげて、紫の縄でつながれた百錬鎚《ひやくれんつい》を投げつけてきた。

黄飛虎は、鎚《つち》が間近に迫ると、宝剣ではらいあげ、縄をたちきって百錬鎚を受けとめた。張鳳は舌うちをしながら関の中にもどっていった。

張鳳は力ではかなわないと考え、弓隊で夜討ちをかけて、射殺《いころ》してしまおうとした。

張鳳の命令を受けた家来の蕭銀《しょうぎん》は、衣服をあらため、そっと黄飛虎のもとを訪れた。

「黄将軍、わたしは以前お世話になっていた蕭銀です。こよい、弓で将軍のお命をねらえという命令がくだされました。いそいで荷物をおまとめください。ひそかに門を開けておきます」

黄飛虎は蕭銀に礼を言い、約束の時間までに関をぬけていった。

張鳳は黄飛虎たちに逃げられたと聞くと、刀をとって追いかけた。しかし、門のところで待ちうけていた蕭銀の戟《げき》につかれ、あっけなく殺された。

次の潼関《とうかん》の総兵の陳桐《ちんとう》も、以前、黄飛虎のもとで働いていた。しかし陳桐には、軍令違反をして罪に問われ、後で手柄を立てて埋めあわせをする約束で命拾いしたという過去がある。陳桐は、その時以来、罪を問おうとした黄飛虎を、深く逆恨みしていた。

神牛に乗って黄飛虎が姿を見せると、陳桐は画戟で打ちかかってきた。黄飛虎はそれを槍で受けとめ、はげしく戦った。長い槍を銀色にきらめかせて二十回ほどぶつかりあう。だが陳桐は黄飛虎の敵ではない。勝てないとみるとさっと戟でさえぎって逃げだした。

黄飛虎は、大声をあげて追いかけた。すると、急に陳桐が戟を馬の鞍《くら》にかけ、火竜鏢《かりゅうひょう》をとりだした。この火竜鏢は仙人からもらった矛先《ほこさき》のような形の手裏剣で、手を離れると煙を出して飛び、ねらった獲物は百発百中、はずれることがないという代物である。

「うわっ！」

黄飛虎はよけきれず、脇の下に火竜鏢を受けた。はげしく火花が飛びちり、五色神牛《ごしきしんぎゅう》からころげ落ちる。弟の飛彪《ひひょう》が飛虎を救って帰ったが、黄飛虎はすでにことされていた。

黄飛虎がやられたのを見て、黄明《こうめい》と周紀《しゅうき》が陳桐にかかっていった。今度も陳桐はしばらく戦って逃げ、追ってくる二人に火竜鏢を投げつけた。火竜鏢は周紀の首をつらぬき、周紀は馬から落ちた。陳桐が首をとろうと引きかえしてきたが、黄明が追いはらった。

三人の子供たちは黄飛虎のなきがらを見て、大声で泣いた。この二人の死に涙を流さない者はなく、みな、これからどうしたらいいのかととまどうばかりである。

だが、清虚道徳真君が、この災難もきちんと見とどけていた。道徳真君は、白雲童子《はくうんどうじ》に黄天化《こうてんか》を呼んでこさせた。

「黄天化、いそいで潼関にむかえ。おまえの父があぶない」

「父上とは？」

「武成王《ぶせいおう》の黄飛虎どのだ。わしは十三年前、崑崙山《こんろんざん》にむかっている時、三歳のおまえが死にかけて助けを求めているのに気づいた。おまえの顔つきを見て、これはものになりそうだと思って、この山に連れてきたのだ」

道徳真君は、黄天化に宝物の花かごと、切っ先から人の頭を落とす光を出す「莫耶《ばくや》の宝剣」をさずけ、使い方を教えた。

黄天化は土をひとつかみまき、土遁《どとん》に乗って潼関におりたった。

明け方であった。人が集まり、灯《あ》かりをともして泣きじゃくっていた。それを見て黄天化は陣地に近づいた。

「貧道《ひんどう》は、青峰山紫陽洞の道士です。助太刀《すけだち》にまいりました」

家来の報告を受けて黄飛彪が姿を見せた。見れば、身長は九尺ほど、そでの大きな道服《どうぶく》を着て麻の靴をはき絹のひもをしめた若者である。背には宝剣を背負い、花かごを持っている。頭の上に二つのまげをゆいあげていて、するどい目つき、つやつやした顔やものごしが、どことなく黄飛虎に似ていた。黄飛彪は何も聞かずに、黄天化を黄飛虎のもとに連れていった。

黄天化は、毛氈《もうせん》の上に寝かされた黄飛虎と周紀の口をこじあけて、花かごから出した仙薬《せんやく》を水でのばしてそそぎこんだ。それから、薬が体じゅうにまわるのを確かめて、傷口にも薬をぬった。しばらくすると、

「なんて痛さだ！」

まぎれもない黄飛虎の声が響いた。目を開けた黄飛虎は、見なれない若い道士が草の

上に座っているのに驚き、

「ここは死の国か？　この道士は？」

「この方が助けてくれたんだ」

黄飛彪が教えると、黄飛虎は体を起こして礼を言った。黄天化が目に涙をためてひざまずく。

「父上、ぼくは、三歳のときに裏の花園で行方不明になった黄天化です」

「何だと！　あの天化？　あれから十三年、いったいどこにいたのだ」

「青峰山の紫陽洞です。清虚道徳真君について学んでおりました」

黄天化はあたりを見まわし、母親の賈《か》氏がいないのを見とがめた。

「母上は？」

黄飛虎は黄天化に、今までのいきさつを話した。黄天化は火のようにはげしい性格である。顔を真っ赤にして怒りながら聞き、「ああ、なんてことだ！」と叫んで地面に倒れてしまった。みなに起こされると、涙を流して大声で泣き、歯ぎしりして母の仇《かたき》討《う》ちを誓った。そこへ陳桐が戦いをいどんできた。

「父上、今度はぼくがついていきます」

黄天化の言葉にうなずき、黄飛虎は、金のよろいをつけ五色神牛にまたがって陣地を出た。

陳桐は、倒したはずの黄飛虎があらわれたのをいぶかしんだが、何も聞かず「さあ来い！」と戟をかまえた。黄飛虎は槍でつきかかり、はげしく打ちあった。やがて、前と同じように陳桐が逃げたが、黄飛虎は追わなかった。

「父上、ぼくがついています。おそれずに追いかけてください」

黄天化が叫んだ。黄飛虎は、うなずいて陳桐を追った。陳桐が火竜鏢を投げる。その時、そっと黄天化が花かごを火竜鏢のほうに向けた。火竜鏢は吸いよせられるように向きをかえ、花かごの中に入ってしまった。陳桐は怒って、再び黄飛虎にむかってきた。その後ろから黄天化が叫んだ。

「陳桐め！　ぼくが相手だ！」

「道術を破ったのはきさまか、許さん！」

陳桐は戟を揺らし、黄天化に挑戦した。黄天化は背負っていた莫耶の宝剣をぬきはなち、剣の先を陳桐にむけた。

キラリと、星の光に似た輝きが、剣の先にひらめいた。長い光や短い光が陳桐の顔めがけてほとばしる。次の瞬間、陳桐の首が地面にころがった。

すぐに黄明と周紀が大声をあげておしかけ、関の入り口を破り、兵士たちを追いちらした。

黄飛虎たちの一行は、こうして潼関をぬけた。関を通ってしまうと、黄天化は「そのうち西岐でお目にかかりましょう」と言いのこし、道徳真君のもとに帰っていった。

一行は八十里を進み、穿雲関《せんうんかん》に到着した。穿雲関の総兵の陳梧《ちんご》は陳桐の兄である。だが陳梧は、丁重に黄飛虎たちを出迎え、食事を出し酒席を用意して一行をもてなした。黄飛虎たちは驚いたが、陳梧は口がうまく、すっかりごちそうになってしまった。やがて、旅の疲れもあり、みなは深く眠りこみ、いびきをかきはじめた。

黄飛虎は座って、これまでのことや今後のことをあれこれと思った。七代にわたってつかえてきた殷《いん》を裏切ることになってしまった身をなげき、妻や妹を殺された恨みに心を痛め、武王《ぶおう》に兵を借りられたら無道な紂王を討伐せずにおくものかと歯ぎしりし、なかなか眠れなかった。

一更《いっこう》の太鼓、二更の太鼓と、時が過ぎていく。黄飛虎は朝歌の武成王府の豪華なさまを思いだし、富貴の身であったのが今や身の置き所もないなどと考えると、どうにも寝付けない。

やがて三更の太鼓が鳴った。突然、風の音がし、あやしい風が階段《きざはし》の下から部屋の中に吹きこんで、黄飛虎はぞくりとした。風の中からほっそりとした手がのびて、部屋の灯かりを消した。黄飛虎は冷や汗でびっしょりになった。

つづいて女の声がした。

「黄将軍、わたくしは妖怪ではありません。あなたの妻の賈氏でございます。ここまでひそかに旅のお供をしてまいりました。もうすぐここは、はげしい炎につつまれます。いそいで弟たちを起こして、お逃げください！　子供たちをよろしくお願いいたします。さあ、はやく！」

女の声が消えると再び灯かりがついた。黄飛虎はいそいでみなをたたきおこした。話を聞いて黄明が門のところに走っていったが、門は外からかたく閉ざされていて開かなかった。

「閉じこめられたようだ！」

竜環《りゅうかん》と呉謙《ごけん》が斧《おの》で壁を打ちこわした。見れば建物の外には柴《しば》や薪《まき》が山のように積みあげられている。みなはいそいで車に荷物を積みこみ、したくをした。最後の一人が馬にとび乗ると、陳梧の家来たちが手に手にたいまつを持っておしよせてきた。

「陳梧、きのう、わしに心服していると言ったのは、でまかせか」

黄飛虎がどなりつけた。陳梧は槍をとって黄明に打ちかかった。黄明が斧で受ける。黄飛虎も五色神牛をうながし、槍をとって陳梧にかかっていく。陳梧は勇をふるって相手をする。黄飛虎は数合と戦わないうちに、怒りもあらわに「やあっ！」っと大声をあげて陳梧の胸をつらぬき、馬から落とした。

まわりの者が守備兵を追いちらし、関の門を開いた。

夜はすでに明けていた。次の界牌関《かいはいかん》を守る黄滾は黄飛虎の父である。今度は無事に通れるだろうと期待しながら、一行は道をいそいだ。

十五　黄飛虎《こうひこ》、泗水《しすい》で大いに戦う

黄飛虎《こうひこ》たちは、臨潼関《りんとうかん》、潼関《とうかん》、穿雲関《せんうんかん》をぬけて、黄飛虎の父の黄滾《こうこん》が守る界牌関《かいはいかん》にたどりついた。

すると関の前に罪人を乗せる車が十台ならんでいた。今度こそ、すんなり通してもらえるだろうと思っていた一行は、やはり戦いはさけられないのかと言いあい、残念がった。

黄飛虎が、出てきた父にあいさつすると、黄滾はきびしく黄飛虎をしかりつけた。

「わが黄家は七代にわたって天子さまのご恩を受けてきた。一族そろって天子さまにおつかえし、謀反を起こす者など、ただの一人もあらわれなかった。その誇りを汚すつもりか？　親不孝者め。おまえが謀反を起こせば、この父にもわざわいがおよぶのだぞ。さあ、おとなしく父の縄を受けよ。それができないなら、わしを槍《やり》でつき殺すがいい。謀反人の父と呼ばれて生きながらえたくはない」

「父上に刃《やいば》をむけることはできません」

黄飛虎は五色神牛《ごしきしんぎゅう》からおりようとした。すると、後ろから黄明《こうめい》が叫んだ。

「兄貴、おりちゃいけない！　国を乱し、礼儀を忘れて義姉《ねえ》さんをはずかしめたような暗君に忠誠をつくす必要なんかない。苦労してここまできて、老将軍の言葉一つで命を投げだしたら犬死にだ！　それに、謀反人の汚名を着せられて死んだら、天下に潔白をしめせなくなるぞ！」

黄飛虎は、神牛の上で首《こうべ》をたれて何も言わなかった。

「黄明！　何を言うか。さては、きさまのようなおろかな家来がわが子をそそのかしたのだな」

黄滾は黄明をどなりつけ、馬をうながし刀をとって打ちかかった。黄明があわてて斧《おの》で受ける。

「子供や孫を売る親がどこにいる！」

「何を！」

黄滾は激怒し、黄明めがけて刀をふりおろす。それを止めながら黄明が叫んだ。

「黄のじじい！　一世の大将軍のくせに情勢を知らずに、おれに切りつけようっていうのか？　おれの斧に眉や目はないぞ。万一けがでもしたら英名に傷がつくってものだろうに、それでもやろうってか？」

黄滾は怒りのままに、刀を舞わせてまっすぐに打ちかかる。

「老将軍、悪く思わないでください」

周紀《しゅうき》が叫び、黄明、周紀、竜環《りゅうかん》、呉謙《ごけん》の四人で黄滾をとりかこんだ。

「兄貴、おれたちがとりかこんでいるうちに、さっさと関を通りぬけてくれ」

黄明が大声で叫んだ。黄飛彪《こうひひょう》、黄飛豹《こうひひょう》、黄天禄《こうてんろく》、黄天爵《こうてんしゃく》ら一門が、家来を連れ、いっせいに車をとばして関をかけぬける。

黄滾は、子供たちが行ってしまうと、怒りがきわまって馬から落ちた。そのまま、剣をぬいて首にあて、自殺しようとする。黄明が馬からおりて、抱くようにして止めた。

黄滾は正気にかえり、目を見開いてにらみつけた。

「もの知らずの悪どもめ！　親にさからう息子を逃がしておいて、わしに何をしろというのだ」

「ひとことでは言いにくい、複雑な事情があってね」

黄明が言った。黄滾はけげんそうな顔をした。

「そもそも、はじめに謀反を言いだしたのはあんたの息子で、何度か諫《いさ》めると、おれたち四人を殺そうとしたんだ。やむをえず、みなで相談して界牌関で老将軍にとらえてもらって、おれたちの恨みを晴らしてもらうことにした。さっき目くばせをしたんだが、気づいてもらえず、せっかくの機会を失ってしまった」

「どういうことだ？」

「まず老将軍がただちに馬をとばして飛虎を追いかけ、『もどってこい、黄明に言われて目がさめた。わしも一緒に西岐《せいき》に行く』と呼びかける」

「何だと！　わしにあやまった道をすすめるのか！」

「話は最後まで聞いてほしいね。これは、飛虎を関に呼びもどすための計略だ。もどってきたら食事と酒を出して油断させ、合図でいっせいにとびかかり、つかまえて朝歌《ちょうか》におくるんだ」

黄滾は、黄明の言葉どおりに黄飛虎たちを呼びもどし、酒と料理でもてなした。

ところが、黄滾が、そろそろいいかと合図の金の鐘をたたいても、黄明は動かない。

そうこうしているうちに、黄滾の家来がかけこんできた。

「一大事です！　兵糧《ひょうろう》が火事になりました！」

外にとびだし、黄滾はくやしそうに叫んだ。

「ちくしょうめ！　いっぱい食わされたわ」

「老将軍、兵糧を失ったと知れたら、まず死は逃れられない。ともに西岐にむかい、親子三代で同じ主人につかえたらどうだ？」

黄明に言われて、黄滾は長いため息をついた。

「七代の忠臣が、今や謀反人とは」

黄滾は朝歌のほうを八度深くおがみ、五十六両もある重たい総帥の印《いん》を役所に残して朝廷に返した。そして三千の兵を集めた。火を消し、あわせて四千人あまりになった家来たちを連れて、一行は関を離れた。

しばらく行くと、黄滾がつぶやいた。

「黄明よ、おまえはわが子のためにと思ってしたのだろうが、これでわが一門はおしまいだ。界牌関の外に行けばすぐに西岐なのだが、ここから八十里あまり行くと汜水関《しすいかん》がある。汜水関を守る韓栄《かんえい》のもとには、余化《よか》という妖術を使う将軍がいる。人は余化を『七首将軍《ななくびしようぐん》』と呼んでおそれている。余化は人をとらえるふしぎな幡《はた》を持っている。これをふられたらおしまいだ。幡をふられる前に倒せばいいが、火眼金睛獣《かがんきんせいじゆう》に乗って方天画戟《ほうてんがげき》の使い手だから、それも難しい。わが一門はここでおしまいだ。天数は逃れがたい」

話におびえて七歳の黄天祥《こうてんしよう》が泣きだした。黄滾は深くため息をついた。

一行は汜水関に着いて陣地を築いた。汜水関の韓栄は報告を聞いて、準備を整えた。

翌日、韓栄の命令を受けた余化が軍をひきいて戦いに出た。金色の顔に真っ赤なひげと髪、金の瞳を輝かせ、虎の皮のひたたれに連環《れんかん》のよろい、玉帯をしめ、火眼金睛獣に乗っている。

対するは黄飛虎。豊かな五すじのひげをなびかせ、蚕《かいこ》のように太い眉の下から細い目をきらりと光らせ、槍をつかみ、五色神牛にまたがって陣地から出ていった。

「おまえは何者だ?」

「わしは黄飛虎。紂王《ちゅうおう》のむごいふるまいを見かねて西岐にむかうところだ。そういうおまえは何者だ?」

「汜水関の余化だ。名高い武成王《ぶせいおう》どの、ようやくお目にかかることができたのが謀反人としてとは情けない。おとなしく朝歌にもどるならば、手紙をおくって罪が軽くなるようにはからうぞ」

「すでに五つの関のうち四つを破ってここまで来た。残すは汜水関のみ。いざ!」

はげしい勢いで二人は突進した。二頭の獣《けもの》がぶつかりあい、槍と方天画戟が打ちかさなる。長槍は大蛇が身をくねらすかのようにきらきらと輝き、獅子《しし》が尾を振って麒麟《きりん》と戦うかのような、はげしい戦いとなった。

やがて黄飛虎は銀の蟒《うわばみ》が獲物をひと飲みにする勢いで槍をくりだした。余化は火眼金睛獣から落ちそうになり、画戟でさえぎって逃げた。黄飛虎が追う。すると余化は画戟を鞍《くら》にかけ、戦衣を開いて、中から幡をとりだした。この幡は蓬萊島《ほうらいとう》の一気仙人からさずかった妖術をもった幡で、「戮魂幡《りくこんはん》」という。

余化が戮魂幡を空中にかかげると、幡から幾すじかの黒い気がたちのぼった。それが黄飛虎をつつみこんだかと思うと、軽々と宙に持ちあげて運び、関の轅門《えんもん》めがけて投げだした。兵士たちが、すぐに黄飛虎に縄をかける。勝利の太鼓をたたいて余化は関にもどっていった。

黄飛虎をとらえられて、黄滾は「父の言葉を聞かずに、身を滅ぼしおった」とため息をついた。そして翌日、余化が再び挑戦してきた。

黄飛虎の仇《かたき》とばかりに、黄明と周紀が斧をふるい、余化の画戟と打ちあった。三十回ほど火花をちらすと、余化が馬をとばして逃げた。二人は余化を追いかけ、戮魂幡によってとらえられた。次には黄飛彪、黄飛豹が兄の仇とばかりにとびだしていったが、やはりとらえられ、次の日には竜環と呉謙までが戮魂幡のえじきとなった。

残っているのは三人の子供たちだけである。黄滾は、先を思いやって涙をこぼした。すると、黄天禄が「ぼくが父上や叔父上《おじうえ》の仇を討ちます」と言って、槍をつかんで出ていった。

黄天禄は小さいながらも槍の名手である。切っ先するどくつっこんで余化の左足に大けがをおわせた。余化はあわてて逃げだす。それを黄天禄が追いかける。しかし、術を破ったわけではない。やはり黄天禄も戮魂幡によってとらえられた。

黄滾は、いよいよおさない二人だけになったのを見て、車に積んできた金銀財宝を韓栄にわたし、情けにすがって子供だけでも通してもらおうと考えた。

だが関でかけあってみても、全員とらえて朝歌にさしだすの一点ばりである。黄滾は腹を立て、とうとう自分から汜水関の牢屋《ろうや》に入った。

　これで十一人すべてがそろった。韓栄は大喜びで、みなにごちそうをふるまい、黄飛虎たちを朝歌におくるよう余化に命じた。

　余化は黄飛虎たちを乗せた車を守り、道をいそいだ。界牌関を越え、穿雲関にほど近いあたりで、行く手をはばむ者があるという報告がはいった。余化は陣地を築かせ、火眼金睛獣に乗って様子を見にいった。

　すると、火と風を起こす二つの車輪を踏み、見なれない槍をしごいて、道で通せんぼをしている大男がいた。体は大きいが子供のようである。これこそ、太乙真人《たいいつしんじん》に命じられて、大喜びで山をとびだしてきた哪吒《なた》である。

　その口ずさんでいる歌が余化の耳にとどいた。

　ふと気がつけばこの姿、師匠はこわいが天は恐れぬ
　通りかかれば老子《ろうし》さまさえ、すぐに金磚《きんせん》よこすのさ

「おまえは何者だ？」

「ぼくはここに長いことといるんだ。役人だろうが天子だろうが、ここを通る者からは通

行料をとっている。ここを通りたければ通行料をはらいな」

　余化は大笑いした。

「それがしは汜水関の前部将軍の余化である。黄飛虎をはじめとする謀反人どもを朝歌に連れていくところだ。すみやかにそこをどけ」

「金磚十個でかんべんしてやるよ」

　余化は怒って、火眼金睛獣をうながし、方天画戟で打ちかかった。哪吒はそれを火尖《かせん》鎗《そう》で受けとめ、はげしく戦った。しかし、やがて余化のほうが力つきて逃げだした。哪吒が追う。

　余化は画戟をおろして戮魂幡をふった。たちまち幡から黒い気があがる。

「それ、戮魂幡だろう。めずらしくもなんともないぞ！」

　哪吒は笑って手まねきし、黒い気を豹皮《ひょうひ》嚢《のう》の中におさめた。

「他にもあるのか？　全部出せよ！」

　余化は妖術が通じなかったとわかると、再び画戟でかかってきた。哪吒は金磚をとりだし、「それっ！」と空中にほうりあげた。余化はかぶとに金磚を受け、鞍に身をふせ、血を吐いて逃げていった。

　哪吒は金磚で車をこわし、黄飛虎たちを救いだした。さらに汜水関に行って大あばれし、後から着いた黄飛虎たちと力を合わせて関を破った。韓栄は金磚で護心鏡《ごしんきょう》（よろいの胸当て）をくだかれ、余化は乾坤圏《けんこんけん》でさんざんに打ちのめされた。黄飛虎たちは韓栄のところにあった金銀珠宝を車に積みこんで汜水関を後にし、金鶏嶺《きんけいれい》で哪吒と別れて西岐にむかった。

西岐に着くと、まず黄飛虎は一人で姜子牙《きょうしが》のもとを訪れた。子牙は大喜びし、さっそく黄飛虎を武王《ぶおう》に紹介した。

武王は、黄飛虎が殷《いん》では「鎮国《ちんこく》武成王」だったのを知り、一文字だけ変えて、「開国《かいこく》武成王」の位をあたえた。黄飛虎は、待たせておいた一族や将軍たち、家来たちを呼びよせ、みんなそろって武王につかえることになった。

十六　張奎芳《ちょうけいほう》、詔を奉じて西征する

殷《いん》の太師《たいし》である聞仲《ぶんちゅう》は、黄飛虎《こうひこ》が武王《ぶおう》の臣下になったと聞くと、晁田《ちょうでん》、晁雷《ちょうらい》兄弟に西岐《せいき》の様子を調べに行かせた。だが晁田たちは、南宮适《なんきゅうかつ》にとらえられ、武王に降参してしまった。このため聞仲は、青竜関《せいりゅうかん》の張奎芳《ちょうけいほう》を西岐にむかわせることにし、代わりに神威大将軍《しんいだいしょうぐん》の丘引《きゅういん》をつかわし、青竜関を守らせた。

張奎芳は聞仲の命《めい》を受けると、風林《ふうりん》を先行官《せんこうかん》に十万の大軍をひきいて関を後にした。

やがて張奎芳の軍が西岐の南門の外、五里のところに陣地を築いた。

姜子牙《きょうしが》はみなと対策を話しあい、黄飛虎に張奎芳のことをたずねた。

「そうたずねられては、まことのことを申し上げねばなりますまい。張奎芳は妖術使いです。戦っている最中に張奎芳に名前を呼ばれると馬から落ちてしまうのです。姜丞《じょう》相《しょう》、この術をさけるには、名前を名のらずに戦うしかありますまい」

みなは、これを聞いてざわめきだした。すると文王《ぶんのう》の十二子で武王の弟の姫叔乾《きしゅくかん》が子牙の前に進みでた。

「そんなことは信じられぬ。姜丞相、わたしを最初に戦わせてください」

すぐに藍色の顔、朱色の髪の、牙《きば》の生えた将軍が姿を見せた。赤いひたたれに金のよろい、玉帯をしめており、力あふれる黒馬にまたがり、二本の狼牙棒《ろうがぼう》を手に、青い幡《はた》の下から大声で叫ぶ。

「わしは張総兵《そうへい》の先行官の風林じゃ。勝手に武王を名のり、謀反人の黄飛虎をかくまうふとどき者め、出あえ！」

姫叔乾は槍《やり》をとって、西岐城の門を出ていった。

「何を言う！　今、天下の諸侯たちもすぐれた臣下たちも、みな、武王の徳をしたって集まってきているのだ。すでに天の命令はくだった。武王こそ王にふさわしいのだ。それなのに、あえて西岐を侵すとは、死にに来たのか？　さあ、とっとと大将の張奎芳を呼んでこい」

風林と姫叔乾は馬をとばしてたがいにかけより、棒と槍をはげしく打ちあわせた。

三十回あまり打ちあったが、勝負がつかない。戦いが長引いてくると、風林の動きが姫叔乾の長い槍をふせぎきれなくなってきた。姫叔乾は、「それっ！」と声をあげて、はげしくつっこみ、風林の左足にけがをおわせた。風林が馬の首をめぐらして、陣地に逃げかえろうとする。

姫叔乾は風林を追いかけた。すると風林がふりむいて、ぶつぶつ呪文をとなえ、口から黒い煙を吐きだした。黒い煙が網のように広がって姫叔乾をつつみこんだとたん、お椀《わん》ほどの大きさの紅《あか》い珠《たま》があらわれ、姫叔乾の顔めがけておそいかかった。

姫叔乾は、珠を顔に受けて馬から落ちた。風林がもどってきて、棒で姫叔乾にとどめをさす。そして姫叔乾の首をとり、勝利の太鼓を鳴らして陣地に引きあげた。

武王は弟の死をなげき悲しみ、みなは歯ぎしりをしてくやしがった。

次の日には、張奎芳が大軍をならべて、姜子牙を名ざしにして挑戦してきた。

「虎穴《こけつ》に入《い》らずんば虎子を得ず。五方に隊列を整えよ」

姜子牙は、みなをきちんとならばせ、魚尾金冠《ぎょびきんかん》をかぶり、道服《どうふく》を着て、二本の宝剣を手に、銀のひげをなびかせ、青いたてがみの馬にまたがって堂々と陣地を出た。

すると敵陣の白い旗の下に、白ずくめの大将が立っていた。銀のかぶとと白いよろいを身につけ、槍を手にして白馬にまたがった姿は、氷か雪を思わせる。これこそ、敵の大将の張奎芳であった。

張奎芳は、幡の下にいる黄飛虎を見つけ、たいそう腹を立てながら、ただ一騎で進みでた。

「姜子牙よ、臣下として陛下のご恩を受けながら、なぜ朝廷にそむき、謀反人の黄飛虎をかくまう?」

「『良禽《りょうきん》はとまる枝を選び、賢臣はつかえる主人を選ぶ』と言うではないか。なぜ、そなたはすぐれた力をお持ちなのに紂王《ちゅうおう》の悪事を手伝うのだ？　すみやかに西岐から兵をもどさないと、後悔することになるぞ」

「おまえは崑崙《こんろん》で学んだと聞いたが、天地の変化のことがわかっていないと見えるな。おまえの言葉は、物事の軽重もわからない子供のざれごと、知恵のある者の言うことではないぞ。さあ、わが軍門にくだれ！」

張奎芳の合図で風林が馬をとばしてきた。子牙の陣地からは大将軍の南宮适が迎えうつ。二人がはげしく戦いはじめる一方、張奎芳は黄飛虎にむかって馬を進めた。黄飛虎も五色《ごしき》の神牛に乗って陣地をとびだし応戦する。張奎芳は、槍を十五回と打ちあわせないうちに、大声で叫んだ。

「黄飛虎、はやく乗り物からおりろ！」

すると、黄飛虎は体がいうことをきかなくなり、鞍《くら》から落ちてしまった。兵士たちが黄飛虎をとらえようとかけよってくる。そうはさせじと周紀《しゅうき》が馬をとばして張奎芳に斧《おの》でかかってゆく。その間に黄飛彪《こうひひょう》、黄飛豹《ひひょう》が黄飛虎を救いだした。

周紀としばらく戦うと張奎芳は逃げだし、追ってきた周紀にむかって、またしても大声をあげた。

「周紀、はやく馬からおりろ！」

周紀も同じであった。あっという間に馬から落ちて生けどりにされた。

この間に、風林は南宮适と戦い、ころあいを見てぶつぶつ呪文をとなえ、口から黒い煙を吐きだした。黒い煙が広がり、お椀ほどの大きさの紅い珠が中から飛びだして、南宮适を馬からたたき落とす。風林は南宮适を生けどって、周紀を生けどりにした張奎芳とともに、勝利の太鼓を鳴らして引きあげた。

姜子牙は二人の将軍を失い、すごすごと西岐城に引きあげた。翌日、張奎芳が挑戦してきても相手ができない。やむをえず、「免戦牌《めんせんはい》」をかかげた（戦いが礼儀にのっとって行われていたため、「免戦牌」をかかげて休戦することができた）。

免戦牌がかかげられると張奎芳たちは大笑いして、姜子牙たちをおくびょう者とののしったが、子牙は兵を動かそうとしなかった。

救いは思いもかけないところからやってくるもので、乾元山金光洞《けんげんざんきんこうどう》の太乙真人《たいいつしんじん》がこの危機に気づき、桃園《とうえん》にいる哪吒《なた》を呼びだした。

「哪吒よ、おまえの待っていた時が来たぞ。西岐に行って師叔《ししゅく》（師匠の弟弟子）の姜子牙を補佐するのだ。これから西岐には三十六度にわたって戦いが起こるであろう。おまえはすぐれた主君を助けて天の定めた運命をまっとうさせるのだ」

哪吒は、力を使いたくてうずうずしていたので大喜びし、ただちに別れを告げて、火《か》尖鎗《せんそう》を持ち、豹皮嚢《ひょうひのう》をたすきにかけて、風火輪《ふうかりん》に飛びのった。

西岐に着くと、哪吒は風火輪からおり、姜子牙のもとを訪れた。

姜子牙にまねきいれられると、哪吒は地面に頭をつけて、子牙を「師叔」と呼んであいさつした。

「ぼくは、乾元山金光洞の太乙真人の弟子で、姓を李《り》、名を哪吒と言います。さあ師叔、免戦牌をはずしてください。ぼくが張奎芳を生けどりにしてみせます」

免戦牌がはずされると、さっそく風林が挑戦してきた。哪吒は風火輪に乗り、さっと飛びだしていった。

「何者だ？」

「ぼくは哪吒さ。おまえは張奎芳かい？」

「さにあらず。わしは風林じゃ」

「ちぇっ。張奎芳を呼んでこいよ！」

「何だと」

風林はカッとなり、狼牙棒をとって馬をとばしてきた。

二人は力の限りをつくしてぶつかりあった。槍と棒が音をたててあわさり、馬と風火輪が場所を入れかえて動きまわる。二十回ほど戦ううちに、しだいに風林が哪吒の槍を受けきれなくなってきた。

風林は、強く棒を打ちこんで、さっと馬をかえした。逃げだすところを哪吒が追う。

と、見るや、風林がふりかえり、ぶつぶつ呪文をとなえ黒い煙を吐きだした。煙の中から紅い珠があらわれ、哪吒の顔めがけておそいかかる。

「フン、つまらない妖術なんか使うなよ」

哪吒が「えいっ！」と指さすと、黒い煙も紅い珠もかき消えてしまった。

「わしの術を破りおったな！」

風林は再び馬をかえして、哪吒に迫った。哪吒は豹皮嚢から乾坤圏《けんこんけん》をとりだして投げた。左肩に乾坤圏を受けて、風林は筋を切られ骨を折られ、馬から落ちそうになりながら陣地に引きあげていった。

「さあ、張奎芳、出てこい！」

哪吒の大声が響くと、いよいよ張奎芳が槍をたずさえて姿を見せた。

「おまえが風林に怪我《けが》をおわせた哪吒だな」

「そうだよ。おまえこそ張奎芳だな。ぼくの名前を呼んでみるか？」

二人は、たがいに馬と車をとばして近づき、力をこめて槍を打ちあわせた。どちらも槍の腕には覚えがある。槍は、ふりおろされるたびにうなりをあげ、空をさくように舞いおどった。
三、四十回もぶつかりあうころ、張奎芳の槍が哪吒のするどさについていけなくなってきた。哪吒のほうが上だと見てとった張奎芳は、大声を出した。

「哪吒、はやく車からおりろ！」

哪吒はくらくらして、魂が体からぬけてしまうような気持ちになったが、風火輪に足を踏んばって、たえしのんだ。

「三魂七魄《さんこんしちはく》を持つかぎり、この術からは逃れられないはず。さあ、李哪吒、はやく乗り物からおりろ！」

張奎芳は、再び哪吒の名を呼んだ。

だが、哪吒はぐらりともしなかった。蓮花化身《れんげけしん》である哪吒には、きちんとした魂魄がないので、体の中で一体となっている三魂七魄を飛びちらせて落馬させるという張奎芳の術がきかなかったのである。

「おい、李哪吒、はやく車からおりろ！　おりろったらおりろ！」

張奎芳は顔色を変え、三度、哪吒を術にかけようとした。

でも哪吒はびくともせず、張奎芳をののしった。

「いいかげんにしろよ！　車からおりないのはぼくの勝手だろう。いくら叫んだってお りるもんか」

「何を！」

張奎芳は、今度は槍でつっこんできた。哪吒は槍を、海から飛びあがる銀色の竜のようにいきおいよくふりまわした。切っ先が空いっぱいに飛びちる雪のようにきらきらと輝き、火花を散らしてぶつかりあった。

はげしい戦いがしばらくつづいたが、やがて張奎芳は力を使いはたし、汗だくになった。哪吒は乾坤圏を投げつけて、張奎芳の左腕に大けがをおわせた。張奎芳は馬にしがみついて陣地にもどり、哪吒は勝利を得て、意気ようようと引きあげた。

さんざんな目にあった張奎芳は、朝歌に使いを出して、聞仲に助けを求めた。

十七　姜子牙《きょうしが》、ひとたび崑崙《こんろん》に上《のぼ》る

姜子牙《きょうしが》は、このままではすむまいと考えていた。張奎芳《ちょうけいほう》は必ず朝歌《ちょうか》に助けを求めるはずであり、そうなれば戦いは、ますますはげしくなっていく。とすれば、さらなる助けが必要になるに違いなかった。

姜子牙は武王《ぶおう》に願いでて、三日のいとまをもらった。そして武吉《ぶきつ》と哪吒《なた》に後をまかせて、土遁《どとん》に乗って崑崙山《こんろんざん》にむかった。

土遁をおりた姜子牙は、麒麟崖《きりんがい》の上で大きく息を吸いこんだ。かすみがたなびき、おだやかな光にくるまれて、千株もの年老いた柏《かしわ》、万株もの長い竹が青々と葉をしげらせている。門の外にはめずらしい花が咲きみだれ、橋のあたりにはかぐわしい草がゆれている。仙鶴《せんかく》が鳴き、瑞鸞《ずいらん》が飛び、白い鹿や黒い猿が時に姿を見せる。青い獅子《しし》や白い象も行くにまかされている。ここを離れて十年、崑崙山の風景は、人間界でしみついた心の汚れを洗う、すばらしいものであった。

子牙は、玉虚宮《ぎょくきょきゅう》の入り口から出てきた白鶴童子《はっかくどうじ》に、元始天尊《げんしてんそん》へのとりつぎをたのんだ。

「弟子姜尚《きょうしょう》、お師匠さまのとこしえのご幸福をお祈り申し上げます！」

まねきいれられると、姜子牙は元始天尊の座っている八卦台《はつけだい》の前にひれふし、地に頭をつけて拝礼した。

「ちょうどよいところにまいったな。南極仙翁《なんきよくせんおう》から、『封神榜《ほうしんぼう》』を受けとるがよい。岐《き》山《ざん》に封神台を築き、台の上に封神榜をかけて、おまえが一生のうちになすべきことをすべて終わらせるのだ」

「ただいま妖術使いの張奎芳が西岐《せいき》に攻めよせております。弟子の力は小さく、あつかいかねております。どうか大きなお慈悲の心をもって、お弟子をおつかわしください」

「子牙よ、おまえは人間の世界では丞相《じょうしょう》として国の禄《ろく》を食《は》み、『相父《しょうふ》（父のごとき宰相）』と呼ばれている身ではないか。どうして下界のことまで、わしがいちいち目を配ってやれよう？　すでに西岐には天子となるだけの徳をそなえた者がいるのだ。妖術使いなどをおそれることはない。あやうい時には、しぜんと救いの主があらわれるであろう。わしの力などあてにするでない。さあ、行くがよい」

玉虚宮を出ていこうとすると、元始天尊は子牙を呼びかえして、つけ加えた。

「ここを離れると、おまえを呼ぶ者があるであろうが、応じてはならない。もし応じてしまうと、おまえは三十六度の征伐を受けることになる。また、東海におまえを待つ者がいるから、きっと気をつけよ。さあ、行け！」

子牙が玉虚宮を出ると、南極仙翁がおくってくれた。

「なぜお師匠さまはお力を貸してくださらないのだろう」

「天数は変えられないのだよ。それはそうと、帰り道誰かに声をかけられても、決して返事をしてはいけない。遠くまではおくれないから、肝に銘じておきなされ」

姜子牙は封神榜をささげもち、麒麟崖に着くと土遁に乗った。すると、後ろから、

「姜子牙！」

と呼びかける者があった。子牙は言われたことを思いだして返事をしなかった。すると、

「子牙どの！」

再び声がかかった。姜子牙は、今度も、ふりむきもせずに先をいそいだ。

「姜丞相！」

声はさまざまに呼びかけてきたが、子牙はとりあわない。

「おい！　姜尚！　おれを忘れたとは言わせないぞ！」

最後には、大きなどなり声がふってきた。

「丞相なんぞにおさまっていい気になり、玉虚宮で四十年も一緒に修行したのを忘れて、おれが何度も呼んでいるのを無視するとは、ひどいやつめ！」

やむをえずに子牙がふりむくと、額の白い虎にまたがった、白い顔に長いひげの道士が、ジロリと姜子牙をにらみつけていた。弟弟子の申公豹《しんこうひょう》であった。青い道巾《どうきん》をつけ、大きなそでの道服《どうぶく》に麻の靴、背には宝剣をせおっている。

「申公豹どの。気を悪くしないでいただきたい。誰かに声をかけられても返事をしてはいけないという言いつけに従っていただけなのだ」

「そんなことより、手に持っているのは何だ？」

「これは封神榜だ」

「どこへ持っていく？」

「岐山に封神台を築いて、上にかけるつもりだ」

「子牙どのは、今ならどっちを守る？」

子牙は、笑いながら答えた。

「賢弟《けんてい》、おかしなことを言わないでいただこう。わしは西岐の丞相で、文王《ぶんのう》に子供を託されて武王を立てた。天下の三分の二が周《しゅう》の領土で、八百諸侯は喜んで周に従う。わしが今、武王を守り紂王《ちゅうおう》を倒すのは、天に応じたこと。殷《いん》の運気はすでにおとろえ、あとわずかで尽きてしまうだろう」

「子牙どのは殷の運気がすでに尽きているというが、わしがもし今、下山して殷や紂王を助けたらどうだ。子牙どのは周を助けるわけだから、足の引っぱりあいになる」

「何を言いだすのだ！　お師匠さまの厳命になぜあえてそむくのだ？」

「子牙どの、わしとともに兄弟心をあわせて、紂王を助けて周を滅ぼしてはどうだ。そうすれば兄弟で争わなくてすむぞ」

　これを聞くと子牙は色をなした。

「何を言うのだ！　賢弟はお師匠さまの命令にそむくというのか。たとえ天命にさからっても、うまくいくわけがない。わかってくれ！」

　すると申公豹は怒りをあらわにした。

「姜子牙！　おまえは周を守るというが、おまえの力などどれほどのものだ。おまえは、たかが四十年しか修行していないではないか。おれの力は詩にまでうたわれているのだぞ。

五行《ごぎょう》の真《まこと》の秘密をあかし、海山動かすも自由自在
竜虎をくだすも意のままで、鶴にまたがり九天へ
千万丈をひょいと飛び、平気で火に足踏みいれる
霞《かすみ》を踏んでたわむれて、さまよいあそぶも幾千年」

「おのおの修めたものが違うのだ。年数の多い少ないではない」

「姜子牙、おまえは五行の術に通じていて、海をくつがえし山を動かすというが、それが何だ？　わしは、首を切って頭を空中にほうりなげ、一千万里のかなたまで飛ばし、また頭を首の上に乗せてもとにもどすことができる。いたずらに学んできたのではない。おまえに周を助けて紂王を滅ぼすほどの腕があるものか！　さあ、わしに従ってその封神榜を焼き、ともに朝歌におもむくのだ」

子牙は申公豹の言葉にまどわされて、つい、「申公豹の頭が空中を飛びまわり、もとどおりにくっついたら封神榜を焼いて朝歌に行く」と約束してしまった。

「約束をたがえるなよ！」

申公豹はニヤリと笑って、青い道巾をとった。そして、左手で髪をつかみ右手に剣をとって、ひといきに自分の頭をはねた。だが、体は何事もなかったかのように、しっかりと立っている。

申公豹は頭を空中に投げあげた。

姜子牙は、あっけにとられて、申公豹の頭がくるくるとまわりながら遠ざかっていくのを見おくった。頭はやがて黒い点になり、横から飛んできた白い鶴にくわえられて、南へと運ばれて行った。

「罪なことを！　どうして頭をくわえて行ったのだ？」

子牙が足を踏みならして大声をあげると、ふいに背中をたたく者があった。ぎょっと

してふりむくと、

「間抜けじゃのう！　あれほど誰かに声をかけられても、決して返事をしてはいけないと言ったのに、申公豹の幻術などにまどわされおって」

南極仙翁が、しわだらけの顔をしかめて立っていた。

「まったく、まどわされて封神榜を焼くことになったらどうなっていたことか。申公豹の頭は、わしが白鶴童子を鶴に化けさせ、くわえて南海に運ぶように命じた。頭を一時辰《しん》三刻《こく》、首から離してしまえば、血が噴き出して死ぬ。この罪業《ざいごう》を消してようやく心配もなくなるのだ」

「殺すのは勘弁してやってください。申公豹どのも長年かけてこの術を身につけたのでしょうから」

「おまえさんが許しても、むこうは許すまいさ。三十六度にわたって敵に攻められてから、今、命ごいをしたことを悔やむでないぞ」

「後で征伐を受けることになっても、慈悲を忘れ、先に仁義にもとる行いをすることはできません」

子牙があわれみをこうたので、南極仙翁は手まねきをして、申公豹の頭をくわえた白い鶴を呼びもどした。

鶴がくちばしを開いて頭をぽとりと落とした。いきおいよく落ちてきた頭が、顔の正面を背中のほうに向けて体の上に乗る。中公豹は、あわてて耳をひっぱって頭の方向をなおした。

南極仙翁がどなりつけた。

「死んで当然の悪党め！　姜子牙をまどわして封神榜を焼かせ、紂王を助けて周を滅ぼさせようとは、どういうことだ？　とらえて玉虚宮の元始天尊さまのところへ連れていくぞ！」

中公豹は、はじいって一言もない。白い額の虎にまたがると、子牙を指さして叫んだ。

「行ってしまえ！　西岐はたちまち血の海になり、白骨が山と積まれるぞ！」

中公豹は深い恨みをいだきながら、その場を去った。


姜子牙が再び土遁に乗って東海に着くと、海の中から助けを求める声がした。たずねてみると、黄帝《こうてい》の家来であった栢鑑《はくかん》（柏鑑）の幽魂であった。黄帝が蚩尤《しゆう》を破ったおりに、火器を受けて海中に閉じこめられ、千年浮かばれずに姜子牙を待っていたという。

姜子牙は栢鑑を救いだし、西岐へと連れていった。

西岐山では、その昔、宋異人《そういじん》の庭にいた五匹の妖怪が、悪さを許してくれたお礼がしたいと子牙を出迎えた。姜子牙は、栢鑑と妖怪たち五路神《ごろしん》に封神台を築かせ、封神榜を守らせることにした。

西岐城にもどった子牙は、張奎芳に夜討ちをかけて勝利をおさめ、南宮适《なんきゆうかつ》と周紀《しゆうき》を救いだした。張奎芳たちは西岐山までしりぞき、朝歌に使者をおくった。

十八　四聖、西岐《せいき》で子牙《しが》に会う

張奎芳《ちょうけいほう》から助けを求められた聞仲《ぶんちゅう》は、頭をかかえた。国内に人材のいない今、自分が討伐にむかうわけにもいかない。聞仲は、家来の吉立《きつりつ》に言われて、かつて道術を学んでいたころの友人のことを思いだし、力を借りることにした。

聞仲の求めに応じて、西海九竜島《せいかいきゅうりゅうとう》から、王魔《おうま》、楊森《ようしん》、高友乾《こうゆうかん》、李興覇《りこうは》という四人の道士たちが水遁《すいとん》に乗って朝歌《ちょうか》にやってきた。

朝歌の人々は一目見てぎょうてんした。

王魔は一字巾《いちじきん》をかぶり、青い服を着ていて、顔は白くて丸い。楊森は頭に蓮子箍《れんしこ》（蓮《はす》もようの輪っか）をはめ、頭陀《ずだ》（行脚僧《あんぎゃそう》）のように墨染めの衣を着ていて、顔は鍋底のように黒く、ひげは赤く、黄色い眉をしている。

高友乾は頭の両側にまげをゆい、真っ赤な長い服をまとっており、顔は藍色で髪は赤、口からは牙《きば》がつき出している。李興覇は魚尾金冠《ぎょびきんかん》をつけ、淡い黄色の服を着ていて、顔は棗《なつめ》のように赤く、ひげを長くのばしている。

四人はいずれも一丈五、六尺、体をゆすりながら、ぶらぶらと城にむかって進んだ。人々はあっけにとられて、ぽかんと口を開けたり、指をくわえて見ているばかり。

この四人（四聖《しせい》）こそが霊霄殿《れいしょうでん》の四将《ししょう》である。ほとんどの神はもとはといえば神仙《しんせん》である。ただ修行が足りず、真のさとりを得られなかった者が死して後、神に封《ほう》ぜられる。

四人は紂王《ちゅうおう》へのあいさつをおえると、さっそく水遁に乗って西岐《せいき》の張奎芳のもとへむかった。

王魔が仙丹《せんたん》を使って風林《ふうりん》と張奎芳のけがを治すと、張奎芳たちは西岐城へと軍を進めた。

西岐軍は五方に隊列を整えて城から出た。姜子牙《きょうしが》は青いたてがみの馬に乗り、手に宝剣をたずさえて、かなめの大幡のもとに立っている。

張奎芳が一騎で進みでた。子牙が声をかける。

「敗れた者が、またおめおめとやってくるとは」

「勝敗は兵家《へいか》の常だ、恥じることなど何もない。前とは一味違うぞ、あなどるなよ！」

その言葉が終わらないうちに、後ろから太鼓の音が響き、旗幡《はた》が開いて、四頭のふしぎな獣《けもの》が進みでた。王魔が乗っているのは狴犴《へいかん》、楊森は狻猊《さんげい》、高友乾は花斑豹《かはんひょう》、李興覇は猙獰《そうどう》。

四頭が陣から出てくると、獣の毒気にあてられて戦馬たちの力がぬけてしまい、乗っていた武将たちが馬から落ちた。子牙も青いたてがみの馬からころげ落ち、冠はまがり、ひたたれは破れるというありさま。無事だったのは神牛に乗っていた黄飛虎《こうひこ》と、風火輪《ふうかりん》に乗っていた哪吒《なた》だけである。西岐軍は面目まるつぶれになって城にとってかえした。

姜子牙は再び崑崙《こんろん》へ行き、元始天尊《げんしてんそん》に助けを求めた。

「九竜島の四人が乗っているのは、いにしえの竜から生まれた九種類の仙獣のうちの四匹にほかならない。白鶴童子《はっかくどうじ》、桃園《とうえん》からわしの座騎を連れてきなさい」

命《めい》を受けて、白鶴童子が四不相《しふそう》を引いてきた。麒麟《きりん》の頭に、獬豸《かいち》（不正な人物を見分けて角でつくという神獣）のようなしっぽ、竜のような体をした、ふしぎな獣であった。

「わしに代わって封神を行うのだから、この獣に乗っていくがよい」

さらに元始天尊は、南極仙翁《なんきよくせんおう》に「打神鞭《だしんべん》」を持ってこさせた。打神鞭は、長さ三尺六寸五分の木の鞭《むち》で、二十一ある節の一つ一つに四道、あわせて八十四道の符印がしるされた、八部《はちぶ》の正神《せいしん》を打つ宝の鞭である。

子牙はひざまずいて打神鞭を受けとった。元始天尊が言う。

「ここを離れて北海にむかうと、おまえを待つ者がある。この中央戊己《ちゆうおうぼき》の旗をさずけよう。あぶなくなったら旗の中にある手紙のとおりにせよ」

中央戊己の旗というのは、玉虚宮《ぎよくきよきゆう》の至宝と呼ぶにふさわしい力を持った黄色い旗・

杏黄旗《きょうこうき》であった。姜子牙は杏黄旗をおしいただいて、叩頭《こうとう》して別れを告げ、玉虚宮を出た。

麒麟崖《きりんがい》で四不相にまたがり、頭の上の角をポンと軽くたたくと、たちまち四不相は鈴のようなよく通る声でいななき、足もとから赤い光をはなち、西岐めざして飛ぶように走りだした。

しばらく進むと、四不相は海の近くの山におりていった。山のふもとにふしぎな雲がうずまいている。子牙が近づくと、風が雲を吹きちらし、中から妖怪が姿を見せた。

頭は駱駝《らくだ》、うなじは鵞鳥《がちょう》、海老《えび》のひげに牛の耳、でっぱった目はギラギラと光っており、体には魚のようにうろこがあり、手にはするどいかぎ爪、一本足は虎そっくりだ。

姜子牙は冷や汗でびっしょりになり、魂が体からぬけてしまうような気持ちになった。

妖怪は大声でほえた。

「姜尚《きょうしょう》の肉を食えば、寿命が千年のびると聞いたぞ。さあ、食ってやる！」

一本足の妖怪がひと跳ねして近づく。姜子牙は、大いそぎで杏黄旗を開き、中にある手紙を読んだ。

「おい、化け物、わしを食いたいというのなら、その前にこの旗を地中からぬいてみせろ！　みごとにぬくことができたなら、おとなしく食われてやろう」

姜子牙は杏黄旗を地面につきたてた。旗はみるみるうちに二丈あまりの大きさになり、風にひるがえった。

「こんなもの！」

妖怪は旗に手をかけて引きぬこうとした。しかし、旗はぬけなかった。妖怪は、もう一方の手も旗にかけて思いきり引っぱった。だが旗はぐらりともしない。それではと旗の根もとを両手でつかみ、のけぞるようにして思いきり引っぱったが、やはりぬけない。子牙は、空中を手で一はらいし、五雷正法を用いて雷を落とした。

大きな音が響き、驚いた妖怪が手をはなそうとしたが、急にその手は旗にくっついてしまった。子牙が剣を手にどなりつける。

「化け物め、かくごせよ！」

「仙人さま、お許しください！　お力を知らず、申公豹《しんこうひょう》にそそのかされました」

「わしの肉を食おうとしたことが、申公豹どのと関係あるのか？」

「仙人さま、わたしは竜鬚虎《りゅうしゅこ》と申します。少昊《しょうこう》の時代に生まれ、天地の霊気を採り日《じつ》月《げつ》の精華を受け、不死の身となりました。おととい、申公豹が通りかかって、『今日このときに通りかかる姜子牙の肉を食べれば寿命が万年のびる』と言ったため、このような大それたことをしでかしたのです。お慈悲ですから千年の修行をおあわれみになって命ばかりはお助けください、万年感謝いたします！」

「弟子になるというなら許してやろう」

「喜んでお師匠さまにさせていただきます」

「よかろう。目を閉じよ」

竜鬚虎は目を閉じた。ただ空中から雷の音が響いただけで竜鬚虎の両手は自由になり、身を倒して子牙を師匠とおがんだ。

「この山でどのような道術を学んだのだ?」

子牙の問いに竜鬚虎が答える。

「弟子は発手有石（手を動かして石を出す）ができます。手あたりしだいに、ひきうす大の石を空をうめつくして飛ぶイナゴの大群のように雨あられと投げつけ、あたりじゅうを土ぼこりで見えなくすることが自由自在です」

子牙はおおいに喜び、杏黄旗をかたづけ、四不相に乗り、竜鬚虎とともに西岐へむかった。

西岐の武将たちは竜鬚虎に肝をつぶしたが、子牙の弟子だとわかると、たがいにあいさつをかわしてうちとけた。


張奎芳たちは、姜子牙が崑崙山に行ったことなど知らない。八日たっても城から出てこないので、打つ手がないのだろうと言いあい、挑戦してきた。

姜子牙は、哪吒、竜鬚虎、黄飛虎を連れ、四不相に乗って西岐城を出た。

「姜尚め、しばらく姿を見せないと思ったら、崑崙山から四不相を借りてきおったな！」

王魔が剣をとって姜子牙におそいかかる。子牙の脇から哪吒がとびだして、剣を火尖鎗《かせんそう》で受けた。二人が戦いはじめると、楊森が、宝物の珠《たま》「開天珠《かいてんじゅ》」を豹皮嚢《ひょうひのう》からとりだして哪吒に投げつけた。珠にあたって哪吒が風火輪から落ちる。王魔は、しめたとばかりに哪吒の首をとろうとする。いそいで黄飛虎がかけつけ、哪吒を救いだした。

今度は黄飛虎と王魔の戦いになる。やはり楊森が開天珠を投げて黄飛虎を神牛からたたき落とした。竜鬚虎が助けにむかう。妖怪のような姿を見たとたんに高友乾が宝物の珠「混元宝珠《こんげんほうじゅ》」を投げた。珠を長い首にぶつけられ、竜鬚虎の頭が上下に跳ねる。そのすきに左右の者が黄飛虎を救いだす。

王魔と楊森は、ただ一人になった子牙にむかってきた。同時に、李興覇が宝物の珠「劈地珠《へきちじゅ》」を投げる。珠を胸に受けた子牙は、「うわっ！」と声をあげ、四不相にしがみついて北海にむけて逃げた。それを王魔が追う。

子牙は、四不相の角を軽くたたいて空中に飛びあがらせた。王魔も、笑いながら狴犴をたたいて空中に飛びあがって追う。子牙は七死三災の厄運を受けており、七度死ぬような目にあい、三つのわざわいを受けるが、この四聖との戦いが最初の死となる。

子牙は必死になって逃げたが、ついに王魔の投げつけた開天珠を背中に受けて、四不相からころげ落ち、山の斜面をころころところがって、あおむけになって息たえた。四不相はかたわらに立っている。王魔が乗り物からおりて、子牙の首を取ろうとしたその時、山の中から歌が聞こえてきた。

清らかな風が柳をなで、池の水面には花がただよう
いずこにお住まいか、白い雲の深く重なるところに

そこは五竜山《ごりゅうざん》であった。口ずさんでいた雲霄洞《うんしょうどう》の文殊広法天尊《もんじゅこうほうてんそん》が、王魔にむかって呼びかけた。

「王道友《どうゆう》（道士が道士に呼びかける言葉）、姜子牙にかかわるのはおすすめできませんぞ！　貧道《ひんどう》は玉虚宮の命を受けてお待ちしておりました。子牙は五つのめぐりあわせによって山をおりたのです。一つには殷《いん》の運気がつきたこと、二つには西岐に真《まこと》の天下の主《あるじ》が降臨したこと、三つにはわれわれ闡教《せんきょう》が殺戒《さっかい》を犯したこと、四つには子牙が西岐で福禄《ふくろく》を受け将軍・丞相《じょうしょう》となること、五つには玉虚宮に代わって神を封ずること。道友、截教徒《せっきょうと》は、まさに逍遥自在《しょうようじざい》、何にとらわれることもないのに、なぜ悪い心を起こし、争おうとなさるのです。

截教の教主がお住まいの碧遊宮《へきゆうきゅう》にかかげられている言葉をお忘れか？

『洞門を閉じて、心静かに黄庭経《こうていきょう》を読め

西土《さいど》におもむけば、封神榜《ほうしんぼう》に名を残す』

姜子牙は大切な使命を帯びてつかわされているのです。もし殺しても、誰かが必ず生きかえらせ、使命をまっとうさせるでしょう。わしの言葉を聞かないと後悔しますぞ」

「何だと！　説教がましいことを！」

王魔が剣をとって文殊広法天尊に迫ると、天尊の後ろから、髪を左右にゆいあげ、淡い黄色の服を着た子供の道士が剣をぬきはなってとびだした。

「王魔、文殊広法天尊の弟子の金吒《きんた》が相手だ！」

王魔と金吒が戦いはじめると、文殊広法天尊は遁竜椿《とんりゅうとう》を取りだした。椿というのは、杭《くい》のことである。遁竜椿は、一見、金色の蓮の花に見えるが、実は上に三つの金の輪がついた杭の形をした宝物である。この遁竜椿は、はるかのちに仏教の七宝金蓮《しちほうきんれん》となる。

さて文殊広法天尊が遁竜椿をさっとかかげると、花芯となっていた杭がぐんぐん大きくなって柱となり、花びらに見えていた三つの金の輪がすぐさま落ちてきた。あまりの速さに王魔は逃れることができず、首と腰と足首に一つずつの輪をはめられて、この柱にまっすぐにしばりとめられた。

金吒が剣をふりおろした。王魔の霊魂は体から離れ、封神台へと飛んでいった。封神台では清福神《せいふくしん》の栢鑑《はくかん》が待ちうけていて、霊魂をみちびく百霊幡《ひゃくれいはん》で、王魔の霊魂をみちびきいれた。

遁竜椿を収めた文殊広法天尊は、崑崙山のほうをおがみ、殺戒を開いたことを報告した。そして、姜子牙に丹薬《たんやく》を飲ませて生きかえらせ、金吒に西岐までおくらせた。金吒は武王《ぶおう》にあいさつし、弟の哪吒と再会した。

次の日、王魔が殺されたことを知った楊森たち三人が、はげしく怒りながら攻めてきた。

姜子牙は、金吒と哪吒を連れて西岐城を出た。おしよせる三人を、金吒が二本の剣をとり、哪吒が火尖鎗をしごいて迎えうつ。今度は、子牙は敵に宝物を投げるすきをあたえなかった。

姜子牙が打神鞭を投げると、空中に雷がおき、打神鞭が高友乾の頭を打ちわった。高友乾の魂は体を離れ、封神台へと飛んでいった。

それを見て楊森が大声をあげながら子牙に打ちかかる。脇から哪吒が乾坤圏《けんこんけん》を投げつけ、金吒が遁竜椿でしばりあげ、とどめをさした。

張奎芳と風林は、楊森と高友乾が次々にやられたのを見て、槍と狼牙棒《ろうがぼう》をとってかけよった。すると西岐城から、銀のかぶとと銀のよろいで身をかためた小さな武将が白馬に乗ってとびだしてきた。黄飛虎の末っ子の黄天祥《こうてんしょう》である。黄天祥は、槍をななめにかまえて風林につっこみ、ただの一つきで馬から落とした。風林の魂も封神台にむかう。

張奎芳と李興覇は、もはや勝ち目はないと考えて陣地に引きかえし、朝歌の聞仲のもとに助けを求める手紙をおくった。

姜子牙たちは、勝ったいきおいで張奎芳を倒そうと、翌日、武将や兵士たちをせいぞろいさせて城を出た。ときの声も高らかに張奎芳を名ざしで呼びだす。張奎芳ははげしく怒り、子牙をののしった。

「逆賊が！　天朝《てんちょう》元帥をあなどるなよ！　さあ、雌雄を決するのだ」

槍をとり馬を走らせてきたのを、子牙の後ろから黄天祥が出て槍で受け、はげしく戦う。三十合あまり戦っても勝負がつかない。そこへ、太鼓で進んで銅鑼《どら》で引くという軍中の法に従い、子牙が太鼓をたたいて武将たちを進めさせ、数十騎で張奎芳を丸くとりかこんだ。

張奎芳は周《しゅう》の武将たちを相手に、猛虎のように戦った。朝から昼まで打ちあったが、ついに力つき、紂王の名を呼びながら、槍を体におしあてて馬から飛びおり、みずからの命を絶った。張奎芳の家来たちは大将がいなくなると降参する者は降参し、逃げる者は逃げだした。

一方、李興覇は、槍をとってかけよった金吒と、鉄鐗《てつかん》（鉄鞭の一種で、敵にあたる部分が細くなっており、刀をたたき折ることができる）で戦った。そこへ哪吒がとびかかり、子牙も打神鞭を投げつけようとする。李興覇は不利と見ると、猙獰をたたいて、四本の足に風と雲を起こして空へと逃げていった。

あわてふためいて走りに走ってから、とある山におりて休み、朝歌の聞仲と相談して仲間の仇《かたき》を討とうと考えていると、山の上から道情をうたいながらおりてくる者があった。

天の玄妙に通じて仙となる、仙はどこにいても青い天を見る
おかしなことと言うなかれ、意を得てすべては自然にかえる

やってきた子供の道士は、李興覇を見ておじぎをしてきた。李興覇はあいさつをかえし、求められるままに名前を名のった。

そのとたんに、子供がいきなり剣で打ちかかってきた。

「おれは九宮山白鶴洞《きゅうきゅうざんはっかくどう》の普賢真人《ふげんしんじん》の弟子の木吒《もくた》。お師匠さまの命を受けて、西岐の姜子牙さまのもとへ行くところだ。ちょうどいい、手みやげになってもらうぞ！」

「ちょこざいな小僧め、きさまにやられるような李興覇さまではないわ！」

李興覇は鉄鐗で木吒の剣を受けとめ、はげしく戦った。木吒は戦っている剣のほかに、背中に二ふりの宝剣をさしている。この二ふりは対になっていて雌雄がある。木吒が左肩をゆすると、雄の剣がさやから飛びだした。

「行け、呉鉤剣《ごこうけん》！」

木吒が叫ぶと、剣は横になって空中をびゅんびゅん飛びまわり、李興覇の体をずたずたに切りきざんだ。あわれ千年の修行を積んだ李興覇も、九宮山で血だらけになって息たえた。

木吒は李興覇のなきがらを土でおおうと、土遁《どとん》に乗って西岐におもむき、兄弟の金吒、哪吒とともに、姜子牙を助けることになった。

朝歌の聞仲は、九竜島の友人三人と風林が倒されたと知り、怒りと悲しみのあまり、机をたたいて声をあげた。次に誰をさしむけたらよいのか考えあぐね、みなを集めて話をすると、左軍上将軍の魯雄《ろゆう》が進みでた。

魯雄はかなりの高齢である。白髪《しらが》頭を見て聞仲はあやぶんだが、魯雄が強く望むので、費仲《ひちゅう》と尤渾《ゆうこん》をつけ、五万の兵をあたえて張奎芳のところへむかわせた。

季節は夏の終わりの七月であった。今年は暑さがことのほかきびしく、馬も人も雨のように汗を流し、息をきらせた。太陽に近い山の上では石が焼けて灰になり、水の底の魚も煮えてしまうほどのものすごさである。魯雄は兵士たちをはげまし、苦労しながら軍を進めた。

ところが、汜水関《しすいかん》をすぎると、張奎芳がすでに倒され、首が西岐城の東門にかけられていることがわかった。

魯雄は進むのをやめ、西岐山に陣地を築いて兵士たちを休ませた。

姜子牙は、西岐山に敵が陣をしいたと知ると、武吉《ぶきつ》と南宮适《なんきゅうかつ》に五千の兵をあたえ、岐山の頂上にとりでを作らせた。

武吉と南宮适はぶつぶつ言いながら、兵士たちをなだめて働かせた。山頂には水もない。魯雄軍の兵士たちは山頂のとりでを見あげて、「あんなところにとりでを作っても、三日ともつまい」と大笑いした。

つづいて姜子牙も、みずから三千の兵をひきいて岐山に行き、武吉に高さ三尺の土の台を築くように命令した。

それから子牙は、西岐から運ばせた大荷物を分けた。分けられたものを見て、兵士たちはあきれかえった。各人に、綿入れと笠《かさ》が配られたのである。

その夜、土の台ができあがった。姜子牙は台の上にのぼって、髪をとき、剣を手に、東にある崑崙をおがみ、北斗《ほくと》を踏み呪文を唱え符水をもちいて術をおこなった。

子牙が祈りはじめると、たちまち、木々をうならせ林をつきぬけて、はげしい風が吹きだした。砂ぼこりが舞いあがり、霧が世界を閉ざし、銅の太鼓をたたいているような音をたてて旗幡がはためき、兵士たちは目を開けていられない。

熱気が吹きちらされ、しのぎやすくなったと両軍の大将たちは、ほっと息をついた。

子牙は三日の間祈りつづけ、大風を起こした。北風のように冷たい風であった。兵士たちが口々になげく。

「国の政《まつりごと》に乱れがあると天候が乱れるとは、こういったことをいうのだろうか」

やがて、あろうことか、ひらひらと雪が舞いはじめた。

魯雄がひきいてきた兵士たちは寒さでふるえはじめた。

風にまかれて舞いあがった鵞鳥の羽根のように、ひとひらふたひらと降りだした雪は、みるまに乱れとぶ梨の白い花のようにはげしくなり、空一面を埋め尽くした。

「七月にこんな雪が降るなど、めったにないが」

年をとっている魯雄には、寒さはとりわけこたえた。費仲と尤渾もなすすべがなく、殷軍の者はすべてこごえた。岐山の上の子牙のほうの兵士たちは綿入れと笠を身につけ、みな子牙に深く感謝した。

「雪はどのぐらい積もったかね？」

子牙が武吉にたずねた。

「山の上は二尺ほどですが、風が吹きおろしているので、ふもとでは四、五尺にはなるでしょう」

姜子牙は、うむ、とうなずき、再び台の上にのぼって祈りはじめた。

髪をふりみだし剣をとり、ぶつぶつと呪文をとなえると、今度は、みるみるうちに厚い雲がちぎれ、火の傘のような真っ赤な太陽が空にかかった。たちまち雪という雪はとけて水になり、ごうごうと音をたてて、いきおいよく山のふもとへと流れおちた。

はげしいいきおいで水が落ちていくと、子牙は、ふいに印《いん》を結んで再び風を起こした。太陽が姿を消し、いてついた風がくるったようにあばれまわる。岐山は、すっかりこおりつき、山全体が氷のかたまりのようになった。

姜子牙は、南宮适と武吉に手勢を連れて殷軍の陣地を見に行かせた。

魯雄の陣地は氷にとざされ、魯雄とともに費仲と尤渾も氷づけになっていた。かつて文王《ぶんのう》がうらなったとおりになったのである。五万人もいた兵士たちも、二、三千人はこごえ死に、あとの者は逃げていったようである。

子牙は、使いを出して武王を岐山に呼んだ。岐山を祭ると言われた武王は、封神台を祭るためとは知らずに訪れ、香を焚《た》いた。子牙は魯雄たち三人を斬って首をささげた。子牙と武王は兵をまとめて西岐に帰り、清福神が三つの魂を封神台に引きいれた。

十九　魔家四将《まかししょう》、黄天化《こうてんか》に遭遇する

岐山《きざん》から逃げだした兵士たちが朝歌《ちょうか》にもどり、魯雄《ろゆう》たちが敗れたことを聞仲《ぶんちゅう》に報告した。さらにそこへ、三山関《さんざんかん》の総兵《そうへい》・鄧九公《とうきゅうこう》からの南伯侯《なんはくこう》に敗れたという報告が重なった。

「わしが出むくことができれば負けはしないのだが、東・南の反乱もしずまっておらず、朝歌を離れるわけにいかない。いまいましい姜尚《きょうしょう》め！」

聞仲はじだんだを踏んでくやしがり、左右の者に相談して、とうとう佳夢関《かぼうかん》を守る魔《ま》家《か》四将《ししょう》を西岐《せいき》にむかわせることにした。

代わって関を守るように命じられた左軍大将の胡昇《こしょう》と胡雷《こらい》が到着すると、魔家四将たちは十万の兵をひきいて出陣し、西岐城の北にとりでを築いた。

西岐は、子牙《しが》が岐山をこおりつかせてから、ますます力をつけていた。子牙がみなと話し合いをしているときに、魔家四将がとりでを築いたという報告が入った。

「佳夢関の魔家四将が出てきたとあっては、簡単にはいきますまい」

黄飛虎《こうひこ》が顔をしかめて、新しい敵のことを子牙に教えた。

「昔、東海征伐のおりに、わしの配下だったことがあるのでよく知っているのですが、あの四人兄弟はそれぞれすごい宝物を持っています。

まず長男の魔礼青《まれいせい》。蟹《かに》のような赤い顔に銅線のような赤いひげを生やした二丈四尺の大男で、乗り物には乗らず、長い槍《やり》を使います。さらに『青雲剣《せいうんけん》』という秘伝の宝剣を持っています。剣には、『地、水、火、風』の四文字の符印がしるされています。風というのは黒風で、中に幾万もの戟《げき》や矛《ほこ》が飛びまわっており、相手をこなみじんにします。火というのは、はげしい炎で、空中を金の蛇のように動きまわり、黒い煙が地をおおい、人の目をくらませて焼きつくし、簡単にはのがれられません。

弟の魔礼紅《まれいこう》は方天戟《ほうてんげき》を使い、『混元傘《こんげんさん》』という傘を持っています。傘の上には名珠からつくられた、祖母緑・祖母印・祖母碧・夜明珠・碧塵珠・碧火珠・碧水珠・消涼珠・九曲珠・定顔珠・定風珠《ていふうじゅ》といった宝物の珠が『装載乾坤《そうさいけんこん》（天地を載せる）』という文字をかたどってついていて、これをかざすと天地が暗くなって日月《じつげつ》も光をなくし、これをくるくるまわすと天地がゆれ動きます。

次の魔礼海《まれいかい》は槍を使い、『地、水、火、土』の四つの弦を持った琵琶《びわ》を背負っています。琵琶をひくと青雲剣同様、火と風があたりをつつみます。

最後は魔礼寿《まれいじゅ》、二本の鉄鞭《てつべん》を使うほか、豹皮嚢《ひょうひのう》の中に『花狐貂《かこちょう》』という、白ねずみに似た小さな獣《けもの》を飼っています。この花狐貂は、いったん空中にはなされると、両脇に羽を生やした白い象のような巨大な怪物になって人間をおそい、食べてしまいます。この四人が来たとなると、勝てないかもしれません」

子牙はこれを聞くと、気がふさいでならなかった。

翌日、魔家四将が挑戦してくると、魔礼青に南宮适《なんきゅうかつ》、魔礼紅に辛甲《しんこう》、魔礼海に哪吒《なた》、魔礼寿に武吉《ぶきつ》がかかっていった。

しばらく戦い、哪吒が乾坤圏《けんこんけん》を魔礼海に投げつけようとすると、魔礼紅が混元傘を開いた。あたりが真っ暗になり、乾坤圏が傘に吸いよせられる。それを見て金吒《きんた》が遁竜《とんりゅう》椿《とう》を使ったが、やはり吸いとられてしまった。

姜子牙は打神鞭《だしんべん》を投げつけた。打神鞭は神だけを打ち、仙や人は打たない。魔家四将は仏門に入り一千年祭られる四天王なので、打たなかった。このため打神鞭も傘に吸いとられた。子牙はぎょうてんする。

さらに、魔礼青が青雲剣で黒い風をまきおこしたところへ、魔礼紅が傘を回転させたからたまらない。真っ暗な中で、天地がぐらぐらと動き、幾万もの戟や矛は飛びまわるわ、はげしい炎が起こるわで、みな、逃げまどうばかりになった。そこへ、魔礼海が琵琶をひいて火と風をいっそうはげしくし、魔礼寿が花狐貂をはなした。花狐貂が大きな怪物になって人々を牙《きば》にかけ、爪で引きさいて食べはじめる。

西岐軍はめちゃくちゃにやっつけられた。子牙は空に逃れ、金吒や木吒《もくた》は土遁《どとん》に乗り、そのほか、乗り物で逃げられる者は逃げ、泳ぎの上手な者は水の中へと、みな必死でその場を離れた。

しかし、ひどい戦いであった。後で子牙が調べてみると、一万人もの兵士が殺され、生きている者も大半が傷をおい、文王《ぶんのう》の子供が六人、武将が三人命を失っていた。

これでは戦いようがなく、姜子牙は免戦牌《めんせんはい》をかけさせた。魔家四将は免戦牌を見ると、はしごを使って城攻めをしてきた。子牙はけがをしていない者をはげまして、石を落とさせたり、槍や弓で防戦させたりした。

城は三日たっても落ちず、逆に兵士を失うと、魔家四将は兵糧《ひょうろう》攻《ぜ》めをしかけてきた。

二ヶ月ほどが過ぎた。魔家四将たちは早く決着をつけるため、宝物を使って天地を動かし、西岐城を海に沈めてしまおうとした。姜子牙はうらないによってこの計略を知ると、術を使って北海の水を移し、海水で城をすっぽりおおって災難から城を守った。

また二ヶ月が過ぎた。敵を退ける方法もなく、困っているところへ、あと十日分しか兵糧がないという知らせが入った。

武成王《ぶせいおう》の黄飛虎が領民から借りてはどうかとすすめたが、子牙は、民を慌てさせれば反乱につながりかねないと言って、それをことわった。

さらに七、八日たつと、ついに兵糧が二日分しかなくなった。

子牙が困りはてていると、道行天尊《どうこうてんそん》の弟子の韓毒竜《かんどくりゅう》と薛悪虎《せつあくこ》という二人の子供の道士が訪れ、ふしぎな升《ます》を使って倉を米でいっぱいにしていった。姜子牙は、「『あやうい時には、しぜんと救いの主があらわれるであろう』とお師匠さまがおっしゃっていたのは、こういうことだったのだな」と、たいそう喜んだ。

また二ヶ月が過ぎた。魔家四将が西岐にあらわれてから、もう一年近い。子牙は、兵士たちの心をつかんでよく城を守った。


そんなある日、姜子牙のもとに、扇雲冠《せんうんかん》をつけ、水色の服を着て絹のひもで腰をしばり、麻の靴をはいた道士がやってきた。目もとすずやかなりりしい青年で、額にある三つめの目が、ただ者ではないことを示していた。道士は、子牙を師叔《ししゅく》と呼んでかしこまった。

「わたくしは玉泉山金霞洞《ぎょくせんざんきんかどう》の玉鼎真人《ぎょくていしんじん》の門下で、姓を楊《よう》、名を戩《せん》と申します。お師匠さまの命《めい》を受けて、助太刀《すけだち》に参上しました。七十二変化《へんげ》の術で必ずお役にたちましょう」

子牙は大喜びして、楊戩をみなに紹介した。

「さあ師叔、免戦牌をおはずしください。わたしが来たからには敵に大きな顔はさせませんよ」

楊戩は敵の魔家四将のことを聞くと、さっそく槍を手に、白馬にまたがって出ていった。

「なぜ正しい道を歩まず、妖術を使って害をなすのだ？　すぐに、わたしの力を思い知らせてやる！」

楊戩が出ていくと、半年も戦えなくてうずうずしていた魔家四将たちが大喜びで走りでて、四人で楊戩をとりかこんで戦いはじめた。

そこへ、わきから馬成竜《ばせいりゅう》という武将が赤兎馬《せきとば》に乗り、二本の刀で打ちかかった。十合と打ちあわず、「うるさい！」とばかりに魔礼寿が袋を開いて花狐貂をはなす。花狐貂は巨大な怪物になって、真っ赤な口をあけ、刀のような歯で武将にかみつき、あっという間に食べてしまった。

楊戩は、敵の手の内を知ってひそかに喜んだ。そこへ魔礼寿が再び花狐貂をさしむける。花狐貂は、一声するどく鳴いて楊戩を飲みこんだ。

哪吒は、まずいと思って、楊戩が花狐貂にやられたことを子牙に報告した。

その夜、魔家四将たちはとりでの中で勝利の酒盛りをした。二更《にこう》になるころ魔礼寿が言った。

「のう、兄者《あにじゃ》、昼間のあいつ、楊戩とかいうやつがあっけなく花狐貂に食われたんで思いついたんだが、花狐貂をはなして西岐城に行かせ、姜尚や武王《ぶおう》を食ってこさせたらどうだろう？」

「なるほど、よい考えだ。なぜ今まで思いつかなかったのだろう」

三人が賛成すると、さっそく魔礼寿は、白ねずみのような花狐貂を豹皮嚢から出した。

「いい子だ。首尾よく姜尚どもを食ってこいよ」

魔礼寿が空にはなつと、花狐貂は大きな怪物になって西岐城へむかった。

だが、花狐貂は西岐城には行きつけなかった。昼間食べた楊戩が、腹の中ですべてを聞いていたのである。

「このわたしを、いったい誰だと思っているのやら」

楊戩はすでに道をきわめ、清源妙道真君《せいげんみょうどうしんくん》という仙人としての名前も持っている。花狐貂に飲みこまれたぐらいでは、傷一つおいはしない。花狐貂の心臓をひねり、地面にころがった花狐貂の体を二つに引きさいて外にとびだした。

三更のころ、楊戩は西岐城に着き、丞相府《じょうしょうふ》を訪ねた。死んだはずの楊戩があらわれたため、いぶかしんだ子牙に言われて、哪吒が様子を見に出てきた。

「楊道兄《どうけい》、食べられて死んだんじゃなかったのか？」

「きみと同じことさ。ふしぎがあってもおたがいさま、驚くことはない。さあ、門を開けて師叔のところへ案内してくれ」

楊戩は姜子牙に、花狐貂の腹の中で聞いた計略を話し、花狐貂を倒して西岐に知らせにきたのだと告げた。子牙はおおいに喜んだ。

「これほどの術の持ち主がいれば何もおそれることはないな!」

「では、もどります」

すると哪吒がたずねた。

「どうやってもどるのさ?」

「詩にもうたわれる、秘伝の七十二変化の術だ。

仙家《せんか》秘伝の真《まこと》の秘訣《ひけつ》、わたしと人ではひとあじ違う
あるいは山・水あるいは崖に、金に宝に、銅・鉄に
あるいは鸞《らん》・鳳《ほう》あるいは禽《とり》に、竜に虎に、獅子《しし》に鵙《もず》
見えない物へも自由自在、蟠桃会《はんとうえ》に行きごあいさつ」

(注:蟠桃会とは瑶池で仙桃が実った時に開かれる神仙たちの宴会)

子牙はこれを聞くと、

「一つ二つ見せてくれるか」

楊戩は、さっと体をゆらすと、花狐貂となって地面を跳ねた。哪吒が大喜びする。

「では弟子はまいります！」

一声あげて行こうとするところへ、子牙が声をかけた。

「楊戩、宝物さえうばってしまえば、おそれるほどのやつらではないのだ。頼むぞ！」

花狐貂に化けた楊戩は、魔家四将の陣地にもどり、魔礼寿の豹皮囊の中におさまって、敵が寝しずまるのを待った。

四更を知らせる太鼓が鳴るころ、酔っぱらった魔家四将たちは雷のようないびきをかきはじめた。楊戩は豹皮囊からとびだし、魔家四将が眠っている寝台のとばりの上にかけられている四つの宝物に手をのばした。

ところが、手をかけたとたんに宝物がかぎから落ちて、大きな音を立てた。その音で魔礼紅が寝がえりをうつ。楊戩はかろうじてつかんだ傘をしっかりおさえて、息をひそめた。

「なんだ、かけておいた宝物が落ちたのか」

魔礼紅は目をこすりながら起きあがり、宝物をかぎにかけなおし、また横になった。傘が足りないことには気づかなかったようである。楊戩は、いそいで西岐城にもどり、傘を子牙にわたすと、魔家四将のとりでにとってかえし、豹皮囊にとびこんだ。

翌日、目を覚ました魔礼紅は、傘がなくなっているので大あわてした。だが、誰もあやしい者を見ていないという。他の三人は、四つのうちの一つがなくなっただけなのだからと魔礼紅をなぐさめたが、やはり気はおさまらなかった。

そのころ、青峰山《せいほうざん》の紫陽洞《しようどう》の清虚道徳真君《せいきよどうとくしんくん》が黄天化《こうてんか》を呼びだしていた。

「おまえを下山させる。父とともに周《しゆう》の主《あるじ》のために働くのだ。こちらに来なさい」

清虚道徳真君は黄天化を桃園《とうえん》に連れていき、二本の鎚《つち》の使い方を教えた。黄天化はあっという間に覚え、自在にあつかえるようになった。

「わしの玉麒麟《ぎよくきりん》に乗せてやろう。それと火竜鏢《かりゆうひよう》も持っていくがよい。弟子よ、本分を忘れず、道の徳を尊ぶのだぞ」

黄天化は道徳真君に別れを告げて洞を出て、玉麒麟に乗った。角を軽くたたくと四本の足に風雲を起こし飛びあがった。この獣は道徳真君が三山五岳《さんざんごがく》に遊ぶ時に乗るものである。

黄天化はたちまち西岐に着いて玉麒麟をおり、丞相府にむかった。

子供の道士が訪れたと聞いた姜子牙がまねきいれると、黄天化がかしこまった。

「師叔、弟子黄天化、お師匠さまの命を受けて下山いたしました。なんなりとお命じください」

「いずこの山からまいられたのかな?」

すると黄飛虎が答えた。

「黄天化ではないか。子牙どの、青峰山紫陽洞の清虚道徳真君の門下の、わしの長男です」

姜子牙はおおいに喜んだ。

「これはすばらしい！　将軍には出家して修行なさっているご子息もおられたのか」

黄天化と黄飛虎父子は再会を喜び、ともに武成王府に帰り、酒席をともにした。黄天化は山では精進料理しか食べなかったが、ここではなまぐさを食べ、頭の両側にまげを結い、王服を着、冠をつけた。

翌日、黄天化が、金の鉢巻きをしめ、真っ赤な長い上着に金のよろいをつけ、玉帯をしめて姜子牙のもとを訪れると、たちまち子牙が見とがめた。

「黄天化、道教の門下がなぜそのような服を着るのだ？　わしはこの位にあるが、崑崙《こんろん》の徳を忘れたことはない。昨日下山したばかりのおまえがもう服をかえ、絹のひもをといてしまうとは何だ」

黄天化は、すぐに絹のひもをしめた。

「下山し、魔家四将を倒すために鎧《よろい》をつけたのです。決して本分を忘れたわけではありません」

「魔家四将は妖術使いじゃ、心してかかれ」

「命をおくだしください。おそれはいたしません！」

黄天化は玉麒麟に乗り、二本の鎚を手に城門を出て、魔家四将のとりでの轅門《えんもん》にむかい挑戦した。

十六年の修行を重ねて道術に通じ、かつて潼関《とうかん》で父を救い、莫耶《ばくや》の宝剣で陳桐《ちんとう》を斬った黄天化の姿は堂々としたものであった。たばねた髪につけた金の冠は焔《ほのお》をあげるよう、真っ赤な長い上着には竜の刺繍《ししゅう》、金の鎖をつづった連環《れんかん》のよろい、腰の下には絹の細ひも。西岐城外での初のいさおしを立てようと、二本の八角鎚《はっかくつい》を手に、静かに玉麒麟を御《ぎょ》して進みでる。

魔礼青が、あらわれた若者に声をかける。

「何者だ！」

「開国《かいこく》武成王の長男、黄天化ここにあり。いま姜丞相の命を受けてきさまをとらえに来た！」

魔礼青が怒りをあらわに、槍を手に徒歩で進みでる。黄天化が二本の鎚で迎え、はげしい戦いがはじまった。

槍と鎚を打ちあわせてぶつかりあい、二十合とたたないうちに、魔礼青が白玉《はくぎょく》でできた硬い腕輪を投げつけた。腕輪はキラリと光ったかと思うと、黄天化の背後から金の冠にぶつかり、天化は玉麒麟から落ちてしまった。魔礼青が首をあげようと近づく。

「道兄にさわるな！」

哪吒が大声をあげ、風火輪《ふうかりん》に乗ってかけつけ、黄天化を救った。

哪吒は魔礼青と戦い、槍と槍を力の限り打ちあわせた。魔礼青が再び、白玉の腕輪で打とうとする。哪吒はそれを乾坤圏で受けた。乾坤圏は金属、腕輪は玉。ぶつかると腕輪は粉々になってしまった。

「哪吒め！　宝物の恨み、晴らしてくれる！」

魔礼青と魔礼紅が同時に叫び、相手になろうとした。

哪吒は不利と見て、あわてて西岐にむかう。魔礼海が琵琶をひこうとしたときには、哪吒は西岐城に帰りついていた。宝の腕輪を失った魔礼青がくやしがったがどうにもならない。

打たれてことされた黄天化を見て、黄飛虎が涙した。

姜子牙は、あらわれた白雲童子《はくうんどうじ》に黄天化をたくした。黄天化は白雲童子に背負われて紫陽洞の清虚道徳真君のもとへ帰った。

道徳真君は丹薬《たんやく》を水でとき、剣で黄天化の口をこじあけ、流しこんだ。しばらくして息をふきかえした黄天化を、真君はしかりつけた。

「おろか者が！　下山したとたんになまぐさを口にしたのが第一の罪、服をかえて本分を忘れたのが第二の罪だ。子牙の顔があったから救ったが、そうでなければ決して救わぬ！」

黄天化は地面に体をつけて師匠をふしおがんだ。道徳真君は取りだしたものを天化に手わたして告げた。

「すみやかに西岐にむかい、魔家四将と再戦し、功をたてよ。わしも遠くなく下山する」

黄天化は土遁に乗ってただちに西岐に帰った。黄飛虎が大喜びしたのはいうまでもない。

翌日、黄天化は玉麒麟に乗って城を出て、魔家四将に再び挑戦した。

「今日こそ決着をつけてやる！」

意気高く黄天化が声をはりあげると、魔礼青が槍でさそうとする。天化がすばやく受ける。何度も火花を散らさないうちに、天化は逃げだした。それを魔礼青が追う。

黄天化は、ふりむいて魔礼青の姿を確かめると、二本の鎚をおろして錦の嚢《ふくろ》を開け、七寸五分の大きな釘《くぎ》「攢心釘《さんしんてい》」をとりだした。攢心釘がきらきらと輝き、火焔《かえん》が目を奪う。

魔礼青がまっすぐに近づいてきたとき、黄天化の手がさっとひらめいた。

手の中から金の光が飛びだしたと思ったら、次の瞬間には、攢心釘が魔礼青の心臓をさしつらぬいていた。

どうっと音をたてて、魔礼青の体が地に倒れる。

「兄者！」

魔礼紅が方天戟をつかんで走ってくる。黄天化は、その体の真ん中へと、今一度、攢心釘を投げつけた。やはり心臓に釘を打ちこまれて、魔礼紅ががくりとひざをついた。つづいてかけよってきた魔礼海も、攢心釘を受けて命を失った。

三人が次々とやられたのを見て、魔礼寿があわただしく走りでて花狐貂が入っている豹皮嚢に手をつっこんだ。

だが、「ぎゃあっ！」と叫んで手をひっこめた。魔礼寿の手は、花狐貂に食いちぎられていた。あまりの痛さにのけぞった胸もとに、黄天化が投げた攢心釘がつきたつ。

そのとき、ひゅっと風が吹いて、豹皮嚢から花狐貂がとびだし、見る間に楊戩の姿になった。楊戩は黄天化とあいさつをかわし、やってきた哪吒とともに子牙に勝利を報告した。

二十　黄花山《こうかざん》で鄧辛張陶《とうしんちょうとう》を収める

朝歌《ちょうか》の聞仲《ぶんちゅう》のもとに、遊魂関《ゆうこんかん》の総兵《そうへい》から東伯侯《とうはくこう》と戦って何度も勝利したという知らせがとどいた。つづいて、三山関《さんざんかん》の総兵・鄧九公《とうきゅうこう》の娘である鄧嬋玉《とうせんぎょく》が南伯侯《なんはくこう》に連勝し、退陣に追いこんだという知らせがもたらされた。

そこへ、汜水関《しすいかん》の韓栄《かんえい》からの報告がとどけられた。聞仲は、今度こそ魔家四将《まかししょう》が姜子牙《きょうしが》を倒したのに違いないと思って、いそいで手紙を開いた。

だが、読むうちに聞仲は顔色を変えた。怒りのあまり、額の目が、かっと開き、二尺ほどの白い光をはなつ。

「ううぬ、姜尚《きょうしょう》め。どこまで朝廷をばかにするのだ！　それにしても、魔家四将が倒されたとは」

聞仲は、しばらく腕をくんで考えていたが、やがて、腕ぐみをといた。

「東と南の反乱が落ちついている今なら、わしが朝歌を離れてもだいじょうぶであろう」

聞仲は、紂王《ちゅうおう》の許しを得て、三十万の大軍をひきいて西岐《せいき》征伐にのりだすことになった。

吉日を選んで宝の大幡を祭り、紂王みずからの見おくりを受けた。ところが、いざ出発というときに、墨麒麟《ぼくきりん》があばれて聞仲をふりおとした。さいわい怪我《けが》はなかったが、出陣の前に総大将が乗りものから落ちるというのは不吉なことであった。みなはざわめき、出陣を延期するように求めたが、聞仲は、「墨麒麟は長い間、人を乗せなかったので、急にわしに乗られて驚いたのであろう。気にすることはない」と言って、そのまま出発した。

聞仲の三十万の軍は、黄河を渡り、澠池《べんち》に着いた。澠池の総兵の張奎《ちょうけい》にたずねると、西岐に行くには、左の青竜関《せいりゅうかん》を通る道が、五つの関をぬけていくより二百里ほど近いという。聞仲は迷わず、青竜関への道を選んだ。

だが、青竜関から先は思ったより道がけわしかった。道幅がせまくなり、馬一頭がやっと通れるかどうかといったありさまで、せっかくの大軍もなかなか進めない。聞仲は後悔したが、今さら引き返すこともできない。

さんざんな目にあいながら、やっとのことで黄花山《こうかざん》にたどりついた。

黄花山は、雲をつくほどの高山であった。切り立った崖がそそり立ち、青々とした木々におおわれている。見るからにたいへんな難所だと知れる。

聞仲は軍隊を休ませ、一人で先に墨麒麟にまたがって偵察に出た。すると、平らなところなど少しもないかと見えた山の中に、どういうわけか、戦場のように開けたところがあった。

「すばらしい！　朝歌が安らかになったら、こんなところで心地よく隠居したいものだ！」

聞仲は、青々としげった竹や枝ぶりのよい松をながめながら、しばらく休んだ。

その時、後ろのほうから銅鑼《どら》の音が響いた。聞仲はいそいで墨麒麟のむきを変えた。

すると、あろうことか、軍隊が一列に長い「長蛇陣《ちょうだじん》」をしいて、山をくだってゆくところではないか。しかも、その先頭を進む将軍は、藍色の顔に赤い髪、くちびるからは牙がつきでた怪物である。赤いひたたれに金のよろい、黒馬にまたがった怪物は、一本柄の開山斧《かいざんふ》（両手で使う大斧《おおおの》）をあやつり、風のようにかけてゆく。

赤いひたたれに二本の金鞭《きんべん》をたずさえ、墨麒麟に乗った聞仲は、目立ちすぎた。様子を見ているうちに兵士に見とがめられ、先頭の将軍がかけよってきた。

「何者だ！　わが山をさわがせるとは、大胆なやつめ！」

聞仲は、相手の強そうなさまに、もし味方にできたら心強いことだと思いながら、静かに口を開いた。

「貧道《ひんどう》は、この山の静かな様子を見て、庵《いおり》の一つも建てて、朝夕、黄庭経《こうていきょう》など読んで暮らしたいと思ったのだが……」

「あやしげな道士め、何をほざくか」

怪物のような将軍は、どなりながら斧で打ちかかってきた。聞仲があわてて金鞭で受ける。高い山の上で、二人は、斧と鞭《むち》をはげしく打ちあわせた。

太師《たいし》の聞仲は、今まで長い間軍をひきいて戦ってきたので、豪傑を見すごすことはない。相手の斧づかいには、見るべきものがあった。

味方に引きいれようと考えて、聞仲は、急に墨麒麟を東にむけて走らせた。そして、相手が追いかけてくると、地面を金鞭で一指しした。

すると突然、金の壁があらわれて、相手の将軍を閉じこめた。金遁《きんとん》という術である。

聞仲は山の上にもどり、墨麒麟からおり石に腰かけた。やがて、叫び声をあげて二人の将軍が、馬にまたがり山上へとかけのぼってきた。聞仲は、ゆっくりと墨麒麟に乗り、金鞭を相手のほうへむけ、大声で呼びかけた。

「さあ、来るがよい！」

「おかしな三つ目道士め、義兄上《あにうえ》をどうした」

一人は槍《やり》、一人は二本の鐗《かん》で打ちかかってくるのを、聞仲は金鞭で受け、しばらく戦った。だが、さっきと同じように、急に墨麒麟を南へ走らせ、追いかけてくる二人の目の前を、それぞれ金鞭で一指しした。

たちまち大きな海があらわれて一人の将軍を飲みこみ、どこまでも続く林がもう一人を閉じこめた。水遁《すいとん》と木遁《もくとん》である。水遁や木遁には移動する術のほかに、このような使い方もある。

それがすむと聞仲は、もとのように山の上に腰かけた。

ややあって、

「あやしいやつめ、わが義兄弟《はらから》にあだをなして、ただですむと思うなよ！」

聞仲がふりむくと、脇の下に二枚の肉翅《にくし》（コウモリのようなつばさ）のはえた将軍が、風を起こし雷のような音をたてて飛びかかってくるところだった。

棗《なつめ》のように真っ赤な顔、くちびるからは牙がつきだし、虎の頭をかたどった冠についた玉が冷たい光をはなっている。怒りのままに飛びかかる勢いは若い鸞鳥《らんちょう》さながらである。

「まさに豪傑ではないか」

将軍は、二枚のつばさをはばたかせて、聞仲をたたきつぶそうと、鎚《つち》をふりおろす。

聞仲はいそいで金鞭で受けとめた。そして、さっと鞭をふりあげ、墨麒麟を東へむけて走らせた。

「逃げるか！」

つばさのある将軍は、ばさっと飛びあがり、たちまち頂上に着く。

聞仲は、木遁、火遁《かとん》、土遁《どとん》、金遁、水遁の五遁《ごとん》の中に、この相手をおさえられる術はないと考えて、金鞭で近くの山を二、三度指ししめし、黄巾力士《こうきんりきし》に命じた。

「ここの山の石であの者をおさえつけよ！」

たちまち石が空中を飛んで、相手の腰の上にのしかかる。

石の下じきにされて動けなくなった将軍に、聞仲が金鞭で打ちかかろうとすると、

「ご慈悲を！　仙人さまとは知らず、ご無礼をいたしました。どうかお助けください！」

相手は、大きな声で許しをこうた。

「わしは仙人ではない。朝歌の聞仲じゃ。西岐征伐にむかう途中、この山を通ったところ、そちたちがあだをなそうとしたので、こらしめたのだ」

「これは、聞太師さまとは！　お通りになることがわかっていれば、お出迎えいたしましたものを。たび重なるご無礼を、ひらに、ひらに、ご容赦ください」

「西岐征伐についてくるなら、許さんでもない。いさおしを立てれば出世も思いのままだぞ。どうじゃ」

「この辛環《しんかん》、喜んで魔下に入らせていただきます」

聞仲が鞭で一指しすると、黄巾力士が山の石をとりさった。辛環は、地にひれふし聞仲をおがんだ。それを聞仲が助けおこす。

辛環を配下に加えた聞仲はもとのように石に腰かけ、辛環がその脇に立つ。聞仲がたずねた。

「黄花山にはどのぐらいの人馬がある？」

「この山は広さ六十里ほど。一万を超える手下とたくさんの糧秣《りょうまつ》があります」

聞仲が喜ぶと、辛環はひざまずき、泣きながら訴えた。

「先の三人にも、どうかご慈悲を。姓は違えど手足のように助けあってきた義兄弟なのです」

「義気に免じて助けてやろう」

聞仲がゆっくりと立ちあがり、さっと手をあげて術を使うと、雷の音が山をふるわせた。聞仲の術であらわれた金の壁、大きな海、どこまでも続く林が、ふっと消えさる。そして、閉じこめられていた三人の将軍が出てきて、目をこすりながらあたりを見まわした。

「妖術使いめ、覚悟！」

三人は馬でかけもどり、聞仲に、それぞれの武器で打ちかかろうとした。

「兄弟、はやまるな。馬をおりてごあいさつするんだ。こちらのおかたは朝歌の聞太師さまだ」

つばさの生えた辛環が、聞仲と三人の間にわりいり、両手を広げた。

聞仲と聞いて、三人はいそいで馬をおり、地にひれふした。

「聞太師さまのことを、かねてよりおしたいいたしておりました」

「知らぬこととはいえ、ご無礼をいたしました。どうかお許しください」

聞仲は三人を快く許した。

「そちたちの姓は何で、名は何と申すのだ？」

最初に聞仲と戦った、藍色の顔に赤い髪の将軍が言った。

「わたくしは鄧忠《とうちゅう》、弟分たちはそれぞれ、辛環、張節《ちょうせつ》、陶栄《とうえい》と申します。世の乱れをうれい、義理の兄弟となってこの黄花山で四天君《してんくん》を名のり、力をたくわえておりました。もとより、ここで一生を終えるつもりはございません。どうぞ家来にお加えください」

こうして黄花山の四天君が手勢をひきいて聞仲の軍に加わった。四人の将軍、参軍を希望した七千人あまりの兵士、それに黄花山にたくわえられていた三万もの糧秣を手に入れて、聞仲は大喜びである。

だが、黄花山を離れようという時、聞仲は大きな石の前でたちどまり、恐ろしげに黙りこんだ。

「聞太師さま、いかがなさったのです」

鄧忠にたずねられて、聞仲はその石を指ししめした。石には、「絶竜嶺《ぜつりゅうれい》」の三文字がきざまれていた。

「わしは以前、碧遊宮《へきゆうきゅう》の金霊聖母《きんれいせいぼ》さまのもとで五十年修行したことがある。そこをおいとまして朝歌にもどる時に、『絶』の字を避けるようにと言われたのだ。いま、この石を見て、ふとそれを思いだし、不安になったのだ」

「迷信をお信じになるとは、太師さまとも思えません」

四天君たちは笑ってとりあわなかった。だが聞仲は笑いもせず、おしだまって、その場所を後にした。

二十一　聞仲《ぶんちゅう》、西岐《せいき》で大いに戦う

聞仲《ぶんちゅう》は道をいそぎにいそぎ、西岐城《せいきじょう》の南に到着すると、そこに大きなとりでを築いた。三十万の軍が城の南に陣をしいたのをじっくりと見て、姜子牙《きょうしが》がなげいた。

「うわさにたがわぬ聞仲どのの用兵、とてもわしのおよぶところではないのう」

すると、殷《いん》から帰順した武成王《ぶせいおう》の黄飛虎《こうひこ》は、

「おそれることはございますまい。われわれには天が味方しております。かの魔家四将《まかししょう》でさえ、くだしたのです。悪の栄えるためしはございません」

そこへ聞仲からの挑戦状がとどいた。姜子牙は、手紙を読みおえると、三日後に戦うと返事をした。

三日はすぐにたち、いよいよ戦いの日となった。

姜子牙は西岐軍に、赤、青、白、黒、黄色の五色《ごしき》の幡《はた》に合わせて動く五方陣をしかせた。陣の中ほどには、風火輪《ふうかりん》に乗り、火尖鎗《かせんそう》をたずさえた哪吒《なた》、白馬に乗った変化《へんげ》の術の持ち主楊戩《ようせん》、哪吒の兄の金吒《きんた》と木吒《もくた》、黄飛虎の息子の道士の黄天化《こうてんか》、もと木樵《きこり》の武吉《ぶきっ》

といった武将たちがせいぞろいしている。そして、全軍をひきいる大旗のもとで四不相《しふそう》に乗った姜子牙のかたわらでは、五色神牛《ごしきしんぎゅう》にまたがった黄飛虎が、敵をぐっとにらみつけている。

一方、聞仲は、三十万の大軍のかなめの竜鳳幡《りゅうほうはん》（竜と鳳凰《ほうおう》の刺繡《ししゅう》のある天子の幡）のもとで墨麒麟《ぼくきりん》に乗っている。淡い金色の顔にたっぷりとした五すじの長いひげをなびかせ、九雲冠《きゅううんかん》をかぶり、鶴や雲の柄の絹の服に細ひもをしめ、麻の靴をはき、輝く金の鞭《むち》をかかげたさまは、まことに堂々としていた。そのかたわらには黄花山《こうかざん》の四天君《してんくん》の鄧忠《とうちゅう》、辛環《しんかん》、張節《ちょうせつ》、陶栄《とうえい》が控え、命令を待っている。

姜子牙が進みでて腰を上げて身を曲げ、馬上から軽い礼をとった。

「聞太師《たいし》、このような場所ですので、きちんとしたごあいさつもいたしませんが、お許しくださいますよう」

聞仲は姜子牙をきびしくにらみつけた。

「姜子牙、おぬしは崑崙《こんろん》で修行した道士であろう。なぜ、西岐に味方して朝廷にはむかうのだ。あまつさえ、勝手に武王《ぶおう》を立て、裏切り者の黄飛虎までかくまいおって」

姜子牙が笑って答える。

「道をはずれたふるまいをする今の紂王《ちゅうおう》のもとでは、民が幸せに暮らせないがためでございますよ。天下の諸侯はすでに殷に反しております。勝手に武王を立てたとおっしゃるが、子が父の位を継ぐのは当たり前のこと。それに、武成王どのは『君主が正しくないときは、臣下は他の国に出てゆく』という言葉に従ったまで、とやかく言われるすじあいはございません」

「なんだと！　口のへらぬやつめ」

聞仲は顔を真っ赤にして怒り、大旗のもとの黄飛虎にどなった。

「逆臣の黄め、覚悟せよ！」

黄飛虎は、顔をあわせて返事をしにくかったので、ただ前方にむけて腰をうかせてあいさつした。

「太師どの、いちべついらい数年、お変わりございませんな。このようなことになったのも世の流れ。どうか朝歌《ちょうか》にお帰りになって、陛下によろしくお伝えください」

「国家をになう大将であった者が国を裏切り、関を破って役人を斬りころし、あまつさえ西岐の反乱に力を貸して、まだそのようなたわごとを申すか。ええい、許せぬ、誰かこやつをひっとらえよ！」

聞仲の命令を受けて、藍色の顔、赤い髪の鄧忠が進みでて、大斧《おおおの》で黄飛虎に打ちかかった。

黄飛虎が槍《やり》で受けると、聞仲の陣から張節と陶栄が、西岐軍からは大将軍の南宮适《なんきゅうかつ》と武吉が助けにとびだし、三組に分かれてはげしく打ちあった。

義兄弟たちがなかなか勝てないのを見て、辛環が、つばさをはばたかせて飛びあがり、姜子牙めがけて鎚《つち》をふりおろす。そこへ横から玉麒麟《ぎょくきりん》に乗った黄天化がわりこんで、二本の銀の柄の鎚で辛環の鎚を受けとめた。

聞仲も、黄天化の乗っている玉麒麟を見とがめて、姜子牙めがけて墨麒麟でつっこんだ。姜子牙も四不相を走らせて聞仲を迎えうつ。聞仲の二本の金鞭《きんべん》が、風をふるわせ、雷のとどろきをあげてうなった。この金の鞭は、もとはといえば二匹のみずちが姿を変えたもので、雌雄がある。

子牙は、聞仲が投げつけた雄の鞭をよけきれず、二の腕をはげしくたたかれて四不相から落ちた。とどめをさそうと聞仲が近よるところへ、

「師叔《ししゅく》に何をする！」

叫びながら、風火輪に乗った哪吒が飛びだす。

哪吒が聞仲と戦っているうちに、姜子牙は辛甲《しんこう》に助けられて陣にもどっていった。

哪吒と聞仲は、数度、火尖鎗と金鞭を打ちあわせたが、聞仲の腕のほうがまさっていた。哪吒は鞭を受けて風火輪から落ちた。それを見て、弟を救おうと、金吒、木吒が走りでる。だが、聞仲は上下にはげしく鞭を動かし、誰彼かまわず打ちすえた。

さいわい近くには楊戩がおり、聞仲のすさまじい鞭の腕を見て、白馬に乗ってかけより、槍で聞仲をつこうとした。

聞仲は、楊戩の槍を二本の金鞭で受けとめながら、楊戩の額にも目があるのを見て首をかしげた。数度打ちあうと、両方の鞭を投げつけて、頭のてっぺんを打ちすえたが、ぱっと火花が散っただけで、楊戩は平気な顔をしている。

「おのれ、仙人であったか」

聞仲が、驚きの声をあげた。

そのとき、武吉と戦っていた陶栄が、勝負がつかないとみて、風を呼ぶ「聚風幡《しゅうふうはん》」を取りだし、さっとふった。

たちまちはげしい風が吹いて石や砂が舞いとび、土煙であたりが真っ暗になる。戦っていた者たちは風にまきこまれ、よろいはゆがみ、かぶとはまがり、右も左もわからなくなって、旗や太鼓を投げすてて陣に帰っていった。

聞仲は、勝利の太鼓を鳴らさせ、とりでにもどった。


多くのけが人を出し、自分も傷をおった姜子牙は、心おだやかでなかった。すると、楊戩がすすめた。

「数日休んで力をつけてはいかがです？　気をとりなおして戦えば、勝利を得られるのでは」

子牙は意見を聞いて、二日間、みなを休ませた。

そして三日目、武将たちをせいぞろいさせ、ときの声をあげて、いっせいに西岐城から討ってでた。

聞仲は、墨麒麟にまたがって、まっすぐに姜子牙のところにかけよってきた。

姜子牙は、左に楊戩、右に哪吒を従えて聞仲を迎えうった。

二つの陣から討ってでた武将たちは、次々と相手を見つけて戦いはじめる。鄧忠には黄飛虎が、張節と陶栄には武吉と南宮适があたり、つばさを広げて飛んできた辛環の行く手は、玉麒麟に乗った黄天化がさえぎった。

姜子牙は、元始天尊《げんしてんそん》にさずけられた、八部《はちぶ》の正神《せいしん》を打つ打神鞭《だしんべん》を投げて、聞仲の金鞭の雌鞭を打ち折った。折れた鞭は地面に落ち、もとのみずちにもどって死んでしまった。

「よくもわが宝物の命をうばったな。許せん！」

聞仲は、しかし、姜子牙がもう一度投げた打神鞭に打たれて墨麒麟から落ち、門下に救われて、土遁《どとん》に乗ってその場を逃れた。

姜子牙は勝利をおさめて、西岐城へといったん兵をかえした。


その夜、子牙は、軍を分けて討ってださせるとともに、楊戩に敵の兵糧《ひょうろう》を焼いてしまうように命じた。聞仲のほうも、うらないでこのことを知り、手配りをして待ちかまえていた。

音をたてずに聞仲の陣に近づいた西岐の武将たちは、合図とともにいっせいに攻めかかった。聞仲を、哪吒、黄天化、金吒、木吒らでとりかこみ、黄飛虎は黄明《こうめい》、周紀《しゅうき》たちとともに鄧忠、張節の二人にあたる。さらに南宮适らが辛環、陶栄とぶつかりあった。

その一方で、楊戩は聞仲の軍の後ろにまわり、兵糧の山にむけて、修行でたくわえた三昧真火《さんまいしんか》を口から吐きつけた。たちまち天をこがすほどのはげしい炎があがる。

陣の後ろに火の手があがったのを見た聞仲は、兵糧を失っては大軍を動かせなくなってしまうので、あわててもどろうとした。ところが、そこへ姜子牙があらわれ打神鞭を投げた。聞仲はそれをまともに受けて、三昧火を三、四丈も吐きだした。

墨麒麟で子牙の打神鞭のとどかないところへと逃れ、聞仲は、戦いながら逃げつづけた。

黄飛虎たちが鄧忠、張節を追撃している。中軍を守りきれないようだ。聞仲は退路を開いて逃げるしかなかった。辛環、陶栄も南宮适らの追撃を受ける。他の者たちもささえきれずに敗走する。辛環がつばさを広げて飛びあがり、聞仲を守って岐山にむけてしりぞく。

そこへ、風と雷の音をたてて、つばさのある武将が、金の棍棒《こんぼう》をかまえて近づいてきた。顔は藍色、髪は赤、牙がつきだした、おそろしげな顔つきである。

「辛環、気をつけい！」

聞仲が叫んだ。

「終南山《しゅうなんざん》は玉柱洞《ぎょくちゅうどう》の雲中子《うんちゅうし》の門下・雷震子《らいしんし》だ、さあ来い！」

この武将こそ、雲中子のもとで修行していた雷震子であった。かつて七歳で父の文王《ぶんのう》を助けてから再び修行をかさね、今、雲中子の命令を受けて西岐にもどってきたのである。

四枚のつばさが空をきり、辛環の鎚と雷震子の金棍《きんこん》がぶつかりあった。宝物の金棍がきらきらと輝いてすばやく上下する。辛環は、たちまち受けきれなくなって、体をひとひねりし、岐山にむけて逃げだした。

雷震子は、聞仲たちの後を追わず、西岐城へと飛んでいった。そして、兄の武王や姜子牙にあいさつし、西岐軍に加わった。

二十二　十天君《じゅうてんくん》、十絶陣《じゅうぜつじん》を講じる

　さて、聞仲《ぶんちゅう》は戦いに敗れ、西岐《せいき》から七十里ほどしりぞいて岐山《きざん》で軍をたてなおした。数えてみれば、二万あまりの兵士を失い、兵糧《ひょうろう》の多くも焼けてしまっていた。

　聞仲は深くため息をつき、部下の吉立《きつりつ》のすすめに従って、かつて仙術を学んでいた時の友達の仙人たちに助けを求めることにした。

　さいわい、今は黄花山《こうかざん》の四天君《してんくん》という将軍たちがいる。聞仲は、鄧忠《とうちゅう》、辛環《しんかん》を呼んで後をまかせ、墨麒麟《ぼくきりん》にまたがった。角をポンと軽くたたくと、足に雲を起こして墨麒麟が空中に飛びあがる。

　姜子牙《きょうしが》が崑崙《こんろん》で闡教《せんきょう》を学んだのに対し、聞仲が学んだのは截教《せつきょう》である。一方は高くそびえる山々、一方は海のかなたにちらばる島々を、修行の場所にしている。

　聞仲がめあての金鰲島《こんごうとう》に着くと、仙洞《せんとう》の門は閉まっていて、体格のよい女仙人の菡芝《かんし》仙《せん》だけが島に残っていた。

「聞道兄《どうけい》、道兄が西岐で助けを求めていること、申公豹《しんこうひょう》どのからうかがいました。他のみなは白鹿島《はくろくとう》に行って陣図を考えています。あたしも八卦炉《はっけろ》の中の宝物ができあがったら、すぐにまいります」

聞仲は、言われるままに白鹿島で仙人たちとおちあった。仙人たちは一人が一つずつ、ふしぎな力を持つ陣をあみだして、聞仲に力を貸そうというのであった。

助けを得た聞仲は、十人の仙人たちとともに大喜びで西岐の岐山にある陣営に帰った。そしてすぐに兵を進め、西岐城下にとりでを築いた。

一方、西岐城の姜子牙たちは、しばらく聞仲が姿を見せないので、首をかしげていた。

「半月も姿を消しているとなると、截教の友達に助けを求めに行ったのかもしれませんね。用心しなくては」

楊戩《ようせん》に言われると子牙は不安になり、楊戩と哪吒《なた》を連れて城壁にのぼり、敵のとりでを見た。以前とはだいぶ様子が違っている。

殷《いん》軍のとりでには、もの悲しげな雲がわき、冷たい霧がたちこめ、十数すじの黒い気が、天をつき、中軍の天幕をおおっている。子牙は驚き、門人たちも声がない。

それから何日かすると、敵のとりででときの声があがり、墨麒麟に乗った聞仲が、姜子牙に挑戦してきた。

姜子牙が軍を整えて出てゆくと、一本になった金鞭《きんべん》を持ち、墨麒麟に乗った聞仲の後ろに、鹿に乗った十人の仙人たちがならんでいた。赤い顔、青い顔、黄色い顔、白い顔、黒い顔、着ているものも冠もさまざまだ。

「金鰲島の煉気士《れんきし》・秦完《しんかん》、人呼んで秦天君《しんてんくん》なり。なんじら崑崙の闡教の門人は、なぜ、われら截教の教えをあなどる？」

藍色の顔の秦天君が、黄色いぶちのある鹿に乗って進みでた。

「道兄、言いがかりもほどほどになさってくだされ。わしらがいつ、截教をあなどりましたかな」と子牙。

「九竜島《きゅうりゅうとう》の四人を殺したことが、われらの教えをあなどったことでなくて何であろう。われらが今日下山したのは、なんじらと雌雄を決せんがため。おたがい仙術を学んだ身、武力ではなく、おのおのの修行の成果によって高低を定めようではないか」

「紂王《ちゅうおう》は道をはずれ、国の定めを乱した。西岐には天の時に応じた徳の高い君主があらわれている。古来より悪の栄えたためしはない。賢明な道兄にはおわかりのはず」

「なんじらは周《しゅう》に天命があり、紂王を無道という。ならばわれらは紂王を助け、周を滅ぼすまで。どちらが天命にかなっているか、これでわかろう。

姜子牙！　われらは新たにあみだした十の陣をしこう。それで勝負をつけるのだ。力をたのんで戦《いくさ》をすれば、天帝の仁をそこない、罪なき民や将士を苦しめることになる。どうじゃ？」

十人の道士たちは、いったんとりでにもどり、二時辰《じしん》（四時間）ほどで十の陣をしきおえた。再び秦完が進みでる。

「子牙、陣ができあがったぞ。見てみるがよい」

姜子牙は、哪吒、楊戩、黄天化《こうてんか》、雷震子《らいしんし》を連れて、しかれている十の陣を見てまわった。

それぞれの陣には、それぞれ名前を書いた牌《ふだ》がかかげられていた。「天絶陣《てんぜつじん》」、「地烈陣《ちれつじん》」、「風吼陣《ふうこうじん》」、「寒氷陣《かんひょうじん》」、「金光陣《きんこうじん》」、「化血陣《かけつじん》」、「烈焔陣《れつえんじん》」、「落魂陣《らくこんじん》」、「紅水陣《こうすいじん》」、「紅砂陣《こうさじん》」。どれもおそろしげな名前であった。

子牙がひととおり見おわると、秦天君がにやにやしながら言った。

「いかがかな？」

「この陣の秘密、残らずわかりましたぞ」

「では、破れるか？」と袁天君《えんてんくん》。

「破れないことがありましょうか」

「では、破ってみるがよい」

「しかしこの陣は、まだできあがっていないようですな。完成したらお呼びください。たちどころに破ってみせましょう」

姜子牙は、強気なことを言って西岐城に帰った。

しかし、城に帰ってからの子牙は、うろうろと部屋の中を行ったり来たりし、落ち着きがない。

「やはり、陣を破ることができるなどとおっしゃったのは、強がりでしたか」

見かねて楊戩が言うと、

「截教に伝わる陣のことを、なんでわしが知っておろう。どれもふしぎな力を持っていそうじゃ。名前を見ても、破りかたなどわかるものか」

姜子牙は、眉間にしわをよせたきり、眉を開こうとしなかった。


一方、聞仲はとりでにもどって、十人の仙人たちに酒をふるまってもてなしていた。

「ときに道兄がた、あれらの陣は、いったいどのような力を持っているのですかな」

すると、十人の仙人たちは誇らしげに、それぞれの陣の秘密を語りはじめた。まず、秦天君が話しだした。

「わが『天絶陣』は天、地、人の三つに分かれた気をもとの混沌《こんとん》にかえす陣じゃ。中には、天、地、人になぞらえた三首の幡《はた》があり、それを合わせて一つの気に帰す。人が陣に入ると雷が鳴り、入った者は灰となる。仙人ですらこなごなになってしまうという寸法じゃ」

次は、趙天君《ちょうてんくん》。

「わしの『地烈陣』は、大地の陣。何事にも動じるはずのない大地も奥底にはげしい力を隠しており、突如として怒りをあらわすさまを、陣になぞらえたものだ。陣の中には一首の紅《あか》い幡があって、これをふるると、しずまりかえっていた陣の中に雷がとどろき、足もとからは火がおこる。人間であろうが仙人であろうが、生きて出ることはできまい」

つづいて、二本の宝剣をさした董天君《とうてんくん》が、聞仲に胸をはった。

「わが『風吼陣』には、地、水、火、風の四つの力のうち、火と風の二つの力が封じこめられている。すなわち、先天の気と、三昧真火《さんまいしんか》だ。その中から百万の武器があらわれる。もし、人や仙人がこの陣に足を踏みいれると、風と火がおこり、万もの刃物がおそいかかり、その身をこなごなにするであろう」

「いずれもおとらぬ、みごとな陣でございますな。では、次なる寒氷陣とは？」

聞仲はすっかり感心して、さらにたずねた。こんどは、袁天君が答える番であった。

「『寒氷陣』の寒氷とは、氷でできた刀の山のことでござる。上には氷山のような刀の山が浮かび、下には氷のかたまりのごとき剣の大地。もしもこの陣に誰かが足を踏みいれると、風がふき、雷が鳴って、いきおいよく上下の剣があわさる。切りきざまれてこなごなになる運命からは、どんな仙術でも逃れられぬでしょうな」

「では、わたくしの『金光陣』のことをお聞きください」

金光聖母《きんこうせいぼ》が、身につけたきらきらしたかざりをゆらしながら言った。

「わたくしの『金光陣』は、太陽と月の力を集めた光の陣。中には二十一面の宝鏡がならべられております。その宝鏡は、二十一本の竿《さお》の上にかけられており、鏡の上にはおおいがかけられております。人や仙人がこの陣に入るとおおいが引かれて、雷のような音をたてて鏡が動きだします。ただ一、二度、鏡からはなたれる金色の光をあびただけで、入った者はどろどろにとけてしまいます」

「なるほど、どろどろにとけるのにも、いろいろございますな」

赤い顔の孫天君《そんてんくん》が、金光聖母の言葉にうなずいてつづけた。

「それがしの『化血陣』には、人をどろどろにとかす黒砂をしこみました。もし誰かが足を踏みいれると、雷が鳴り、風がうなりをあげて黒砂をまきあげます。この黒砂にほんのわずかふれただけで、入った者はどろどろにとけてしまうという寸法です」

つづいて柏天君《はくてんくん》。

「わが『烈焔陣』は、名のとおりの炎の陣。すべてを焼きつくす火ほど、強い力を持つものはあるまいと思ってな。三つの火を集めましたぞ。まずは三昧火、それに空中火、石中火。三首の紅い幡でこの三種類の炎をあやつり、入ってきた者をすっかり焼きつくす所存です。火よけのまじないを知っていても、三昧真火からは逃れられぬでしょう」

「わしの『落魂陣』は、のろいの陣よ」

姚天君《ようてんくん》は、暗く笑った。

「この陣は、人の命をうばい、死にみちびく。中には葬式のような白い紙の幡が一首あって、のろいの符印がしるされているだけだ。この幡をふれば、魂魄《たましい》が体から飛びだし、即座に死ぬ。神仙であろうが入ればすなわち消えさる」

次は王天君《おうてんくん》。

「『紅水陣』は、ありとあらゆるものをとかしこむ水の力を生かした陣です。この陣の中には八卦を描いた台があり、台の上に三つのひょうたんが置いてあります。陣の中に踏みこむ者に、このひょうたんを投げつけると、中に入っている紅色の水があふれでて陣じゅうをひたします。この水が、もしわずかでも体につけば、その者はどろりととけてしまうのです」

「なるほど、すばらしい」

聞仲は、酒をすすめながら十人の仙人たちの話をきき、最後の張天君《ちょうてんくん》へとむきなおった。

「道兄の『紅砂陣』のお力も、ぜひうかがわせてください」

張天君はうなずいて、一つせきばらいをした。

「わが『紅砂陣』も、ほかの九つの陣と同じくふしぎな力をもった陣じゃ。陣の中には、天、地、人のそれぞれに一斗《と》、あわせて三斗の紅色の砂が用意されている。この砂はただの紅い砂ではない。するどい刀のように身をきざみ、天も地も人もわからなくしてしまうというしろものじゃ。もし人や仙人が紅砂陣に踏みこめば、たちまち雷が鳴って風がおこり、舞いとぶ砂でみるまにこなごなにされるであろう」

聞仲はたいそう喜び、十人の仙人たちに何度も何度も礼を言った。

「道兄がたがいらしてくださったおかげで、西岐などたちまちのうちに破れましょう。きたえられた百万の兵、千人の猛将にもまさります」

すると、

「西岐などちっぽけな土地で、姜子牙の修行は浅い。十絶陣《じゅうぜつじん》ならば必ず勝利を得られる。だがわが術ならば、戦わずして敵を倒すこともできる」

つぶやくような声が聞こえたので、みなはしずまりかえった。

声の主は、落魂陣の姚天君であった。

二十三　姜子牙《きょうしが》、魂魄《たましい》をぬきとられる

「戦わずして敵を倒すとは、いったい、いかなる術を用いるのですかな？」

聞仲《ぶんちゅう》が、ふしぎそうに姚天君《ようてんくん》にたずねた。

「わしの術で姜子牙《きょうしが》をのろい殺せば、軍はあるじを失って、西岐《せいき》は自然とくずれる。『頭を失った蛇は進めず、あるじを失った軍は乱れる』と言うであろう。わざわざ戦うまでもないではないか」

死人のような黄色い顔に赤いほおひげをした姚天君は、暗く笑った。

「姜子牙の命をうばえるものならば、兵士たちも戦いの苦しみを味わわなくてすみます。どうか、その術をおさずけください」

聞仲が願うと、姚天君はうなずいて、「落魂陣《らくこんじん》」に入っていった。

陣の中には、台が一つ築いてあり、香炉の置かれた机がある。姚天君は台の上にわら人形をくりつけた。わら人形の体には、姜子牙の本名「姜尚《きょうしょう》」という文字が書かれ、頭の上には三つ、足の下には七つの灯《あ》かりがともされた。

「上の三つが催魂灯《さいこんとう》、下の七つが促魄灯《そくはくとう》。のろいによって三魂七魄《さんこんしちはく》を誘いだす。二十一日ですべてのかたがつく」

姚天君は髪をふりみだし、剣をとり北斗《ほくと》を踏んで、台の前でぶつぶつと呪文をとなえた。そして、紙の符をまきちらし、空中に印《いん》をかいて、一日三度祈禱《きとう》をした。


さて、こうして姚天君がのろいをかけはじめると、姜子牙はどうなっただろうか。

姜子牙たちは、毎日、西岐城の丞相府《じょうしょうふ》に集まって、どうやったら十絶陣《じゅうぜつじん》を破れるかを話しあっていた。しかし、その日の姜子牙は、おしだまっていて、計略の一つさえ出さない。次の日も、その次の日も同じであった。楊戩《ようせん》は、姜子牙の様子がおかしいのに気づいた。
七、八日すると、姜子牙の魂魄《たましい》のうち、一魂二魄が、姚天君の術で、落魂陣の中に吸いだされていた。
姜子牙はいらいらして落ち着かず、また、体がだるいと言って軍の指揮もせず、眠ってばかりいる。みなはその態度をふしぎに思ったが、ある者は十絶陣を破る方法がなくて困っているのだろうと考え、またある者は何か深い考えがあって静かにしているのだろうと考えて、そっとしておいた。
十四、五日が過ぎると、子牙の魂魄のうち、二魂四魄が吸いだされた。子牙は、屋敷の中で、一日じゅう雷のような大いびきをかいて眠っているばかりになった。哪吒《なた》や楊戩は、おもだった者を集めて子牙のことを話しあったが、誰にも、なぜ、このようなことになったのかわからない。

そうこうするうちに二十日が過ぎた。

子牙は二魂六魄をぬきとられ、一魂一魄が残っているだけになった。それも、その日、頭のてっぺんからぬけでてしまい、ついに命を失った。弟子たちや西岐の武将たち、そして武王《ぶおう》も丞相の屋敷を訪れて、姜子牙の死を悲しんだ。ところが、楊戩が涙ながらに子牙の体を調べ、胸のあたりで手をとめると、急に大きな声を出し、みなに知らせた。

「はやまってはいけませんよ。まだ完全にお亡くなりになったわけではなさそうです。心臓のあたりに、かすかなぬくもりが残っています。しばらくこのまま寝かせておきましょう」

これを聞いて、みながざわざわとさわぎだした。

そのころ、姜子牙の最後の一魂一魄は、ふわふわふらふらと、封神台《ほうしんだい》のところにたどりついていた。封神台を守っていた清福神《せいふくしん》の栢鑑《はくかん》は、ここにまつられるべきではないとして、子牙の魂魄を、封神台のところからそっと追いはらった。

姜子牙の一魂一魄は、ふわふわと風に乗って崑崙山《こんろんざん》にむかった。すると、山のふもとで霊芝《れいし》を採って薬を煉《ね》っていた南極仙翁《なんきょくせんおう》が、何事かと近づいてきた。

「子牙が、死んだというのか？」

子牙の魂魄だとわかると、南極仙翁は、魂魄をつかまえてひょうたんの中に入れ、口を閉めた。そして玉虚宮《ぎょくきょきゅう》の元始天尊《げんしてんそん》のところに知らせにむかった。

玉虚宮の門まで行ったところで、後ろから声をかけられた。

「南極仙翁どの、碁でもいかがかな？」

呼びとめられた南極仙翁がふりむくと、太華山《たいかざん》の雲霄洞《うんしょうどう》の仙人・赤精子《せきせいし》であった。

「これは赤精子どの。困ったことがおきましてな。あいにくですが今は碁のお相手ができません。またわしのひまな時にお誘いください」

「わしがいそがしいときは道兄《どうけい》はひまで、わしがひまなときには道兄が忙しがる。さては、わしとの勝負をさけているな」

「そんなつもりは……」

赤精子は、困り顔の南極仙翁を見て、からからと大きな声で笑った。

「わかっておる。姜子牙の魂魄のことであろう？　清福神から話を聞いてやってきたのだ。して、子牙の魂魄はいかがなさった？」

「ひょうたんに閉じこめ、これから元始天尊さまのご判断をうかがいにまいるところへ、道兄がいらしたのだ」

「このようなことで天尊さまをおわずらわせしてはならない。ひとつ、わしにあずけてはくれまいか、悪いようにはしないから」

赤精子は南極仙翁から、姜子牙の一魂一魄の入ったひょうたんをもらいうけ、いそいで土遁《どとん》で西岐にむかった。


赤精子はあっという間に西岐に着き、楊戩に迎えられた。そして、武王にあいさつをし、姜子牙の体のところに案内してもらった。

子牙はあおむけに寝かされていた。目を閉じ、息さえしていないように静かだが、確かに、胸のあたりにぬくもりがある。

「まだお亡くなりになったわけではないようなのです。どのような薬をもちいればよろしいのでしょうか？」

武王が心配そうにたずねると、赤精子は、たいしたことはないといった口ぶりで答えた。

「薬などいりません。なあに、魂魄が体から離れてしまっただけですな。わしがとりかえしてまいりますから、どうぞご心配なく」

その夜、三更《さんこう》になると、赤精子は衣服を整えて、敵のしいた十絶陣にむかった。まがまがしい十の陣からは、あやしげな霧がたちのぼり、地獄から吹いてくるような風がひゅうひゅうとうなり、黒い雲が天をおおっている。

「えいっ！」

赤精子が自分の足もとを指さして気合いをかけると、二輪の白い蓮《はす》の花があらわれた。麻の靴で蓮の花を踏みしめて、赤精子はかるがると宙に浮かびあがった。

赤精子がむかう十の陣の一つ、落魂陣にはのろいの符印が書かれた幡《はた》が下がっていて、幡をふられたが最後、地上からであれ空中からであれ陣に入った者は命を失ってしまうのである。赤精子は、蓮の花でのろいから身を守りながら、落魂陣に足を踏みいれるつもりであった。

空中から落魂陣の中を見ると、姚天君こと姚賓《ようひん》が髪をふりみだし剣を手に、北斗を踏んで、一心に術を行っていた。台の上にはわら人形があり、その頭の上と足の下に、それぞれ一つずつ、消えかけた灯かりが、まだぼんやりと光っている。

姚天君は、令牌《れいはい》（命令を下す牌《ふだ》）をたたいて、灯かりを消そうとしていた。姚天君の令牌にあわせて、赤精子の持っているひょうたんの中で、姜子牙の一魂一魄もくるくると動きまわっているが、ふたがきっちりと閉まっているので出ていくことはなかった。この一魂一魄が残っているかぎり、たましいは死の国にむかわず、灯かりも消えることはない。

姚天君は、消えそうで消えない灯かりにいらいらしながら、もう一度令牌をたたいた。

「二魂六魄はすでにわが手中にあるのに、なぜ、残りの一魂一魄がまいらぬのだ」

姚天君は、怒りをあらわにしながら、何度も何度も術をくりかえす。

赤精子は、空中から姚天君の様子を見つめ、姚天君がひれふしたすきに、それっとばかりに蓮の花を踏みしめて飛びだし、台の上のわら人形をつかんだ。

その瞬間、姚天君が顔をあげた。

「おのれ、わが落魂陣より生きて出られると思うなよ！」

姚天君は、赤精子の姿を見るやいなや、命をうばう黒砂を、さっとふりまいた。

赤精子は、わら人形をはなして大あわてで逃げた。だが、姚天君のほうがわずかにはやい。飛びあがった赤精子の足の下から、黒砂を受けた蓮の花が落魂陣の中に落ちていった。

「うわっ！」

すんでのところで陣に落ちるのをまぬかれて、赤精子は大いそぎで西岐に逃げかえった。

「しくじった、しくじった。大切な蓮まで失うとは、なんたる不覚」

楊戩に迎えられた赤精子は、息を切らせながら叫んだ。

「では、相父《しょうふ》は、もう助からないのですね」

武王が泣きだした。赤精子はあわてて息を整えた。

「なげかれますな。これもまた、子牙が受けねばならぬ災難なのです。貧道《ひんどう》はしばらく出かけてまいります」

赤精子は、すぐに西岐を離れ、土遁に乗って崑崙山にむかった。

玉虚宮の前に南極仙翁が待ちかまえていて、さっそく赤精子にたずねた。

「赤精子どの、姜子牙の魂魄はとりもどせましたかな？」

「それが、面目ないのだが……」

赤精子は、落魂陣でのことを話し、南極仙翁に元始天尊へのとりつぎをたのんだ。

南極仙翁は玉虚宮に入ってゆき、しばらくして出てくると、赤精子にこう告げた。

「元始天尊さまより、八景宮《はっけいきゅう》の大老爺《だいろうや》のお力をお借りするようにとのお言葉をいただきました」

赤精子は南極仙翁に礼を言い、さっそく雲に乗って玄都《げんと》にむかった。

玄都とは、大《だい》羅宮《らきゅう》玄都洞のことである。ここの八景宮こそが、大老爺と呼ばれる太《たい》上老君《じょうろうくん》、すなわち老子《ろうし》の住まいであった。

峰々はけわしくそそりたち、かぐわしい草や霊芝が生え、松は青々としげり、柳は緑にいぶき、花々や木の実が色さまざまにあたりを彩っている。変わった形の岩々や枝ぶりのすぐれた松が山のいただきをかざり、水は豊かに流れ、清らかな風があたりをつつんでいる。

このような心洗われる景色の中で、たくさんの仙人たちが老子をしたって話を聞き、絵を描いたり碁を打ったりしておだやかに暮らしている。仙人たちばかりではない。鳥も狐《きつね》や狸《たぬき》も、牛も猿も、熊や虎のような猛獣も、さまざまな仙獣も、みな老子をしたって、ここで憩《いこい》をとっているのであった。

赤精子は、玄都に着くと玄都大法師《げんとだいほうし》に老子へのとりつぎをたのんだ。

老子は、赤精子のあいさつを受けると、静かに言った。

「姜子牙が今日の災難にあい、わしの『太極図《たいきよくず》』が落魂陣のわざわいにあうのも、天数、すなわち運命というものなのであろうな」

老子は、玄都大法師に太極図を持ってこさせ、赤精子にさずけた。

「太極図を用いれば、姜子牙を救い出すことができるであろう。さあ、すみやかに行くがよい」

太極図は、見かけは、薄くて細い木の板をつづりあわせた巻物である。だが、これは太上老君が天地を開き、清濁を分け、地・水・火・風の四つの力を定めるのに使ったとされる伝説的な宝物で、ありとあらゆるものを内に秘めていると言われている。赤精子は、太極図をおしいただいて、西岐にむかった。

西岐では、みなが赤精子の帰りを待ちわびていた。赤精子はしばらく休みをとり、夜中の三更になるまで待ち、西岐城を出た。そして、土をひとつかみ投げて土遁に乗り、宙に浮かんだ。

落魂陣の中では、姚天君が、何度もひれふしながら術を続けていた。

赤精子は、ころあいをみはからって太極図をさっとひもといた。太極図は、からからと広がってゆき、金の橋になって五色《ごしき》にかがやき、あたり一面を真昼のように照らしだした。その一方の端は、落魂陣の中へとのびている。

この金の橋にまでは、落魂陣の力もおよばない。赤精子は金の橋を走りわたり、台の上のわら人形をつかみ、また大いそぎで空中へと橋をかけのぼった。

「おのれ、赤精子め、人形はわたさぬわ！」

気づいた姚天君が、命をうばう一斗《と》の黒砂をざっと空中にむけてぶちまけた。

「しまったっ！」

橋が太極図にもどる瞬間であった。太極図は、黒砂をよけた赤精子の左手からすべり、落魂陣の中に落ちていった。

わら人形は手に入ったが、老子から借りた大切な宝物を失い、赤精子は真っ青になって西岐にもどった。

西岐に着いた赤精子はわら人形を地面におき、ふところから姜子牙の一魂一魄が入ったひょうたんをとりだした。そして、残りの二魂六魄を、わら人形からひょうたんへとみちびきいれて、丞相府へと足を進めた。

「師叔《ししゅく》の魂魄はとりもどせましたか？」

楊戩にたずねられた赤精子は、ふところからひょうたんをとりだしてみせた。

「子牙のほうはうまくいったのだが、困ったことになった。太極図を敵にうばわれてしまったのだ」

「今は師叔を生きかえらせることだけを考え、師叔がもとどおりになってから対策を話しあいましょう」

楊戩は赤精子をなぐさめ、姜子牙のところへ連れていった。

やがて、話を聞いて、武王やみなが姿を見せた。

赤精子は横たわっている子牙の髪の毛を分け、頭のてっぺんにひょうたんの口をおしつけた。そして、三、四回、とんとんと軽くたたくと、魂魄が姜子牙の体の中へとすべりこんでいった。

しばらくすると、

「ああ、よく眠った」

と言いながら、子牙が静かに目を開いた。

「これはとんだ失礼をいたしてしまいました」

武王の前で横になっていたことに気づき、子牙はあわてて体を起こそうとした。そこへ、武王がとびついて泣きだした。

「ああ、太公望《たいこうぼう》さま、もう二度とお声を聞けないかと思っていました。生きかえってくださって、これほどうれしいことはございません。これからも、どうぞ、お力をお貸しください」

集まったみなも涙を流し、赤精子は、きょとんとしている子牙に、何が起きていたのかを説明した。

二十四　十二大仙、十絶陣《じゅうぜつじん》を破る

ほんの数日で、姜子牙《きょうしが》の体はすっかりよくなった。そして次の日、姜子牙は、赤精子《せきせいし》と十絶陣《じゅうぜつじん》を破る方法について話しあった。

「これらの陣は妖術を秘めており、奥底が知れぬ。だが、案じることはない。天の命令を受けている以上、まちがいなどありえん」

赤精子がそう言った時、楊戩《ようせん》が部屋に入ってきた。

「二仙山麻姑洞《にせんざんまこどう》の黄竜真人《こうりゅうしんじん》さまがおいでになりました」

姜子牙は驚いて出迎え、黄竜真人とあいさつをかわした。

「わしが来たのは他でもない、かの十絶陣をともに破るためじゃ。わしばかりではない。殺戒《さっかい》を開きに、崑崙《こんろん》の道友《どうゆう》たちが、こぞってやってくることになっておる。ここは世の汚れにまみれておるから、西門の外に大きな苫屋《とまや》（芦《あし》の苫でつくった仮の建物）を建て、かざりつけをして花ちょうちんをつるし、道友たちの到着を待たれよ」

姜子牙はたいそう喜んで、さっそく、武吉《ぶきつ》と南宮适《なんきゅうかつ》に苫屋をつくらせた。

毛氈《もうせん》をしきつめ、花ちょうちんをつるしてかざりつけをし、すっかり支度が整うと、ほどなく位の高い十二人の仙人たちが、ぞくぞくと山を下ってきた。どのような仙人たちかというと、

太華山《たいかざん》雲霄洞《うんしょうどう》の赤精子
九仙山桃源洞《きゅうせんざんとうげんどう》の広成子《こうせいし》
二仙山麻姑洞の黄竜真人
夾竜山《きょうりゅうざん》飛竜洞《ひりゅうどう》の懼留孫《くりゅうそん》（のちに仏教に帰依《きえ》して仏となる）
乾元山金光洞《けんげんざんきんこうどう》の太乙真人《たいいつしんじん》
崆峒山元陽洞《くうどうざんげんようどう》の霊宝大法師《れいほうだいほうし》
五竜山《ごりゅうざん》雲霄洞の文殊広法天尊《もんじゅこうほうてんそん》（のちに文殊菩薩《ぼさつ》となる）
九宮山白鶴洞《きゅうきゅうざんはつかくどう》の普賢真人《ふげんしんじん》（のちに普賢菩薩となる）
普陀山落伽洞《ふださんらくかどう》の慈航道人《じこうどうじん》（のちに観世音大士《かんぜおんだいし》となる）
玉泉山金霞洞《ぎょくせんざんきんかどう》の玉鼎真人《ぎょくていしんじん》
金庭山玉屋洞《きんていざんぎょくおくどう》の道行天尊《どうこうてんそん》
青峰山紫陽洞《せいほうざんしようどう》の清虚道徳真君《せいきょどうとくしんくん》

それればかりではない。かつて哪吒《なた》に追われた李靖《りせい》を助け、玲瓏塔《れいろうとう》をさずけた仙人、霊鷲山元覚洞《りょうじゅせんげんかくどう》の燃燈道人《ねんとうどうじん》も、鹿にまたがって、ひょうひょうとやってきた。

昔から徳の高い天子の御代《みよ》には、しばしば仙人や霊獣が姿を見せると言われている。今、このようにぞくぞくと仙人たちがあらわれたことは、武王《ぶおう》の徳が天の道にかなっているためであるとして、西岐《せいき》の人々は、おおいに喜んだ。

十二人の仙人たちは、黒い服を着た燃燈道人をかしらにして、十絶陣を破る方法を話しあった。その席で燃燈道人は、このようにのべた。

「十天君《じゅうてんくん》の持つ力は、それぞれ雷に深く関係があるようだ。たやすくは破れまい。十人の道友が、このわざわいで命を失い、封神台《ほうしんだい》にむかうであろう」

それからしばらくすると、聞仲《ぶんちゅう》からの挑戦状を、鄧忠《とうちゅう》が持ってきた。姜子牙は、三日後に戦いに応じると約束して鄧忠を帰した。

三日は、すぐにたった。

その日の朝早く、殷《いん》の陣地からときの声があがった。そして、轅門《えんもん》にならんだ黄花山《こうかざん》の四天君《してんくん》の鄧忠、辛環《しんかん》、張節《ちょうせつ》、陶栄《とうえい》ひきいる兵士たちが左右にさっと分かれて、太師《たいし》の聞仲が墨麒麟《ぼくきりん》に乗って出陣してきた。十天君はそれを守るようにとりまいて立っている。

西岐の苦屋からは瑞気《ずいき》がたちのぼり、左右には門人たちが、哪吒と黄天化《こうてんか》、楊戩と雷震子《しんし》、韓毒竜《かんどくりゅう》と薛悪虎《せつあくこ》、金吒《きんた》に木吒《もくた》、というように、二人ずつ組になってならんだ。苦屋の仙人たちも二人ずつならんで、しずしずと姿をあらわした。中の燃燈道人は梅花もようの鹿にまたがり、赤精子は金鐘《きんしょう》（棒がついた小さい金の鐘）をたたき、広成子は玉の磬《けい》（銅や石のへの字形の板をつりさげた、古代の打楽器の一種）を打ちならしている。

すると、十絶陣の一つ、「天絶陣《てんぜつじん》」から黄色いまだらの鹿にまたがった秦天君《しんてんくん》こと秦《しん》完《かん》が姿を見せ、大きな声で名のりをあげた。顔は藍色で髪は赤く、頭には蓮《はす》をかたどった輪っかをはめ、白い鶴をぬいとった真紅の絹の服を着、四つの角がある黄金の鐧《かん》を手に、宝の綱・擒仙玄妙索《きんせんげんみょうさく》を隠し持っている。

「わが天絶陣に挑戦しようとするおろか者はどこのどいつじゃ」

燃燈道人が左右を見まわした時、

「一番手柄はこの鄧華《とうか》に立てさせてください」

こつぜんと空中から声がふり、方天画戟《ほうてんがげき》を手にした一人の道士が着地した。

「玉虚宮《ぎょくきょきゅう》の五番弟子の鄧華、お師匠さまの命《めい》を受けて、参上つかまつりました」

鄧華は、ならんだ仙人たちに頓首《とんしゅ》し、くるりと天絶陣のほうにむきなおった。

「さあ、秦完、うぬぼれもいいかげんにしないと、痛い目を見るぞ」

「よく考えることだな、わが陣に入りこんでから引きかえすことはかなわぬぞ」

「くどい。すでに命を受けて下った身、むなしく引きかえしなどするか」

鄧華は、画戟をかかげて秦天君をつきさそうとした。秦完は鹿を走らせて、鉄鐧で画戟を受けた。そして、三、四回ほど戦うと、武器を投げつけて、天絶陣の中へ走りこんだ。

追いかけた鄧華が陣の中に入ったのを見とどけて、秦天君は板台（板でできた台）にのぼった。台の上には机があり、その上に三首の幡《はた》がある。

秦天君は幡を手にとり、左右に数度まわし、下に投げた。すると、陣の中に雷が鳴りわたり、三つに分かれて命のみなもとになっていた気が混沌《こんとん》に帰った。鄧華は、気を失い、南北も東西もわからなくなり、地面に倒れた。秦天君は台からおりて鄧華の首をあげ、意気ようようと陣を出た。同時に、鄧華の霊魂が、封神台にむかって飛びさった。

「崑崙の弟子どもがいかほどのものじゃ。さあ、次はどいつがわが陣のおそろしさを身をもって知る？」

すると、頭の両側にまげをゆった文殊広法天尊が進みでた。

「秦完よ、なんじら截教徒《せつきようと》らは、何者にもしばられることなく楽しく暮らしておればよいであろうに。このような陣をしいて害をなせば、後悔することになるのがわからないのか」

「何を言うか。きさまらこそ、ひまつぶしをして楽しんでいる神仙《しんせん》であろう。なぜ苦しい目にあいにきた？　わが陣に秘められた無限の力を目《ま》の当たりにして、われらが修行もせず、ただ楽しく遊び暮らしているなどとあなどったことを後悔するがいい」

秦天君は、文殊広法天尊に武器で打ちかかった。

「よろしい」

文殊広法天尊は、秦天君の攻撃を宝剣で受けた。やはり、数度武器を打ちあわせただけで、秦天君は天絶陣の中へと逃げこむ。文殊広法天尊は、足もとを指で一さしして二輪の白蓮《びゃくれん》を出し、それを踏みしめて宙に浮きあがり、天絶陣の中に追いかけていこうとした。

すると、陣の中から秦天君が叫んだ。

「文殊広法天尊、すっかり手のうちを見せたらどうだ？　金の蓮と白い光が、きさまの得意わざではないか」

「わざわざ言わずとも見せようぞ」

文殊広法天尊が笑って、ふっと息を吐くと、大きな金色の蓮があらわれた。さらに、左手の指を広げてさっとふると、五本の白い光が地面にほとばしり、それがむきをかえて上にのび、そこにも蓮の花があらわれた。花の上には五つの金色の灯《あ》かりがともり、進む道を照らしている。

文殊広法天尊は化身をあらわした。珠《たま》かざりを身につけ、手に金色の蓮の花に見える遁竜椿《とんりゅうとう》を持った尊い姿は、五色《ごしき》の光につつまれ、たちのぼる慶雲《けいうん》（めでたい雲）に頭上を守られている。

秦天君は、台の上にのぼり三首の幡を何度もゆらした。たちまち陣の中に雷が鳴り、命のみなもとである気が混沌に帰る。だが、金色の蓮に乗った文殊広法天尊は、みずからの体の中の気をかたく守って、ゆらりともしなかった。

「秦完よ、もはや許すことはできない、観念するがよい」

天尊が光の中から遁竜椿をさっと投げあげた。たちまち風が起き、雲と霧がわきあがり、土が舞いあがる。そして、杭《くい》がぐんぐん大きくなって柱となり、三つの金の輪がおそろしいはやさで落ちかかる。秦天君は体の上、中、下を金の柱にしばりつけられ、ぴんとまっすぐにのばされた。

「お許しあれ、弟子は今から殺戒を開きます」

文殊広法天尊は、崑崙山のある方角にむかって頓首した。そして、宝剣をとって秦完の首をあげ、天絶陣を出た。秦完の霊魂が、さっきの鄧華とおなじく、封神台へと飛んでいく。

太師の聞仲は、秦天君が斬りころされたのを見て、「なんたること！」と叫び、墨麒麟に文殊広法天尊の後を追わせた。

黒い煙のような姿が、文殊広法天尊にあとわずかで追いつこうとした時、燃燈道人の後ろから、鶴に乗った黄竜真人がとびだし、聞仲の行く手をはばんだ。

「秦完は鄧華の命をうばい、みずからの命をうばわれた。これで、おあいこではないか。十絶陣で勝負を競っている以上、残りの九つの陣で勝ち負けをつけるのがすじであろう」

すると、待っていましたとばかりに鐘を鳴らし、地烈陣《ちれつじん》から、梅の花もようの鹿にまたがった趙天君《ちょうてんくん》こと趙江《ちょうこう》が声をかけた。

「わしの地烈陣には、誰が挑戦してくるのだ？」

燃燈道人は、道行天尊の弟子の韓毒竜に、陣を破るように命じた。

韓毒竜は剣をとって趙天君に打ちかかった。趙天君も剣をとってこれを受ける。だが、わずか五、六回打ちあっただけで、趙天君は剣をさえぎってすきをつくり、自分の陣の中へと逃げこんだ。韓毒竜はためらうことなく、趙天君を追って、しずまりかえっている地烈陣にとびこんだ。

趙天君は、板台にのぼって、一首の紅《あか》い幡をゆりうごかした。たちまち陣の中に怪雲がわき、雷がとどろき、火がおおいかぶさってくる。あわれ韓毒竜は、あっというまにみじんにくだかれた。霊魂が一つ、封神台にむかい、清福神《せいふくしん》にまねきいれられる。

梅の花もようの鹿にまたがった趙天君は大喜びし、陣を出て叫んだ。

「闡教《せんきょう》の道友よ、修行不足だな。われと思うなら、わしの陣に来るがいい」

「懼留孫どの、おねがいできますかな」

燃燈道人の言葉を受けて、次は、赤い玉のついた碧《みどり》の冠をかぶり、翡翠《かわせみ》のようにはなやかな服に絹のひもを結んだ懼留孫が、二つの雲に乗ってぱっととびだした。手には、竜や虎を倒し、妖怪を斬るという、七つの星がかがやく太阿剣《たいあけん》をにぎりしめている。

「大言もいいかげんにすることだな」

懼留孫と趙天君は、ほんのわずか剣を交えただけだった。趙天君は陣にかけこみ、追ってきた懼留孫が陣に入ると、すかさず台の上から一首の紅い幡をふった。懼留孫は、頭の上に雲を出して身を守り、ふところから宝の縄・綑仙縄《こんせんじょう》をとりだした。そして、黄巾力士《こうきんりきし》に、西岐におりた仙人たちの苫屋に趙天君をとりこにしておくように命じる。

趙江は、黄巾力士に綑仙縄でしばられさげられて、苫屋の下に投げすてられた。こうして地烈陣を破ると、懼留孫はゆっくりと引きかえした。

聞仲は、墨麒麟に乗って懼留孫を追いかけようとした。だが、玉鼎真人がとりなしたので、今日の勝負はここまでとなり、日をあらためて再び手あわせをすることにして、両軍とも引きあげた。


苫屋に帰った仙人たちは、趙天君こと趙江を苫屋の上につりさげ、残りの八つの陣を破る手だてを話しあった。

「風吼陣《ふうこうじん》を破るには、定風珠《ていふうじゅ》が必要なのだが、どなたのもとにあるものやら見当がつかない」

燃燈道人が言うと、霊宝大法師がありかを知っていた。

「定風珠なら、九鼎鉄叉山八宝雲光洞《きゅうていてつさざんはっぽううんこうどう》の度厄真人《どやくしんじん》のところですな。わしが手紙を書きましょう。ここはなるべく力のなさそうな者が行くのがよろしい。西岐の文官一人と武将一人の二人をつかわせば、こころよくお貸しいただけるでしょう」

仙人たちに言われて、姜子牙は、散宜生《さんぎせい》と晁田《ちょうでん》の二人に定風珠をとりに行かせた。

二人は首尾よく定風珠を借りて黄河《こうが》のところまでもどったが、渡し守をしていた怪力の兄弟に定風珠をうばわれてしまった。二人の報告を聞いた武成王《ぶせいおう》の黄飛虎《こうひこ》が神牛に乗ってとりもどしにいくと、渡し守は、かつて殷の将軍であった方弼《ほうひつ》・方相《ほうそう》という兄弟が落ちぶれたものであった。方兄弟は、朝歌《ちょうか》にいたころ世話になった黄飛虎の求めに応じて、定風珠をかえし、西岐で武王につかえることになった。

そして翌日、仙人たちは、金鐘や玉磬をたたきながら、そろって苫屋から出陣した。殷軍のとりでからも、ときの声があがり、風吼陣での戦いを見とどけようと、墨麒麟にまたがった聞仲が姿を見せた。

と、二本の太阿剣をもった董天君《とうてんくん》こと董全《とうぜん》が、八またの角を持つ鹿にまたがって、風吼陣から走りでた。

燃燈道人の意を受けて、子牙は、昨夜西岐軍に加わったばかりの方弼に、風吼陣を破って手柄をたてるように命じた。方弼は、背丈が三丈あまりある大男で、顔は赤く、ほおひげがあり、目が四つという、おそろしげな姿をしている。冠は黒い雲のようで、青い服には丸い模様がきらめいている。陣の中に妖術がしこまれていることなどまったく知らずに、方弼は戟《げき》をかまえて風吼陣へと進んだ。

「行くぞ！」

董天君は二本の宝剣をかまえたが、方弼の戟をたった一度受けただけで、陣の中に逃げこんだ。方弼は、太鼓の音を聞きながら陣の中へと追いかけた。

風吼陣の中では、董天君が板台にのぼり、方弼が足を踏みいれたとみるや、黒い幡をふった。とたんに陣の中にはびゅうびゅうと、炎をあげて黒風が吹いた。そして、いく千万ともしれない武器が、はげしい風に乗ってかけまわる。

方弼は手足をずたずたに切りきざまれ、ばったりと地面に倒れた。一道の霊魂が封神台に飛び、清福神の栢鑑《はくかん》に迎えいれられた。董天君は兵士に命じて方弼の首をあげさせた。董天君は鹿をうながし、陣の前にもどって呼びかける。

「玉虚門下の道友よ、なんの修行もしていない人間を殺させて、心が痛まないのか？次は、せめて修行を積んだ仙人を出すんだな」

「定風珠を持っていって、『風吼陣』を破るのだ」

燃燈道人に命じられて、慈航道人が定風珠を頭の上にのせて進みでた。

「董道友、われらはこのような殺戒にあっているが、あなたがたは何にとらわれることもない。なぜこのような陣をしいて、身を滅ぼそうとなさる！　封神榜《ほうしんぼう》をごぞんじなら、すぐに陣をとき、おのおの島へもどられよ。截教の教主が、おすまいの碧遊宮《へきゆうきゆう》の門にかかげている言葉をよくお考えになられよ。

『洞門を閉じて、心静かに黄庭経《こうていきよう》を読め
西土《さいど》におもむけば、封神榜に名を残す』」

「なんじら闡教徒が術にうぬぼれてわれらをあなどったがゆえに、われらはここへまいったのだ。なんじらこそ、すみやかに山にもどり、苦しむのをやめればよいではないか」

たがいに剣をとって打ちあうこと四、五回、董天君は陣の中に走りこんだ。

慈航道人は門の前で一度立ちどまり、ゆっくりと風吼陣に入っていった。待ちかまえていた董天君が台の上で黒い幡をふる。たちまち黒風が、びゅうびゅうと吹きあれる。だが、慈航道人のまわりでは、頭の上で輝いている定風珠の力で、風はぴたりとおさまってしまう。風に乗って動いている炎も刃物も、これでは慈航道人を傷つけることはできない。

慈航道人は、ふところから清浄瑠璃瓶《せいじょうるりへい》という宝の瓶《びん》をとりだして、さっと投げあげ、黄巾力士に命じて瓶の底を天に、口を地面にむけさせた。すると、瓶の中にひとすじの黒い霧がうずまき、音をたてて董天君が瓶の中に吸いこまれた。

慈航道人は、黄巾力士に命令して、さかさになった瓶をもとにもどさせ、風吼陣を後にした。黄巾力士が命じられて再び瓶をひっくりかえすと、董天君の体はどろどろにとけていて、着ていた服と麻の靴が、瓶の口からころがり出た。同時に、董天君の霊魂が封神台に飛んでゆく。

「なんたることだ！」

聞仲が三たび墨麒麟で慈航道人を追いかけようとした。

「聞太師、おあわてめさるな、まだ寒氷陣《かんひょうじん》がございますぞ」

袁天君《えんてんくん》こと袁角《えんかく》が聞仲をとめ、大声で呼ばわった。

「寒氷陣にいどむ勇気がある者は闡教門下にはおらぬのか？」

燃燈道人は、地烈陣で命を失った韓毒竜の兄弟弟子である薛悪虎の名前を呼んだ。

薛悪虎は剣をとり、兄弟子の仇討《かたきう》ちとばかりに、いさんで走り出た。

「ほう、こんな子供をむだ死にさせるのが、崑崙のやり口ですか。こら、子供、命をそまつにせず、お師匠さまを連れてこい」

「子供、子供とうるさいぞ！　命令を受けた以上、道行天尊さまの弟子として、はじないはたらきをするまでだ」

薛悪虎は剣で袁天君に斬りつけた。袁天君は、適当にあしらうと、あとずさりして寒氷陣に入っていった。薛悪虎がそれにつづく。陣の中には、あたりいちめんに氷の剣がするどくつきたち、頭の上にも、数知れない氷の刀が、きらきらと光っている。

板台にのぼった袁天君が黒い幡をふると、いきなり風が吹き雷が鳴って、いきおいよく上下の刃《やいば》があわさった。あわれ薛悪虎は、「あっ！」という叫び声を残して、切りきざまれ、こなごなにされた。薛悪虎の霊魂が、韓毒竜を追いかけるように封神台にむかう。二人の弟子を失った道行天尊が、ふうっとため息をもらした。

袁天君は鹿にまたがって姿をあらわし、次の挑戦者をつのった。今度は、燃燈道人に名ざしされて普賢真人が進みでた。

「このような悪陣をしき、子供の命をうばって手柄にするとは、あきれるではないか」

「けしかけられて入ってきたのでなければ、誰が好きこのんで半人前を相手にしましょうや。十二大仙の一人なら倒しがいがある、いざ勝負！」

袁天君と普賢真人は、剣と剣を打ちあわせながら、寒氷陣に入っていった。

先に入った袁天君が板台の上から黒い幡をふると、いきなり風が吹き雷が鳴って、上に浮かんだ氷の刀がいきおいよく落ちてきた。

だが、普賢真人は、それが落ちてくるよりもすばやく、さっと上を指さした。指先から糸のような白い光がのびて、たちまち高さ数丈はある八角形の慶雲があらわれる。それぞれの角には金の灯かりが八つともり、珠をつらねたかざりがてっぺんを守っている。金の灯かりに照らされると、氷はとけて消え、わずかさえ普賢真人を傷つけることはできなかった。

袁天君は陣が破られたとわかると、身をひねって逃げだそうとした。

普賢真人は、宝剣・呉鈎剣《ごこうけん》を飛ばして、袁天君を台の下へと斬りすてた。袁天君の霊魂が封神台にむかうのを見とどけると、普賢真人は雲をおさめ、大きなそでを風にひるがえして、ひょうひょうと陣を出た。

聞仲が袁天君の仇を討とうととびだすよりはやく、金光陣《きんこうじん》から金光聖母《きんこうせいぼ》があらわれた。魚尾金冠《ぎょびきんかん》をつけ、真っ赤な八卦衣《はっけい》に絹のひもをしめ、五点斑豹駒《ごてんはんひょうく》（五つの斑点がある馬）に乗り、手に飛金剣《ひきんけん》を下げている。

「わたくしのお相手は、どなたがなさるのでしょうか」

金光聖母の声に応じて、こつぜんと、空中から、竹の冠をかぶり、麻の靴をはき、腰に絹のひもをかざりむすびにした一人の道士がおりてきた。白い顔に赤いくちびるの、なかなかの美男子である。

「玉虚宮の門下、蕭臻《しょうしん》がお相手いたしましょう」

「聞いたこともない名ですが、手かげんはいたしませんよ」

金光聖母は剣をかまえて蕭臻に打ちかかった。蕭臻は乗り物に乗っていないぶん不利だったが、かちりと剣を受けとめた。数度打ちあうと、金光聖母は陣の中にかけこみ、馬からおりて台にのぼった。

陣の中には、二十一本の竿《さお》の上にそれぞれ宝鏡がくくりつけられていて、鏡にはおおいがかけてある。金光聖母が綱を引いておおいをとりのけると、鏡がぱあっとかがやき、雷のように音をたててぐらぐらとゆれ動き、次々と金の光をはなった。

陣にふみこんだ蕭臻は、光をあびて、「うわっ！」と叫んだきり、着ていた服もろともとけてしまい、影も形もなくなった。そして、霊魂が封神台にむけて飛びさる。

金光聖母は再び馬にまたがって陣の前に出て、次の挑戦者を誘った。

燃燈道人は広成子をふりあてた。広成子は何を身がまえるでもなく、すたすたと金光陣にむけて歩いていった。

おざなりに三、四度剣を打ちあわせて、金光聖母は身をひるがえして金光陣に入った。広成子がそれに続く。と、台があり、その手前に二十一本の竿が立てられていて、その上に何やらくくりつけてある。

金光聖母が台にのぼり綱を引くと、おおいがはずれて、竿の上につけられていた宝鏡があらわれた。その瞬間、宝鏡がぱあっと光をはなつ。広成子は、あわてて身につけていた八卦紫寿衣《はっけしじゅい》の中に頭を引っこめた。

宝鏡は雷を起こしてぐらぐらと動きながら、あたり一面に金色の光をはなつ。だが、一時辰《じしん》ほどたっても、八卦紫寿衣に守られた広成子を傷つけることができない。

広成子は、ころあいを見はからって、八卦紫寿衣の下から、そっと番天印《はんてんいん》を投げあげた。

番天印ははげしいいきおいで飛び、音をたてて、二十一面の鏡のうち十九面を一瞬のうちにたたきわった。

金光聖母はぎょうてんして、あわてて残った二面を手につかみ、広成子にむけてゆらゆらとふり、金色の光をあびせかけた。そこへ、広成子がもう一度投げた番天印がおそいかかる。金光聖母はよけきれず、頭をわられて命を失った。ひょっこりと広成子が八卦紫寿衣から頭を出すと同時に、金光聖母の霊魂が封神台に飛んでゆく。

太師の聞仲は墨麒麟を走らせて、広成子を追いかけようとしたが、化血陣《かけつじん》から孫天君《そんてんくん》が、

「仇討ちは、それがしの化血陣におまかせください」

と叫んだので、踏みとどまった。

赤い顔に短いひげを生やした孫天君は、虎の顔をかたどった冠をかぶり、黄色いまだらの鹿に乗って、ころがるようにとびだしてきた。

燃燈道人が左右を見ると、一人の道士があわただしくかけよってきた。

「五夷山白雲洞《ごいさんはくうんどう》の散人、喬坤《きょうこん》にございます。十絶陣のうわさを聞き、修行の成果をためすべく参上いたしました。次の化血陣、どうぞおまかせあれ」

「わざわざ来るとは命しらずめ、さあ、来い」

孫天君と喬坤は、剣を打ちあわせたが、あっという間に孫天君は陣の中に逃げこんだ。それを追って喬坤が化血陣に足を踏みいれる。孫天君が台にのぼった。と、急に雷が鳴り、風がわきおこって、陣の中一面にしこまれていた黒砂が、さっと舞いあがった。

その砂にふれたとたん、喬坤はどろどろにとけてしまった。わずかに地面に赤いしみを残して霊魂が封神台に飛んでゆく。

「それがしの化血陣、破れる者はいないでしょうな」

孫天君は、大いばりで陣から出てきた。それでは、と燃燈道人が太乙真人の名を呼ぶ。哪吒の師匠である太乙真人は、鹿に乗った孫天君と、剣をとって争った。四、五度打ちあうと、孫天君は陣の中に逃げこんでいった。

追いかけた太乙真人は、後ろで鳴らされる金鐘の音を聞きながら、化血陣の入り口まで進んだ。そして、指で一さしして地面に二輪の青い蓮をあらわし、両足でそれを踏みしめる。つづいて左手で一さしすると、指先から高さ一、二丈ほどの白い光が飛びだしてその上に慶雲がうずまいた。こうして身を守りながら、化血陣にのりこんだ。

蓮の花に乗った太乙真人が陣に入っても、雷も鳴らず風も吹かない。やむをえず、孫天君は台の上から黒砂をまいて、太乙真人にかけようとした。だが黒砂は真人の頭の上の雲にあたると、炎にあたった雪のように、あとかたもなく消えてしまう。孫天君は怒って、一斗《と》の黒砂をどさっとまいた。だが、これも、さっととけてしまった。

術がきかないとわかると、孫天君はさっと身をひるがえした。そこへ太乙真人が九《きゅう》竜神火罩《りゅうしんかとう》を投げあげる。九竜神火罩はぐんぐんと大きくなって、孫天君におおいかぶさり、中にとじこめた。

太乙真人がパチンと手をたたいた。たちまち九竜神火罩を形づくっている九匹の火竜が三昧神火《さんまいしんか》を吐いて、かごの中のものを焼きつくす。焼き殺された孫天君の霊魂が、封神台に飛んだ。

太乙真人が陣の門から姿をあらわすと、墨麒麟に乗った聞仲が、仇を討とうととびだした。そこへ、またしても鶴に乗った黄竜真人がわりこみ、おとなげないと聞仲をいさめ、今日の戦いはこれまでということになった。

わずかな間に、十絶陣のうち六つまでを破られた聞仲は、怒りとくやしさのあまり、髪をさかだて、ひたいにある三つめの目から、かっと光をはなった。

二十五　趙公明《ちょうこうめい》、聞仲《ぶんちゅう》を補佐する

兵をまとめて陣地にもどったものの、聞仲《ぶんちゅう》の気は晴れない。

「わしが恩を受けた殷《いん》のためにつくすのはあたり前、命を失っても惜しくはない。だが、道兄《どうけい》がたは、このような戦いとは何の関係もない。すでに六人の道友《どうゆう》がここでわざわいにあった。これ以上は見るにしのびない。どうか島へお帰りになって、わしが姜子牙《きょうしが》と決死の一戦を交えるのを遠くから見守っていてはいただけぬでしょうかな」

聞仲は、残った四人の仙人の前でぽろぽろと涙をこぼした。

「聞道兄、すべては天数というもの。われらはわれらの考えでここにまいったのです」

四人の仙人たちになぐさめられて、聞仲は、仙術の修行をしていたころをあれこれと思いかえした。そして、ふと、峨嵋山羅浮洞《がびざんらふどう》の趙公明《ちょうこうめい》のことを思いだした。

「これ以上、かつての仲間をまきこみたくはないのだが、趙道兄なら、まちがいなくこの戦いに決着をつけてくれるであろうなあ」

さっそく聞仲は家来を呼んで後をまかせると、金鞭《きんべん》を手に、墨麒麟《ぼくきりん》にまたがった。そして、墨麒麟の足に風雲を起こして空中に飛びあがる。

峨嵋山の趙公明はなつかしがり、大喜びで聞仲を迎えた。二人はしばらく別れてからのあれこれを話したりしていたが、ふと、聞仲がため息をついた。趙公明がこれを見とがめる。

「道兄らしくないな。国の太師《たいし》となり、人間としてこの世の栄華をきわめていながら、なぜ、ため息などつくのだ」

聞仲は、西岐《せいき》との戦いのことを趙公明に切りだした。

「今までの負けは、聞道兄がまねいたことだぞ。なぜもっとはやく、このおれに声をかけないのだ」

趙公明は、聞仲を助けてくれることになった。聞仲は愁眉を開き、ひと足先に帰った。しばらくすると、趙公明が弟子の陳九公《ちんきゅうこう》と姚少司《ようしょうし》を連れ、黒い虎に乗って聞仲のところにやってきた。

「あそこの大きな苫屋《とまや》の前につるされているのは、いったい誰だね」

「十絶陣《じゅうぜつじん》をしいた十天君《じゅうてんくん》の一人、地烈陣《ちれつじん》の趙《ちょう》道兄なのだ」

「何だと！」

趙公明は、はげしい怒りをあらわにした。

「三教《さんきょう》はもともと同じものであるというのに、趙江《ちょうこう》がこのようなはずかしめを受けるとは、われらの面目はまるつぶれではないか！　ううぬ、断じて許せん！　だれか敵の仙人をつかまえて、同じめにあわせてやる！」

趙公明は、鞭《むち》を手に虎にまたがって殷軍の陣地を出ていった。

「姜尚《きょうしょう》、出てこい！」

趙公明が叫ぶと、四不相《しふそう》に乗った姜子牙が、苫屋から姿をあらわした。左右には、哪《な》吒《た》、雷震子《らいしんし》、黄天化《こうてんか》、楊戩《ようせん》、金吒《きんた》、木吒《もくた》といった門人たちがならんで、子牙の身を守っている。

「おれは峨嵋山羅浮洞の趙公明だ。姜尚、六人の道友の恨みを思いしれ！」

黒い虎をうながして趙公明が鞭で打ちかかる。姜子牙は剣でこれを受けた。虎と四不相が位置を入れかえてぶつかりあうこと数度、趙公明が鞭を空中にほうりなげた。鞭がいなずまのようにピカリと光る。驚いた子牙は、よけきれず鞭を受けて四不相から落ちた。

「師叔《ししゅく》っ！」

哪吒が飛びだして、火尖鎗《かせんそう》で公明の相手をし、そのすきに金吒が子牙を救いだす。子牙は、背中を鞭で打たれて死んでいた。

哪吒はしばらく戦ったが、やはり趙公明の鞭を受けて風火輪《ふうかりん》からころがり落ちた。これを見て黄天化が玉麒麟《ぎょくきりん》を走らせ、二本の銀の柄の鎚《つち》で公明にあらがう。雷震子もつばさを広げて飛びあがり、頭の上から金棍《きんこん》で打ちかかる。楊戩は槍《やり》を手に馬をとばして、趙公明を真ん中にとりかこむ一方、そっと哮天犬《こうてんけん》をはなした。

三人を相手に戦う趙公明は、哮天犬をよけることはできなかった。首をかまれて傷をおい、服がさけた。趙公明は虎を走らせて陣地へと逃げこんだ。

「ちくしょうめ！」

趙公明は、いそいでひょうたんの中から仙薬を出し、傷口にぬりつけた。すると、かみ傷はたちまちなおった。

一方、西岐城にかつぎこまれた姜子牙も、広成子《こうせいし》の仙丹《せんたん》を飲まされて息をふきかえした。

次の日、虎に乗った趙公明は、苫屋の前で鞭をかまえ、燃燈道人《ねんとうどうじん》を呼びだした。

燃燈道人は、十二人の仲間たちとならんで進みでた。

公明は目つきするどく、威風あたりをはらっており、道士らしからぬ姿である。

「道兄、われらの教えをあなどるのもいいかげんにしろ！　道兄は闡教《せんきょう》の玉虚宮《ぎょくきょきゅう》の門下で、おれは截教《せっきょう》の門人。きさまの師匠とおれの師匠は、同じ一人の師匠から奥義《おうぎ》を伝えられて道をきわめて仙人になり、ともに教主となった。それなのに、きさまらは趙江を苫屋の上につりさげて、われらの教えを軽んじた。こちらを縄でしばっておいて、きさまは縄など受けぬというのでは、公平ではないぞ。蓮《はす》の紅《あか》い花、白い蓮根、青い葉は、姿形が異なっていても同じ蓮。これと同じように、三教は、もともと一つのものなのだ」

「趙道兄、封神榜《ほうしんぼう》が作られた時、碧遊宮《へきゆうきゅう》にいたのではなかったのか?」

燃燈道人が言う。

「ごぞんじのように、今回封《ほう》ぜられる三百六十五人の名前はすべて、三教に従う者の中にある。一度命を失って神にまつられる者の名は、かたく封印されていて見てもわからず、死後に明らかになる。

われわれにも、この厄運が吉と出るか凶と出るかはわからぬ。だが、われわれは、すでに長く修行して悟りを開いていながら、今なお俗世間から逃れがたい。それに対して道兄をしばるものは何もない。いたずらに天にさからって、身をほろぼすことはないではないか。

碧遊宮の門にかけられた言葉の意味するところは明らかであろう。

『洞門を閉じて、心静かに黄庭経《こうていきょう》を読め

西土《さいど》におもむけば、封神榜に名を残す』

「指図をされるいわれはない。おれにはおれの信じるところがある」

趙公明が進みでると、鶴に乗った黄竜真人《こうりゅうしんじん》が行く手をはばんだ。

「趙公明、きさまが今日ここに来たのは、『封神榜』に名前がのっているからであろう。さあ、ここで果てるがいい！」

公明は怒って鞭をふりあげた。黄竜真人が剣で受ける。数度打ちあうと、趙公明は宝物の綑・縛竜索《ばくりゆうさく》を投げた。縛竜索は、綑仙縄《こんせんじよう》に似ているが、綑仙縄よりもはるかに太くて、しっかりしている。縛竜索は黄竜真人をぐるぐるまきにして、空を飛んで殷軍の陣地へと連れていった。

「趙公明、無礼だぞ！」

黄竜真人がとらえられたのを見た赤精子《せきせいし》が、剣をとって公明に打ちかかる。趙公明は、鞭で受けてしばらく戦ったが、ふいにふところから定海珠《ていかいじゆ》をとりだして、さっと投げつけた。定海珠は、まるい珠《たま》が二十四粒連なってできている宝物で、この珠は後に仏教の二十四諸天（仏法を守護する神々）になる。

定海珠は投げあげられると、五色《ごしき》に輝いた。まぶしくて見ることができないうちに、赤精子は落ちてきた定海珠で傷をおった。助けに入った広成子も、やはり定海珠を受けて地面に倒れる。さらに、玉鼎真人《ぎよくていしんじん》、霊宝大法師《れいほうだいほうし》も、同じく定海珠に敗れた。

五人の大仙人を倒した趙公明は、意気ようようと陣地に帰った。そして、頭の上に符印をはって動けなくした黄竜真人を、旗竿《はたざお》につるしてさらしものにした。聞仲は大喜びし、その夜ひさしぶりに仲間たちと酒をくみかわした。

一方、苫屋では、

「焼けつくような赤い光が見えたが、後はなんとも……」

仙人たちは、趙公明が使った宝物の正体に首をひねった。

「それにしても、黄竜真人どのがあのようにつるされているのは、見るにしのびない」

夕日がしずむと、玉鼎真人は弟子の楊戩を呼び、夜のうちに黄竜真人を救いだすように命じた。

楊戩は、羽蟻《はあり》に化けて敵の陣に入りこみ、つるされている黄竜真人の耳もとでささやいた。

「師叔、お師匠さまの命《めい》を受けて、楊戩が助けにまいりました。いかにすればお救いできますでしょうか？」

「頭の上にはられた符印をはがしてくれれば、力が出る」

楊戩が言われたとおりにすると、黄竜真人は自分の力で縄からぬけだし、苫屋にもどった。黄竜真人は玉鼎真人に礼をのべ、仙人たちは大喜びした。

つるしておいた黄竜真人が姿を消したという知らせは、すぐに趙公明のもとにももたらされた。公明は指を折ってうらない、楊戩が黄竜真人を助けだしたことをつきとめた。

くやしがる聞仲をよそに、

「逃げるなら逃げろ。明日、またつかまえてやる」

笑って、二更《にこう》まで酒を飲みつづけた。

そして翌日、鞭を持ち、虎に乗った趙公明は、苫屋の前に挑戦しにいった。

「わしが行こう」

燃燈道人は、他の仙人たちを制して、鹿にまたがって出ていった。

「黄竜真人を逃がしたのは楊戩だろう、やつは変化《へんげ》の術の使い手だ。さあ、楊戩を出せ！」

「道友のうらないも、たいしたことがないな。黄竜どのがもどられたのは、武王《ぶおう》に福があり姜子牙の徳が高かったからにほかならない」

「うやむやにする気だな、許せん！」

趙公明は、怒りをあらわにして鞭で打ちかかった。

「よかろう」

燃燈道人が、剣で受ける。数度打ちあうと趙公明は定海珠をほうりあげた。

珠が五色にまばゆく輝く。燃燈道人は目をこらしたが、やはり、この宝物の正体を見さだめることはできなかった。その間にも、定海珠はいきおいよく落ちてくる。燃燈道人は鹿を走らせて、西南にむけて逃げた。黒い虎に乗った公明がそれを追う。

かなり長い間走りつづけたころ、燃燈道人は、とある山の山腹に生えた松の下で、二人の人が碁を打っているのに気がついた。一人は青、一人は赤の服をまとい、顔の色も黒と白だ。勝負はむずかしいところにきているようで、二人は真剣な顔をして碁盤をにらんでいる。それが、鹿の蹄《ひづめ》の音に気づいたか、ふと、顔をあげた。

燃燈道人はあいさつをし、趙公明に追われていることを二人に話した。

「では、われわれがとりなしてみましょう」

二人は、燃燈道人に隠れて見ているように言い、こんな詩をくちずさんだ。

虚名はあわれ生死を越えたといえど、知恵はしずみかけた月のごとし
幻の身は水の中の氷のごとくして、丹炉に火をおこせど道なりがたし

そこへ、鞭を持ち、黒い虎にまたがった趙公明が姿をあらわした。

「このあたりにお住まいか？」

二人は笑って、こんな詩をうたった。

わが住まいはかすみの中、手ずから植えた金蓮《きんれん》を誇らず
琴《きん》を弾き一壺の美酒を生涯とし、竜に乗って蒼海《そうかい》に遊ぶ

うたいおえると、二人は趙公明にむきなおった。

「われわれは五夷山《ごいざん》の蕭昇《しょうしょう》と曹宝《そうほう》。一局に日々をついやす散人だ。今、燃燈道人が、悪いやつに追われていると言っていたが、天の道にさからい、まちがったことを助けて正しいことを消しさるようなことはするべきではないよ。もう一度、自分のしていることが正しいかどうか、よく考えてみたらどうだ」

「よけいなお世話だ」

趙公明は、はげしく怒って鞭で打ちかかった。二人は、それぞれ剣をぬいて迎え、くるくると上手に鞭をさけて動きまわった。数度と打ちあわないうちに、「ええい、めんどうだ！」とばかり、趙公明が縛竜索を投げつけた。すると、

「よーしよし！」

蕭昇が笑って、豹皮嚢《ひょうひのう》から金銭《かね》をとりだして、空中に投げた。金銭には二枚の羽がついている。これこそ、どんな宝物でも落としてしまうという落宝金銭《らくほうきんせん》である。縛竜索は落宝金銭にぴたりとくっついて地面に落ちた。曹宝がかけよって縛竜索をふところに入れる。

「妖怪め、おれの宝物をかえせ！」

趙公明は、びっくりして定海珠を投げあげた。たちまち宙にまばゆい光が満ち、定海

珠がおそいかかる。と、またも蕭昇が落宝金銭を投げた。定海珠も落宝金銭とともに下に落ちる。それをいそいで曹宝がつかみあげた。

定海珠までうばわれた公明は、かっとなって、手にしていた鞭をいきおいよく投げつけた。蕭昇が落宝金銭を投げる。だが、鞭は武器であって宝物ではない。落宝金銭の力は通じなかった。蕭昇は、頭に鞭を受けて命を落とし、封神台へと飛びさった。

蕭昇がやられたのを見ると、弟分の曹宝が仇《かたき》を討とうとした。

「碁を楽しんでいた二人の道友が、わしが来たばかりにこのようなことに！」

隠れて見ていた燃燈道人が、あわてて乾坤尺《けんこんじゃく》を投げつけた。不意打ちを受けた趙公明は、乾坤尺にピシリとたたかれて虎から落ちかけ、ぎょうてんして南へと逃げさった。

後に残った燃燈道人は、鹿をおりて礼をのべ、曹宝の持っている宝物を見せてもらった。

「これは落宝金銭。敵の攻撃をさけるのにもってこいの宝物です。われわれは他人の宝物など気にしたことがなかったので、趙公明が持っていたほうは知りません」

青い服をきた曹宝は、趙公明からうばいとった宝物を、むぞうさに燃燈道人にわたした。燃燈道人は、ひとめ見るなり大声で叫んだ。

「これは、定海珠！　定海珠ではないか！　この世のはじまりから、その輝きで玄都《げんと》を照らしていたという宝物の中の宝物。失われて久しいと言われた定海珠が、なぜこんなところに！　この宝物にめぐりあえるとは、なんという幸せであろう」

「ほしければどうぞお持ちください。われわれには必要のないものだ」

燃燈道人は、何度も何度も礼を言って、定海珠をおしいただいた。

「それにしても、蕭道兄には、申しわけのないことをした」

「ひまをもてあまして碁を打っていたが、とんだ一局になってしまった。これからは道兄もいないし、何をするかな」

「では、西岐に来てみんかね。他人の宝物を見るのも、悪くないと思うが」

曹宝は誘われて、燃燈道人とともに西岐にむかい、苫屋でみなとあいさつをかわした。


一方、二つの宝物を失った趙公明は、三人の妹たちの住む三仙島《さんせんとう》にむかった。

「おにいさま、お久しぶり。どちらに行っていらしたの」

それぞれ鳥をかたどったふさかざりをつけ、はなやかな服を着た三人の妹たちは、大喜びで公明を迎えた。これまでのいきさつを話すと、公明は、縛竜策と定海珠をとりもどすために、宝物の金蛟剪《きんこうせん》か混元金斗《こんげんきんと》を貸してくれと、妹たちに泣きついた。

だが、妹の雲霄娘《うんしょうニャン》娘《ニャン》は、

「おにいさま、これ以上、西岐の戦いに首をつっこんではなりません。

かつて、三教で話しあい、『封神榜』を作ったとき、わたしたちも碧遊宮にいたでははありませんか。碧遊宮の門にかけられた言葉を忘れたの？
『洞門を閉じて、心静かに黄庭経を読め
西土におもむけば、封神榜に名を残す』
このいましめは、わたしたち截教の門下の名前が『封神榜』にたくさんのっていたため、お師匠さまが門下のみなの無事を願って、身をつつしむようにと知らせてくださったもの。
闡教の道友がたは殺戒《さっかい》を犯しましたが、わたしたち截教は、何にとらわれることもありません。おにいさま、峨嵋山におもどりください。姜子牙が神を封ずる日を待って、すべてがすんでから、霊鷲山《りょうじゅせん》に行って燃燈道人に宝物をかえしてもらえばいいでしょう。その時になったら、喜んで宝物を貸すわ」
やむなく趙公明が引きかえすところに、まげをゆい青い服を着て袋を持った、どっしりとした女仙人が雲に乗ってやってきて、口ぞえを申し出てくれた。これこそ聞仲が訪ねた時に金鰲島《こんごうとう》で留守番をしていた菡芝仙《かんしせん》であった。
「雲霄娘娘、兄弟がつらい立場に立たされているのに宝物さえ貸さないとは、どういうことさ。このあたしでさえ八卦炉《はっけろ》で作った宝物で力を貸そうというのに。もし、あんたの兄さんが、よそで宝物を借りて、燃燈道人たちの宝物をとりあげて帰ったら、面目まるつぶれだよ」

はげしくつめよられて、ついに雲霄娘娘は折れた。

「おにいさま、金蛟剪では燃燈道人をおどかすだけだってことを、肝に銘じておいてちょうだい。金蛟剪を使ったが最後、もう、引っこみがつかなくなるに決まっているんだから」

こうして趙公明は、金蛟剪を借りうけて、西岐にむかった。

二十六　陸圧《りくあつ》、計を献じて公明《こうめい》を射る

次の日の朝はやく、殷《いん》軍の陣地からときの声があがった。そして、鄧忠《とうちゅう》・辛環《しんかん》・張節《ちょうせつ》・陶栄《とうえい》の四人の将軍を左右に従えて、太師《たいし》の聞仲《ぶんちゅう》が墨麒麟《ぼくきりん》に乗って出陣した。趙公明《ちょうこうめい》も黒い虎にまたがって陣にのぞんでいる。

公明が燃燈道人《ねんとうどうじん》に名ざしで挑戦しているので、哪吒《なた》が苫屋《とまや》に知らせに走った。

「さては、妹から金蛟剪《きんこうせん》でも借りてきたな。道兄《どうけい》がた、ここは貧道《ひんどう》がまいるしかありません」

燃燈道人は、みなを制して一人で梅の花もようの鹿に乗って進みでた。

「燃燈、定海珠《ていかいじゅ》をかえせ！　さもないと金蛟剪を使うぞ」

「定海珠は、もともとは玄都《げんと》を照らしていたもの。正しい道をおさめようとしない者の手にはおえぬ。わがものにしようなどと思わぬことだ」

趙公明と燃燈道人はたがいに武器をとってかけよった。虎と鹿がぶつかり、行きかうこと数度、趙公明が金蛟剪を空にはなった。

金蛟剪は、二匹のみずちが、長い年月、天地の霊気をとり日月《じつげつ》の精華を受けて、宝物に変化したものである。空中に投げあげられると、祥雲《しょううん》を身にまとった二匹の大みずちになり、しっぽをからませ、大きなはさみの格好になる。そして、頭がするどい刃《やいば》となり、神仙《しんせん》であろうが何であろうが、真っ二つに切ってしまう。しかも、生きているから、逃げる相手をどこまでも追いかけて行くことができる。

今、趙公明に投げあげられて、金蛟剪は大みずちの姿をあらわした。燃燈道人は、いそいで梅の花もようの鹿を捨て、木遁《もくとん》を使って逃れた。鹿が金蛟剪にばっさりとはさみ切られる。

「鹿が真っ二つにされてしまった。かわいそうに」

肝を冷やして苫屋に帰った燃燈道人は、ほかの仙人たちと、趙公明の新しい宝物のことを話しあった。そこへ、哪吒が、見なれない道士がやってきたと報告しにきた。

「貧道は五岳《ごがく》に遊び、四海《しかい》にたわむれる、まあ、野人とでも申しておきましょうか。歌でいうなら、

貧道は崑崙《こんろん》の客たる閑人《かんじん》、石橋の南のたもとに旧宅あり
修行を重ねて長生の道を知り、火のうちに金丹《きんたん》を煉《ね》って
青鸞《せいらん》にまたがり白鶴《はっかく》に乗って、三山《さんざん》五岳を気ままに遊ぶ

仙を好むと人は我を言う、腹内に虚をやどし情けありと」

ゆったりとした赤い服をまとい、魚尾冠《ぎょびかん》をつけた背の低い道士は、長いひげをさすって、からからと笑った。

「貧道は西崑崙の閑人で、姓は陸《りく》、名前は圧《あつ》。趙公明の相手をするためにまかりこしました。道兄がた、あの金蛟剪に手をお焼きになっているようですな」

翌日、趙公明が虎に乗って苫屋の前に姿をあらわした。

「きさまは何者だ？」

一人で出ていった陸圧は、

「貧道は西崑崙の閑人、陸圧と申して、仙人でも聖人でもございません。歌でいうなら、

雲のように風のように四海をさまよい、東海で月をめで南海で竜に乗る
三山の虎にも豹《ひょう》にも乗りつくしたし、五岳の青鸞もわが足元にしたがう
富ももとめず、玉虚宮《ぎょくきょきゅう》でも名を知られず、玄都で桃を見て手ずから三杯
詩をくちずさんでは天地をおどろかし、琴《きん》をつまびいて思いをかなでる
友と碁を楽しみ岩にすわって鹿の声を聞き、今ここに来て公明をくだす」

趙公明は、これを聞くとはげしく怒って、鞭《むち》をとり、黒い虎にまたがっておそいかかった。陸圧が剣で受ける。数度ぶつかりあうと、公明は金蛟剪を空中にはなった。これを見て、陸圧は、

「来た、来た」

とほくそえみ、長虹《ちょうこう》（昔、虹は竜の一種と考えられていた）になって飛びさった。いったい誰に虹を切ることができるだろう。金蛟剪は何も切ることができずに公明のもとにもどった。公明はくやしがりながら陣地に帰った。

陸圧は、公明の姿を確かめるために出ただけであり、戦うつもりはなかった。苫屋に帰ると姜子牙《きょうしが》を呼びだし、花かごから一巻の巻物をとりだして、手わたした。

「この巻物にあるとおりに、岐山《きざん》にとりでを築き、とりでの中に台を作るのだ。そして、わら人形をくくりつけろ。人形には『趙公明』の三文字を書き、頭の上と足の下に一つずつ、灯《あ》かりをつける。それから、北斗《ほくと》を踏み、印《いん》をむすび、符を焼いて、一日三回祈りをあげよ。二十一日後の昼時に、貧道が手助けをしにいく。これで趙公明もおだぶつだ」

子牙は、さっそく、南宮适《なんきゅうかつ》と武吉《ぶきつ》に三千人の兵士をつけ、岐山にむかわせた。そして、準備が整うと、髪の毛をといて剣をもち、北斗を踏み、印をむすび、符を焼いて祈りはじめた。

数日たつと、趙公明は、いらいらして落ち着かなくなった。むやみに動きまわったり、あちこちをかいたりし、戦いの相談にものらなくなったので、聞仲は不安になった。

一方、十絶陣《じゅうぜつじん》は、まだ四つ残っている。烈焔陣《れつえんじん》をしいた柏天君《はくてんくん》が、聞仲に、そろそろ戦いたいと言って、陣地を出て陣に入った。

「わが烈焔陣に挑戦する者はおらぬか」

鹿に乗った柏天君が大声で呼びかけると、

「『烈焔陣』か。なら、わしが破ろう」

笑いながら陸圧が進みでた。二人は剣をとって戦いはじめたが、すぐに柏天君が烈焔陣にかけこむ。陸圧は、後ろで鳴らされる鐘の音など気にもとめずに、さっさと陣の中に入った。

柏天君が鹿からおりて台にのぼり、三首の紅《あか》い幡《はた》をふると、たちまち陣の中に、はげしい炎がわきおこった。空中からも火がおそい、地面からもふきだし、三昧火《さんまいか》がすべてを焼きつくそうと、陸圧をとりかこんでおどりまわる。いきおいよくふられる幡の動きに合わせて、炎はますますはげしくなってゆく。

だが、陸圧はすずしい顔だ。何を隠そう、この陸圧は、炎の精なのである。はげしい炎の中で、二時辰《じしん》にわたって焼かれながら、かえって元気になり、歌さえうたいだした。

　燧人《すいじん》のきたえたほのおこそわが力
　烈焔陣に柏天君はむだぼねをおる

うたいおえると、陸圧はひょうたんをとりだして手のひらにのせた。すると、ひょうたんから、さっと高さ三丈あまりの光があふれでた。光の上に、長さ七寸ほどの短いものがあらわれる。刀のようなもので、よく見ると、眉と目がついている。その両目から、ピカリと白い光が飛びだし、柏天君の頭のてっぺんを射た。とたんに柏天君は気を失い、左右さえわからなくなった。

「法宝よ、まわれっ!」

陸圧は火の中でおじぎをした。すると、宝物は白い光の上でくるりとまわった。と同時に、柏天君の首がころりと地面にころがっていた。霊魂が封神台《ほうしんだい》へと飛んでゆく。

陸圧はひょうたんをしまって、烈焔陣を出た。

「陸圧、わしの落魂陣《らくこんじん》も破れるか」

すばやく飛びだしたのは、鹿にまたがり、鉄鐗《てつかん》をもった姚天君《ようてんくん》である。死人のような黄色い顔に赤いほおひげがあり、大きな口から牙がのぞいており、声は雷のようだ。そ

こへ、

「この陣を破れば、大手柄まちがいなしだな」

風吼陣《ふうこうじん》に敗れた方弼《ほうひつ》の弟である方相《ほうそう》が、方天画戟《ほうてんがげき》で打ちかかった。方相は大男で力も強い。姚天君はなんとかさえぎって、陣に逃げこんだ。進軍の合図の太鼓を後ろに聞きながら、方相は姚天君を追って落魂陣に入った。

姚天君が台にのぼり、命をうばう黒砂をさっとまく。方相は、「ぎゃっ！」と一声叫んで息たえた。一道の霊魂が封神台へと飛ぶ。

燃燈道人は、かつて姜子牙の魂魄《たましい》をとりもどすために、落魂陣に入ったことのある赤《せき》精子《せいし》に、陣を破るように言った。赤精子が宝剣を手に進みでると、姚天君がからかった。

「太極図《たいきょくず》でさえ今はわしの手中にある。玉虚門下の力など、とるに足りぬな。次は、どのような宝物を落としていくのだ？」

「それも天数、これも天数だ。命を失っても後悔するなよ」

「何だと！」

姚天君が鉄鐧で打ちかかる。赤精子は、それを受けとめ、するりと身をかわした。数度ぶつかりあうと、姚天君こと姚賓《ようひん》は落魂陣に入っていった。赤精子は鐘の音を後ろに聞きながら、姚天君を追って陣に入った。

すでに三度めである。落魂陣の秘密は、すっかりわかっている。赤精子は頭の上に慶《けい》雲《うん》を出し、きらきらした八卦紫寿仙衣《はつけしじゆせんい》を着こんで身を守っている。のろいの符印の力も、姚天君がまく黒砂も、赤精子を傷つけることはできなかった。姚天君は一斗《と》もの黒砂をどさっとまきちらしたが、やはり赤精子はなんともない。姚天君は怒って、とうとう台からおりて戦おうとした。

赤精子は、それを見て、ひそかに陰陽鏡《いんようきよう》で姚賓の顔をさっと照らした。陰陽鏡は、裏側に持ち手がついた丸い宝鏡である。裏側は美しく細工されているだけで、何の力も持たないが、表面のつるつるした鏡の面が紅白にぬりわけられていて、ここに秘密が隠されている。鏡の紅い半分でひと照らしされた相手は陽の気をふきこまれ、白い半分でひと照らしされた相手は陽の気を失う。陽の気は元気のもとだ。今、鏡の白い面からさした白い光でひと照らしされて、たちまち姚天君が気を失って台から落ちた。

「お許しください。ただいま、殺戒《さつかい》を開きます」

赤精子が東崑崙にむかって頓首《とんしゆ》し、剣で姚天君の首をとる。姚賓の一道の霊魂が封神台に飛んだ。赤精子は太極図をとりもどして、玄都の太上老君《たいじようろうくん》にかえしに行った。

聞仲は、またしても二つの陣を破られて、じだんだ踏んでくやしがった。

しかも、趙公明はいびきをかいて眠ってばかりいて、ごくたまにしか目をさまさない。いにしえより「神仙は眠らぬもの」と言うのに、六、七日も死んだように寝ているのを見て、さすがにおかしいと思いはじめた聞仲は、香を焚《た》いてうらなってみた。そして、姜子牙が釘頭七箭書《ていとうしちせんしょ》を使って趙公明をのろい殺そうとしていることをつきとめた。

すでに姜子牙が祈りはじめてから半月が過ぎていた。七箭書のことを聞いた公明は、命をうばわれるのをおそれた。このため、弟子の陳九公《ちんきゅうこう》と姚少司《ようしょうし》に、岐山の子牙のもとから七箭書をぬすみださせることになった。

二人は夜中の二更《にこう》になると、土遁《どとん》に乗って岐山にむかい、空中から子牙の様子を確かめた。そして子牙が頭をさげたすきに、七箭書をつかんで風のように去った。

陸圧のほうも指をおってうらない、このことに気づいた。七箭書をうばわれると自分たちの命があぶなくなる。いそいで姜子牙のもとに哪吒と楊戩《ようせん》をむかわせ、七箭書を守ろうとした。

風火輪《ふうかりん》に乗った哪吒は、馬に乗った楊戩よりもはやく、岐山の姜子牙のもとに着いた。だがその時には、すでに七箭書はうばわれてしまっていた。哪吒は、あわてて、七箭書をとりもどすために敵を追いかけた。

そのころ、楊戩のほうは、馬の足がおそかったため、まだ数里と進んでいなかった。と、あやしい風がひゅうっと吹いた。

「さては、七箭書だな」

楊戩は、いそいで生えていた草を一つかみとり、「それっ！」と気合いをかけて空中に投げた。

一方、陳九公と姚少司は、七箭書をうばって大喜び、土遁に乗って陣地にもどるところであった。陣地を見つけて土遁をおりると、見張りをしていた鄧忠があわただしく知らせに入った。二人はすぐに聞仲に目通りした。報告をすませて七箭書をわたすと、聞仲は大喜びで書をそでの中にしまった。

「では、奥に行って、公明どのを安心させよ」

二人は、かしこまって聞仲の天幕を出た。そして、奥にむかって歩きだしたとたん、後ろで雷の音がした。

びっくりしてふりかえると、さっきまであった陣地はどこにも見えず、二人は空き地に立っていた。何がおきたのかとぼんやりしているところへ、長い槍《やり》を手にした道士が白馬に乗ってかけよってきた。

「楊戩の変化《へんげ》の術、とくと見たかな」

さては、と気づいた時にはもうおそい。二人はともに二本の剣をぬき、四本の剣で楊戩の槍と戦った。そこへ哪吒が風火輪でかけつけた。敵になるような相手ではなかった。姚少司は哪吒の、陳九公は楊戩の槍を受けて、仲良く封神台にむかった。

楊戩は哪吒に七箭書を見せ、二人ならんで姜子牙のもとにもどった。岐山にたどりついた時には夜はすでに明けていた。

大喜びの姜子牙にひきかえ、聞仲のほうは、朝になっても陳九公と姚少司がもどらないので、辛環を調べに出した。辛環はつばさを広げて舞いあがり、すぐに悪い知らせをもたらした。

聞仲は、やむなく、陳九公と姚少司の死を趙公明に知らせた。生きのびる方法がなくなったと知った趙公明は、身を起こし目を大きく見開いて、

「ああ！　妹の言葉を聞かずに、この身を失うようなはめになってしまった！」

驚きとおそれのあまり、体じゅうから汗を流し、なすすべなくなげく。

「おれは、いにしえの聖王の御代《みよ》に道を得て、修行を重ねてきた。それが今日このようなわざわいにあい、陸圧によって殺されることになるとは！　聞道兄、もはや生きる望みはない。今さら悔いてもおよばない。

おれが死んだら、必ず妹たちがなきがらをひきとりにやってくる。そうしたら、金蛟剪とおれの服を一つにつつみ、絹のひもでしばって、わたしてやってくれ。妹たちは、服を見ておれをしのんでくれるだろう」

言いながら、とめどなく涙を流し、急に大声をあげた。

「雲霄《うんしょう》よ、おまえの言葉を聞いておくんだった。そうすればこんなことにならなかったものを！」

言うなり声をつまらせた公明を見て、聞仲たちは心がはりさけんばかりになった。

すると、紅水陣《こうすいじん》をしいた王天君《おうてんくん》こと王変《おうへん》が、天をあおぎながら、静かに部屋を出ていった。青い一字巾をかぶった王変は、紅水陣を開き、鹿に乗って苫屋にむかった。

「玉虚門下のかたがた、紅水陣は一味違いますぞ。さあ、挑戦あれ」

呼びかけにこたえ、燃燈道人に言われて、曹宝《そうほう》が宝剣をとってかけよった。

「曹宝どのは玉虚宮とは関係ないでしょうに、なぜ、死にいそぐのです？」

「すでに蕭《しょう》道兄もいないし、生きるも死ぬも天数とわりきって、おじゃましますよ」

数度と打ちあわず、王天君は紅水陣へとすべりこみ、曹宝がのんびりとこれにつづいた。台にのぼった王天君がひょうたんを投げつけると、中に入っていた紅色の水が地面にあふれでた。

その水にふれたとたん、曹宝は、どろりととけてしまった。着ていた服と結んでいたひもを残して、霊魂が封神台へと飛んだ。

王天君は再び鹿に乗って陣をとびだし、大声で叫んだ。

「燃燈道人、関係のない者をまきぞえにするな！　道兄がたの仇《かたき》を討つことがわたしの望みだ！」

次は、燃燈道人に名を呼ばれて、黄天化《こうてんか》の師匠の清虚道徳真君《せいきょどうとくしんくん》が進みでた。やはり、何度か打ちあっただけで、王天君は陣にすべりこむ。

追いかける道徳真君は、陣に入る前に、そでを一ふりして大きな蓮《はす》の花を出し、両足をそろえて飛びのった。

陣に入ると、すでにひょうたんからあふれでた紅色の水が地に満ちていた。紅い水がどんなに上下にわきかえっても、蓮の花の舟に乗った道徳真君の靴の先をぬらすことさえできない。

さらに王天君は、道徳真君の頭の上めがけて、別のひょうたんを投げつけた。だが、道徳真君は、頭の上には慶雲を出して守っており、わずかな水さえもその身にふれることはなかった。

一時辰あまり、道徳真君は蓮の舟に乗っていた。やがて、かなわないと見て王変が身をひるがえして逃げようとした。道徳真君は、いそいで五火七禽扇《ごかしちきんせん》をとりだした。これは、鳳凰《ほうおう》・青鸞・大鵬《たいほう》・孔雀《くじゃく》・白鶴・鴻鵠《こうこく》・梟鳥《きょうちょう》の七種類の鳥の羽でつくられた宝物の扇である。七種の羽の上に符印が書いてあり、空中火・石中火・木中火・三昧火・人間火の五つの炎をおこすことができる。

道徳真君が五火七禽扇を一ふりすると、王変は一声あげて真っ赤な灰になって消しとび、封神台にむかった。道徳真君が紅水陣を破ると、燃燈道人は苫屋にもどり、静かにこしかけた。

翌日、岐山の姜子牙は、いよいよ二十一日の祈りを終えた。そこへ陸圧が訪れ、うれしくてたまらないという顔で、花かごの中から小さな桑の枝の弓と、三本の桃の枝の矢をとりだした。

「正午になったら、この弓矢でわら人形を射るのだ」

正午が知らされると、子牙は手を清め、陸圧に言われるままに桑の弓に桃の矢をつがえた。

「まず、左目」

西岐山でわら人形の左目が射ぬかれると、殷の陣地では趙公明が、「ぎゃあっ！」と叫び、左目から血を流した。聞仲は心をえぐられる思いで、ただ趙公明をだきしめ、涙を流して大声で泣くことしかできなかった。

続いて姜子牙が右目を射ぬき、最後に心臓を射ぬいた時、殷の陣地で趙公明はこときれた。

聞仲は大声で泣き、なきがらをひつぎにおさめ、陣地の中に安置した。

趙公明のような道をきわめた仙人さえ、のろい殺されたのを見て、殷軍の将軍や兵士たちはおびえきった。それを見て、張天君《ちょうてんくん》が、最後の紅砂陣《こうさじん》に入り、敵の挑戦を待った。

燃燈道人は、武王《ぶおう》が出ていくべきだとして、苫屋に武王を呼び、服をぬがせ、胸の前後に指で符印を書いて服を着せ、蟠竜冠《はんりようかん》の中にも符印をしこんだ。

こうして、火尖鎗《かせんそう》をもち風火輪に乗った哪吒と、弟の雷震子《らいしんし》に守られて、蟠竜冠をつけ、黄色い服を着た武王が出陣した。武王は、敵の張天君の、あごの下に赤ひげをたくわえた緑の顔を見てぶるぶるふるえ、馬の鞍《くら》にもしっかりすわっていられないほどおびえている。

魚尾冠をつけた張天君は、梅の花もようの鹿にまたがり、二本の剣をふりまわしてかけよった。風火輪に乗った哪吒が飛びだして、槍で受ける。数度戦っただけで、張天君は紅砂陣に逃げこんだ。哪吒と雷震子は武王を守りながら後を追う。

三人が陣に踏みこむと、張天君が台にのぼって、いそいで紅色の砂を投げつけた。武王は胸に紅砂を受けて、馬ごと穴の中に落ちた。哪吒は風火輪に乗って空に飛びあがったが、やはり砂を受けて穴に落ち、つばさを広げて舞いあがろうとした雷震子も同じ目にあった。

三人を陣の中にとらえたと聞いて、聞仲はうれしがったが、趙公明の死が忘れられず、心から喜ぶことはできなかった。

それから毎日、張天君は紅色の砂をかけて武王をこなごなにしようとしたが、符印の力で武王は傷一つおわなかった。

二十七　三姉妹、九曲黄河陣《きゅうきょくこうがじん》をしく

一方、三仙島《さんせんとう》には、申公豹《しんこうひょう》が趙公明《ちょうこうめい》の死を知らせていた。妹の瓊霄娘娘《けいしょうニャンニャン》と碧霄娘娘《へきしょうニャンニャン》は声を出して泣き、兄の仇討《かたきう》ちを誓った。だが、姉の雲霄娘娘《うんしょうニャンニャン》は、自分の言うことを聞かずに殺されたのだからしかたがないと言い、妹たちに深入りしないように注意した。しかし、

「混元金斗《こんげんきんと》で玉虚宮《ぎょくきょきゅう》の門人たちをつかまえて、おにいさまの恨みを晴らしましょう」

瓊霄娘娘は鴻鵠《こうこく》に、碧霄娘娘は花翎鳥《かれいちょう》に乗って、さっと飛びだしてしまった。やむをえず雲霄娘娘も青鸞《せいらん》に乗って妹たちに追いつき、公明のなきがらを引きとってとむらうために、聞仲《ぶんちゅう》のもとへむかった。

途中で、大きな袋をかついだ菡芝仙《かんしせん》と、あどけない顔をした彩雲仙子《さいうんせんし》が、西岐《せいき》の聞仲のところにむかっているのと出会った。五人になった女仙人たちは、まっすぐに西岐をめざした。

あいさつをかわすと、聞仲は、妹たちに公明の服と金蛟剪《きんこうせん》を手わたし、死のまぎわの

様子を、くわしく語った。言いおわると聞仲は顔をおおってはげしく泣いた。五人の仙女も悲しみの声をあげた。

仙女たちは公明のなきがらを見せてほしいとたのんだ。ひとり雲霄娘娘だけは見るべきではないと言ったのだが、妹たちは聞かなかった。ひつぎを開けて、両目と胸から血を流したなきがらを見て、瓊雲娘娘が気を失いかけた。あまりの姿であった。碧霄娘娘も目をおおい、雲霄娘娘も怒りがこみあげてきて、かたく仇討ちを誓った。

次の日、五人の仙女たちは、それぞれ鳥や雲に乗って、そろって出陣した。聞仲も鄧《とう》忠《ちゆう》、辛環《しんかん》、張節《ちようせつ》、陶栄《とうえい》の四人の将軍たちに守られて陣を出た。

「おにいさまの仇、陸圧《りくあつ》、出てきなさい」

雲霄娘娘が叫ぶと、剣を片手に、大きなそでをひるがえして陸圧が進みでた。二つのまげをゆい、水色の服を着て、絹のひもをしめている。

「なぜ、おにいさまを、あのようにむごく射殺《いころ》した？」

瓊霄娘娘がつめよると、陸圧は軽く言ってのけた。

「昔から、天の考えにそわないものは滅びてきたのだ。今さら貧道《ひんどう》をせめるのは、おかどちがいというものではないか。ここは争いの地、長く足をとめれば、道友《どうゆう》がたも長生の道を失うことになるぞ」

雲霄娘娘は何も言いかえさなかったが、瓊霄娘娘は、はげしいけんまくでどなりちらした。

「人を殺しておいて、その言い草は何よ！　馬鹿にするのもほどほどにしないと、すぐにおにいさまと同じ目にあわせてやるから」

怒りをあらわにして剣をぬきはなつ。陸圧も剣をとり、瓊霄娘娘の攻撃を受けた。

数度と打ちあわずに、瓊霄娘娘は混元金斗を空中に投げあげた。金のひしゃくの形をした混元金斗は、天地の開けたときからあったという宝物で、天地を内に秘めており、天、地、人の三つの力をおさえこむ。

陸圧は、ぐんぐん大きくなる混元金斗を見て、あわてて逃げようとしたが、「うわっ！」と叫ぶなり、ひしゃくにすくわれて、殷《いん》軍の陣地に投げおとされた。陸圧ほどの力の持ち主でも、くらくらして気を失い、声も出ない。そこへ碧霄娘娘が歩み寄り、頭のてっぺんに符印をはって動けなくしてしばりあげ、旗竿《はたざお》の上にくくりつけた。

「おにいさまにしたように、射殺してやる！」

三人の妹たちは、聞仲に五百人の兵士を集めてもらい、いっせいに陸圧にむけて矢をはなたせた。

だが、雨のように降りそそいだ矢という矢は、陸圧の体にふれたとたんに、灰になってしまった。炎の精の陸圧を矢で傷つけることはできないのであった。さきほどはりつけた符印も、燃えてしまっている。

兵士たちはおそれ、聞仲も驚きあやしんだ。

「この妖怪！　どんな術を使ったにしても、これでおしまいだから！」

碧霄娘娘がいそいで金蛟剪を投げあげた。陸圧は一言、

「じゃあな！」

と叫び、長虹《ちょうこう》になって飛びさった。

苫屋《とまや》に帰り、十二人の大仙人たちにむかえられた陸圧は、

「あの娘娘たちは、貧道が何者であるか知らなかったようだな。つるされて矢を射られたが、矢は体の近くまでくると燃えて灰になってしまった。金蛟剪を投げてきたから逃げてきたよ」

事もなげに言った。そして、ほめそやす仙人たちに別れを告げて、あらわれた時と同じように、ふいっと姿を消した。


翌日、五人の女仙人たちは、もう一人の仇である姜子牙《きょうしが》を名ざしで呼びだした。

子牙は四不相《しふそう》に乗り、弟子たちを左右に従えて出陣した。青鸞に乗った雲霄娘娘は、髪を二つに分けてゆいあげ、紅《あか》い服に絹のひもをかざりむすびにし、白い鶴のかざりのついた朱色のふさかざりをつけ、はいている麻のくつにいたるまで、はなやかであった。

「姜子牙、わたしたちは三仙島で静かに暮らしていて、人間のことなど気にもとめなか

った。なぜ、釘頭七箭書《ていとうしちせんしょ》を使って趙公明おにいさまを射殺したりした？　計略をたてたのは陸圧でも、実際に手をくだしたのはおまえだ。許しはしない」

「娘娘がた、これは天数というもの。ご令兄が、西岐に行けば命を失うといういさめを聞きいれずに、みずからまねいた結果ではないか」

「天数と言えば何でも言いのがれられるという、その態度は何さ！　おにいさまを殺しておいて！」

　鴻鵠がはばたいて、瓊霄娘娘が宝剣を姜子牙にくりだした。子牙があわてて剣をぬく。それと見て玉麒麟《ぎょくきりん》にまたがった黄天化《こうてんか》が身をおどらせ、二本の銀の柄の鎚《つち》をたたきつけた。槍《やり》をもった楊戩《ようせん》も白馬で走ってきてわりこむ。

　瓊霄娘娘がとりかこまれたのを見て、碧霄娘娘も花翎鳥をはばたかせて飛びかかった。雲霄娘娘も青鸞に乗って助けに入る。同時に、彩雲仙子がひょうたんから戮目珠《りくもくじゅ》をつかみだし、黄天化に投げつけた。戮目珠はさんぜんと光をはなって飛び、目を傷つける宝物の珠《たま》だ。両目を傷つけられて、黄天化が玉麒麟からころげ落ちた。それを、すばやく金吒《きんた》がかけこんで救いだす。

　子牙は打神鞭《だしんべん》を投げて、雲霄娘娘を青鸞からたたき落とした。いそいで碧霄娘娘が救いにくる。と、そこへ、楊戩が哮天犬《こうてんけん》をはなした。犬にかみつかれて、服もろとも碧霄娘娘の肩の皮膚がひきちぎれる。

様子を見ていた菡芝仙が、かついでいた大きな袋の口を開いた。たちまち、黒い風がびゅうびゅうと吹きあれて、あたりが真っ暗になった。

子牙が、あわてて目をみはったところへ戮目珠が飛んできた。子牙は、片方の目を傷つけられて、四不相から落ちそうになった。瓊霄娘娘が剣をとって姜子牙に迫る。さいわい楊戩が救ったため何事もなかったが、姜子牙はひとまず引きあげて、黄天化ともども、苫屋で燃燈道人《ねんとうどうじん》の治療を受けた。

雲霄娘娘が打神鞭で受けた傷は重く、碧霄娘娘も哮天犬にかまれている。仙女たちもひとまず引いて、陣地で傷のてあてをした。

「聞道兄、六百名ほど、体の大きな兵を選んで、お貸しねがえませんでしょうか」

丹薬《たんやく》を飲みおえると、雲霄娘娘がきりだした。

「わたしたちも、九曲黄河陣《きゅうきょくこうがじん》をしこうと思います。この陣ができあがれば、六百人は百万の兵にもまさるでしょう。

陣の中は、曲がりくねっていて、まっすぐなところはわずかさえありません。ここに、秘密の力が隠されているのです。入り口と出口はつらなりつらなって、入った者を逃しません。

この陣は、内に天・地・人の三つの力を按《あん》じ、天地の妙を包蔵しています。陣の中には仙人の力を消す仙丹・惑仙丹と呪文・閉仙訣がこめられていて、踏みこんだ者は、心《しん》も魄《はく》も形《けい》も気《き》もそこなわれて、みずからの正体さえなくしてしまいます。頂上の三花をけずられ、胸中の五気を消されて、神仙《しんせん》もただの人にもどり、人間であれば生きていないでしょう。三教《さんきょう》の聖人であっても、逃れられはしません」

三人の妹たちと二人の女仙人は、陣の後ろに白い土で陣図を描いて、どこで動き、どこで止まるかをしめした。生死のしかけ、先天の秘密を内にこめ、外は九宮八卦《きゅうきゅうはっけ》をかたどって門戸をつらね、整然と動くように訓練を重ねた。半月ほどで兵士たちも動きをおぼえ、九曲黄河陣はすっかりできあがった。

聞仲はたいそう喜んで、墨麒麟《ぼくきりん》に乗り、四人の将軍を左右に従え、五人の女仙人たちとともに、崑崙《こんろん》の仙人たちの苫屋に挑戦しに行った。

出てきた姜子牙にむかって、雲霄娘娘が自信たっぷりにほほえんだ。

「姜子牙。ともに海をさかさにし、山をうつすほどの術の持ち主たちがそろったのだ、術くらべをしましょう。陣を一つしいたから、破ってみるがいい。もし破ることができたなら、わたしたちは仇討ちをあきらめて西岐を去る。でも、もし破ることができなかったならば、ここで仇を討たれるがいい」

すると、楊戩が進みでた。

「では、あくまで陣で勝負ということですね。では、陣を見せてもらいますが、すきをねらって宝物をそっと投げたりするのは、なしにしていただきましょう」

「おまえは？」

「玉泉山金霞洞《ぎょくせんざんきんかどう》の玉鼎真人《ぎょくていしんじん》の弟子、楊戩。以後お見知りおきを」

「そうか、おまえが、七十二変化《へんげ》の術にならぶ者なしとうたわれる、あの楊戩か。では今日は、その変化術で、この陣を破るところを見せていただきましょうか。わたしたちはおまえのように、こっそり哮天犬をはなして人をおそわせるようなことはしないから」


子牙は楊戩たちを連れて、仙女たちがしいた陣を見てまわった。門に小さなふだがあり、「九曲黄河陣」という名前が書いてあった。陣の中では、五、六百人の兵士たちが、五色《ごしき》の旗幡《はた》にあわせて、きびきびと動きまわっている。

「子牙、この陣を知っているか？」

ぐるりと一周してきた姜子牙にむかって、勝ちほこったように雲霄娘娘が笑った。

「言うまでもあるまい。門に名前が書いてあるではないか」

碧霄娘娘が楊戩にむかって叫んだ。

「陣を破らず、もう一度、哮天犬をはなしてみるか？」

「道術は、わが胸の内にあり。行くぞ！」

楊戩は槍をとり、馬にまたがって走りだした。鴻鵠に乗った瓊霄娘娘が剣をとって迎えうつ。数度打ちあうか打ちあわないかのうちに、雲霄娘娘が混元金斗を投げあげた。

さっと金色の光がさして、大きなひしゃくの形をした混元金斗が楊戩をすくって、黄河陣の中に投げこんだ。

「道兄っ！」

うす黄色の服を着た金吒がとびだし、瓊霄娘娘にむけて、遁竜椿《とんりゅうとう》を投げた。雲霄娘娘が鼻で笑って、混元金斗を手にして指さすと、遁竜椿は混元金斗の中に吸いこまれた。雲霄娘娘は、もう一度、金のひしゃくを空中に投げ、金吒をすくって黄河陣の中に投げいれた。

兄がつかまったのを見て、頭に布をまいた木吒《もくた》が瓊霄娘娘に打ちかかる。

「行けっ、呉鉤剣《ごこうけん》！」

木吒が肩をゆすると、二本の呉鉤剣がさやから飛びだし、空中に舞いあがった。

「呉鉤だなんて、宝物とも呼べないしろものじゃないの！」

雲霄娘娘が手まねきすると、宝剣はひしゃくの中に落ちた。雲霄はもう一度混元金斗を投げて、木吒に兄の後を追わせた。

子牙は、見るまに三人がつかまったのを見て、驚いて引きあげようとした。そこへ雲霄娘娘がおそいかかり、混元金斗で姜子牙をつかまえようとする。子牙は、あわてて杏黄旗《きょうこうき》をふった。旗から金色の花があらわれて、空中で混元金斗の動きをとめた。金斗は、でたらめにくるくるまわっているだけで落ちてこない。子牙は、そのすきに苫屋にもどり、燃燈道人たちに今日の戦いのことを話した。

次の日、聞仲と五人の仙女たちは、苫屋の十二大仙に挑戦した。

崑崙の十二大仙といえども、混元金斗の前には、なすすべもなかった。みるみるうちに、赤精子《せきせいし》、広成子《こうせいし》、文殊広法天尊《もんじゅこうほうてんそん》、普賢真人《ふげんしんじん》、慈航道人《じこうどうじん》、清虚道徳真君《せいきょどうとくしんくん》、太乙真人《たいいつしんじん》、霊宝大法師《れいほうだいほうし》、懼留孫《くりゅうそん》、黄竜真人《こうりゅうしんじん》……と、十二人全員が混元金斗にすくわれて、九曲黄河陣の中にほうりこまれた。

九曲黄河陣の中に入ると、修行で得た力がすっかり消えて、仙人たちは、ただの人にもどってしまう。出口を求めて歩きまわるのだが、出口は入り口につらなり、迷い道になっていて、もう、うろうろするばかりである。

「今度こそ決着をつけましょう。燃燈道人、覚悟しなさい！」

雲霄娘娘は、さらに混元金斗を投げつけて、燃燈道人もとらえようとしたが、燃燈道人はあぶないとみるや土遁《どとん》に乗り、清風となって逃げた。

姜子牙と燃燈道人は逃がしたとはいえ、大勝利であった。娘娘たちは大喜びで陣地に帰った。聞仲は功をねぎらい、宴《うたげ》を開いた。

だが宴の後、雲霄娘娘は、これでもう引っこみがつかなくなってしまったと、一人、静かにすわって考えこんだ。

一方、たくさんの仲間をとらえられて苦屋に帰った燃燈道人は、姜子牙に後をまかせ、玉虚宮にむかった。

土遁で崑崙山の麒麟崖《きりんがい》に着いた燃燈道人は、玉虚宮の前で白鶴童子《はっかくどうじ》が元始天尊《げんしてんそん》の乗り物である九竜沈香輦《きゅうりゅうじんこうれん》を守っているのを見つけて近づいた。

「お師匠さまは、中においでかな」

「燃燈道人さま。お師匠さまは、西岐におでましになるそうです。西岐で、お出迎えの準備をなさって、お待ちになっていてください」

燃燈道人は、ただちに西岐へととってかえした。そして、姜子牙とともに身を清め香を焚《た》き花をかざるなどして、すっかり準備を整えた。

ほどなく、空中に霞《かすみ》がたなびき、仙楽《せんがく》が流れてきた。そして、沈香の香りがただよい、九匹の竜のかざりがついた輦《こし》が、ゆったりと降りてきた。

「遠くまで出向いてお迎えいたさなかったご無礼を、どうぞお許しください」

香炉を手に出迎えた燃燈道人が、地にひれふした。

二人の目の前に、闡教《せんきょう》の最高指導者である元始天尊が、羽扇を手にした南極仙翁《なんきょくせんおう》を従えて、しずしずと沈香輦からおりてきた。燃燈道人と子牙は、元始天尊を苦屋に案内し、ふしおがんだ。

「身を起こすがよい」

元始天尊が言った。姜子牙は再び身をふせた。
「どうか大きなお慈悲の心をもって三仙島の『黄河陣』のわざわいから、お助けくださ
い」
「天数はすでに定まっている。しぜんに事は丸くおさまる。おまえが口に出すまでもな
い」
元始天尊は苫屋に入り、静かにすわった。燃燈道人と子牙が左右にひかえる。
夜になると、元始天尊の頭の上に、大きな慶雲《けいうん》があらわれた。雲は五色に光り輝いて
おり、雲からはたくさんの金色の灯《あ》かりが、たえることなくふりそそいでいる。
苫屋の上に広がったこの雲を見て、雲霄娘娘は元始天尊が下山したことに気づいた。
雲霄娘娘は、二人の妹を呼んだ。
「師伯がいらしたのよ！　わたしははじめから山をおりるのはいやだったのに、あなた
たちは言うことをきかなかった。おろかにもこんな陣をしき、玉虚門下の仙人をつかま
えて、はなすにはなせず、倒すこともできないはめになってしまった。師伯に合わせる
顔がないわ。どうすればいいのかしら」
「何をびくびくしているの。他教の教主がでてきたからって、関係ないでしょう」
「そうよ、礼儀を守ってごあいさつだけはするとしても、黄河陣をしいてしまった以上、
もう後には引けないわ。敵とわりきって、やっつけてしまいましょう」

二人の妹たちは、口々にいさましいことを言って、おそれている雲霄娘娘を笑いとばした。

次の日の明け方、元始天尊は沈香輦に乗って、黄河陣へとやってきた。燃燈道人が先導に立ち、姜子牙が後ろに従っている。白鶴童子が呼びかける。

「三仙島の雲霄、すみやかにお出迎えいたせ！」

三人の仙女は陣を出て、道ばたで頭をさげてあいさつした。元始天尊が言う。

「そちたちの師匠はみだりなことをしないようにといましめたのに、なぜ規律を守らず、天にさからって、このような陣をしいたのだ。さあ、陣に入るがよい、わしも入ろうほどに」

三人の娘娘たちは、うながされるままに陣に入り、八卦台《はっけだい》にのぼって元始天尊を待った。元始天尊は椅子をたたいて、沈香輦をまっすぐに陣へと進めた。輦の四本の足は二尺ほど宙に浮き、色あざやかな祥雲《しょううん》に乗っている。

陣の中で、元始天尊は十二人の弟子たちが、横たわって眠っていたり、ぼんやりと立って目を閉じているのを見つけた。

「三尸《さんし》を斬らず六気を呑《の》まず、むなしく千年の修行を重ねたか！」

天尊は沈香輦のむきをかえて、陣から出ようとした。そこへ八卦台の上から彩雲仙子が戮目珠を投げつけた。後ろから投げつけられた戮目珠は、だが、元始天尊の目の前に出ることなく、ちりになって消し飛んだ。

元始天尊は、気にもかけずに輦を進め、苫屋へともどっていった。

「道友たちの様子は、いかがでございましたか」

燃燈道人がたずねると、元始天尊は静かに告げた。

「三花をけずられ天門を閉じられ、修行で得た力を失って人間にもどっておった」

「ではなぜ、陣をお破りになって、お救いいただけなかったのでしょうか」

すると、元始天尊はかすかに笑みを浮かべた。

「教主のわしにも、師匠や兄弟子がいる。道兄のお考えをうかがわなければなるまい」

その時、空中から鹿の鳴き声が響いた。

「八景宮《はっけいきゅう》の道兄がいらっしゃったようだな」

元始天尊がいそいで苫屋から出ていった。

元始天尊が遠くまで出迎えたのは、太上老君《たいじょうろうくん》、すなわち老子《ろうし》であった。元始天尊は、たいそううれしそうに笑って言った。

「周朝《しゅうちょう》八百年のことのために、道兄までおわずらわせしてしまいましたな」

燃燈道人が香を焚いて先導し、老子を苫屋に案内した。板角青牛《はんかくせいぎゅう》（水牛）に乗った老子の後ろには玄都大法師《げんとだいほうし》が従っている。燃燈道人と姜子牙のあいさつを受けると、老子は、さっそく元始天尊にたずねた。

「三人の子供たちが黄河陣をしいて、門下の者たちがわざわいにあったそうだが、もう、見てきたかね」

「貧道は見学だけにとどめ、道兄をお待ちしておりました」

「わしなど待たずに、破ってしまえばよかろうに」

二人はそれ以上しゃべらず、ただ、だまって、ならんですわっていた。

老子の頭の上にあらわれる、五色に輝く玲瓏塔《れいろうとう》を見て、雲霄娘娘が二人の妹たちに告げた。

「とうとう玄都の大老爺《だいろうや》まで、おでましになった。どうしたらいいのかしら」

「教えが異なるのですもの、何も言われるすじあいはないわ。おそれることなんてないじゃない」

「そうよ。もし陣に入ってこようとしたら、金蛟剪をはなし、混元金斗を投げればいいのよ」

妹たちは雲霄娘娘のことを笑って、とりあわなかった。

翌日、老子が元始天尊に告げた。

「わずらわしい下界に長くいることもあるまい。黄河陣を破って、すみやかにもどろうではないか」

そこで、元始天尊は九竜沈香輦、老子は板角青牛に乗って、霞をたなびかせ、よい香りをまきちらしながら九曲黄河陣の前へと進んだ。

玄都大法師が、おでましを告げた。三人の女仙人たちは、出迎えはしたが、立ったままでおじぎ一つしない。老子が、それを見とがめた。

「礼儀を知らないな。おまえたちの師匠でさえ、わしには身を曲げて頓首《とんしゅ》するというのに」

「截教《せっきょう》のお師匠さまにならごあいさつするけれど、玄都の教えを受けているわけではないから玄都の師匠に頭はさげないわ。目上が尊ばなければ目下が敬うこともないのが礼儀というものでしょう」

「身のほどをわきまえぬちくしょうめ、すみやかに陣に行け！」

玄都大法師が大声でどなった。三人の仙女たちは、身をひるがえして黄河陣の中にかけこんでいった。

老子が板角青牛に乗って後を追い、元始天尊も沈香輦で進んだ。その後ろから白鶴童子が続き、そろって黄河陣へとやってきた。

二十八　聞仲《ぶんちゆう》、絶竜嶺《ぜつりゆうれい》で天に帰る

さて、板角青牛《はんかくせいぎゆう》に乗った老子《ろうし》と、九竜沈香輦《きゆうりゆうじんこうれん》に乗った元始天尊《げんしてんそん》は、趙公明《ちようこうめい》の三人の妹たちのしいた九曲黄河陣《きゆうきよくこうがじん》に進みいった。すると崑崙《こんろん》の十二大仙や、楊戩《ようせん》、金吒《きんた》、木吒《もくた》といった門下の仙人や道士たちが、酒に酔ったかのように、ぐったりと眠りこけていた。中にはいびきをかいている者までいる。

「千年の修行も、かたなしじゃのう」

なげく老子へと、陣の中に作られた八卦台《はつけだい》の上から、瓊霄娘娘《けいしようニヤンニヤン》が金蛟剪《きんこうせん》をはなった。金蛟剪は、雲を身にまとった二匹の大みずちになり、しっぽをからませ、大きなはさみの姿になった。そして、するどい刃《やいば》になった頭を下にして、まっすぐに落ちかかる。

老子は、牛の背にすわったまま、服のそで口を落ちてくる金蛟剪にむけて、さっとふった。すると大みずちたちは、そでの中に吸いこまれて、海に落ちたケシ粒のように消えさった。

碧霄娘娘《へきしようニヤンニヤン》はひしゃくの形をした混元金斗《こんげんきんと》も投げあげた。混元金斗は金色に輝き、大きくなって老子をすくいあげようとした。だが老子は、牛の背中にしいていた風火蒲団《ふうかふとん》を投げあげてこれを受けとめ、黄巾力士《こうきんりきし》を呼んで、混元金斗を玉虚宮《ぎょくきょきゅう》へと運ばせた。

「おしまいだわ！　宝物をすっかりとられちゃった、こうしちゃいられない！」

三人の仙女たちは次々と台からおり、剣をとって攻めかかった。

老子は、乾坤図《けんこんず》をさっとひとふりした。乾坤図がからからと開いてゆくと、どことも知れない深い山の姿が浮かびあがった。老子はもう一度、黄巾力士に言いつけた。

「雲霄《うんしょう》を乾坤図の中におさめて、麒麟崖《きりんがい》の下に閉じこめよ」

たちまち雲霄娘娘が、すうっと絵の中に吸いこまれていく。そして乾坤図は、また、からからと閉じて、一巻の巻物にもどる。黄巾力士がそれをつかんで飛びさった。

「おねえさまっ！」

二人の妹が、老子と元始天尊にむかってかけよりながら叫ぶ。

元始天尊が白鶴童子《はっかくどうじ》に命じて、三宝玉如意《さんぽうぎょくにょい》を空中に投げさせた。瓊霄娘娘が、玉の如意（草花などをかたどったかざりの棒で、富や権力の象徴）に頭を打ちわられて倒れた。一道の霊魂が封神台《ほうしんだい》にむかう。

「千年、道をおさめて正しく暮らしてきたのに、こんなに簡単に命をうばわれるなんて。わたしたちの修行は無駄なものだったというの？」

碧霄娘娘が叫んだ。そして、元始天尊めがけて剣を投げつける。白鶴童子の玉の如意が、その剣を打ちおとした。

元始天尊が、そでの中から小さな箱をとりだして、ふたをとって投げあげた。たちまち碧霄娘娘は箱の中に吸いこまれ、鳥のようなはなやかな服ごと、どろりととけてしまった。また一つ霊魂が封神台に飛んだ。

風の入った袋をかついだ、どっしりとした女仙人である菡芝仙《かんしせん》と、あどけない顔をした彩雲仙子《さいうんせんし》は、八卦台の上で戦いを見守っていた。二人は、目の前で三人の仙女たちがあっという間に倒されるのを、どうすることもできなかった。

三人が倒されると九曲黄河陣は力を失って、陣の中にとらわれていた崑崙の弟子たちが、眠りこけた姿を地上にあらわした。

老子が指で一さしすると、雷の音がして、弟子たちは大あわてでとびおきた。みなが地にひれふす中、板角青牛に乗った老子は、ゆっくりと苫屋《とまや》にもどった。

元始天尊は厄運にあった弟子たちをなぐさめ、これからも姜子牙《きょうしが》を助けに往復することになるからと、日に数千里進むことのできる縦地金光法《じゅうちきんこうほう》をさずけた。そして混元金斗に吸いこまれた宝をみなに帰すと約束し、南極仙翁《なんきょくせんおう》と白鶴童子を紅砂陣《こうさじん》を破るために残して、老子とともに崑崙にもどっていった。

菡芝仙と彩雲仙子は、殷《いん》軍の陣地に帰って、聞仲《ぶんちゅう》に戦いの様子を報告した。聞仲は、朝歌《ちょうか》の紂王《ちゅうおう》に援軍を願い出るとともに、三山関《さんざんかん》の総兵《そうへい》の鄧九公《とうきゅうこう》にいそぎの使者を出して助けを求めた。

一方、武王《ぶおう》たちが紅砂陣にとらえられて九十九日が過ぎていた。姜子牙は、とらえられた武王や哪吒《なた》や雷震子《らいしんし》のことが気がかりでならなかった。

翌日、いよいよ南極仙翁と白鶴童子が紅砂陣の前に進みでて、陣をしいた張天君《ちょうてんくん》こと張紹《ちょうしょう》を呼びだした。張天君は鹿に乗り、剣をかかげて陣から飛びだしてきた。

「道兄《どうけい》、わが紅砂陣でこなごなにされる覚悟がついたか」

「へらず口もいいかげんにすることだ。すぐに、この世から消してやるから」

「何だと！」

張天君は、はげしく怒って鹿をとばし、南極仙翁を頭から真っ二つに斬ろうとした。かたわらの白鶴童子が玉の如意で剣を受けとめる。数度と打ちあわず、張天君は相手の動きをさえぎって、陣の中へとかけこんだ。白鶴童子と南極仙翁が後につづいて陣に入りこむ。

張紹は鹿からおりて、作ってあった台にのぼり、南極仙翁めがけて紅《あか》い砂を投げつけた。

南極仙翁が五火七翎扇《ごかしちれいせん》でさっとあおぐ。ひとあおぎしただけで紅い砂は、影も形もなく消えた。つづけて張天君は、一斗《と》の紅砂を、どさっとまいた。だが、南極仙翁が何度かあおぐと、それも消えてなくなった。

「さあ張紹、覚悟せい」

南極仙翁の声と同時に、白鶴童子が玉の如意を投げる。張天君は逃れようとしたが、はやくも背中を打たれて、台からのけぞり落ちた。白鶴童子が手にした剣がさっとひらめいて、張天君の服のえりが血に染まる。天数は定まっていた。一道の霊魂が封神台にむかう。

陣が破られると、生きうめになっていた三人が姿をあらわした。南極仙翁が雷をおこすと、哪吒と雷震子が飛びおきた。だが、武王は、ぐったりと横たわったきりであった。子牙は武王が死んでしまったのを見て声をあげて泣き、雷震子に武王を背負わせ苫屋に運ばせた。

「驚くことはない。陣に入る前に、符印を書いて用意しておいたではないか」

燃燈道人《ねんとうどうじん》は武王の体を洗い、丹薬《たんやく》を水でのばして口の中にそそぎこみ、生きかえらせた。

いよいよ、別れの時がやってきた。燃燈道人は十二人の大仙人たちを苫屋に集めた。

「道友《どうゆう》のかたがた。いよいよ、おのおの仙洞《せんとう》に帰る時がやってまいりました。ただ、いささか仕事は残っております。広成子《こうせいし》どのは桃花嶺《とうかれい》で聞仲をはばみ、佳夢関《かぼうかん》に進めないようにしてください。また、赤精子《せきせいし》どのは燕山《えんざん》で聞仲をはばみ、五つの関をぬけて朝歌にもどれないようにおとりはからいください。それと、慈航道人《じこうどうじん》どのは、ここにお残りになって、定風珠《ていふうじゅ》でお力ぞえをお願いします。後のかたがたは、どうぞお心のおもむくままに」

仙人たちがさざめきながら苦屋を出ていこうとしたその時、ふいに終南山《しゅうなんざん》の仙人・雲中子《うんちゅうし》がやってきた。

「黄河陣にとらえられるようなわざわいにあわずにすむとは、雲中子どのは運のよいお方だ」

仙人たちが口々に言う。雲中子は、あいさつがすむと燃燈道人にこう告げた。

「通天神火柱《つうてんしんかちゅう》を作り、絶竜嶺《ぜつりゅうれい》で聞太師《たいし》を待てという勅令を受けているが……」

「遅れてはなりませんぞ。貧道《ひんどう》もお手伝いいたす」

燃燈道人は、雲中子とともに西岐から去っていった。

十絶陣《じゅうぜつじん》も九曲黄河陣も破られた。聞仲は、残った二人の女仙人たちと、これからのことを話しあった。すると子牙が、武将たちをせいぞろいさせて挑戦してきた。

「すぐにとらえて、仇《かたき》を討ってやる！」

聞仲は、鄧忠《とうちゅう》、辛環《しんかん》、張節《ちょうせつ》、陶栄《とうえい》の四将軍をならばせて、菡芝仙と彩雲仙子の二人の女仙人を連れ、墨麒麟《ぼくきりん》にまたがって出陣した。

「聞太師。すでに戦いはじめて三年あまり。今度こそ決着をつけましょうぞ」

子牙は、地烈陣《ちれつじん》を破る時にとらえた趙天君《ちょうてんくん》を陣地の前に引きだして、武吉《ぶきつ》に斬りすてさせた。

聞仲は悲痛な叫び声をあげながら、鞭《むち》をとって進みでた。玉麒麟《ぎょくきりん》に乗った黄天化《こうてんか》が二本の鎚《つち》で聞仲をはばむ。

門のところにいた菡芝仙が宝剣をとって聞仲を助けにかけよる。そうはさせまいと、白馬に乗り槍《やり》を手にした楊戩《ようせん》が立ちはだかる。彩雲仙子には哪吒が、鄧忠たち黄花山《こうかざん》の四天君《してんくん》には、武成王黄飛虎《ぶせいおうこうひこ》、南宮适《なんきゅうかつ》、武吉、辛甲《しんこう》の四人の武将がぶつかり、はげしい戦いとなった。

やがて、聞仲が姜子牙と戦いはじめると、菡芝仙が背負っていた大きな袋の口を開けた。たちまち一陣の黒い風がまきおこる。と、慈航道人が定風珠を取り出して風をおさめた。この時とばかり姜子牙が打神鞭《だしんべん》を投げる。菡芝仙は、打神鞭を頭のてっぺんに受けて命を落とした。霊魂が封神台に飛んでいく。

菡芝仙の悲鳴を聞いて、ふりむいた彩雲仙子も、哪吒の槍を受けて地面に倒れた。菡芝仙を追いかけるように霊魂が封神台にむかう。

同じころ、黄飛虎が槍をふるって張節を討ちとった。聞仲は一度の戦いで三人を失い、陣地に引きあげた。

姜子牙は兵をまとめて西岐城《せいきじょう》にもどった。役目を終えた慈航道人も、あいさつをして普陀山《ふださん》に帰っていった。

子牙は武将たちを集めて、きびきびと命令をくだした。黄天化、哪吒、雷震子が、命令を受けて出発する。敵陣へは黄飛虎が左から、南宮适が右から、金吒、木吒、竜鬚《りゅうしゅ》虎《こ》が真ん中の門から攻めかかることになり、後ろの守りの手はずも整えられた。

さらに子牙は、三千人の兵士たちに、「降参して武王につかえるなら重く用いるが、さもないとみな殺しだぞ」と呼びかけさせて、敵の兵士たちの士気を下げさせることにした。また、楊戩には、殷軍の糧秣《りょうまつ》を焼いてから、雷震子の手伝いをしにいくように命じた。

すっかり準備が整うと、姜子牙は夜になるのを待って、いっせいに討って出させた。いよいよ、聞仲と勝負をつける時が来たのである。

聞仲のほうも、うらないで姜子牙が夜討ちをかけてくることを知り、準備を整えていた。鄧忠と陶栄が左、辛環が右、そして聞仲が中央を守る。弓を持った兵士たちで陣地の後ろにおいた糧秣の守りもかためてある。

西の山に日が落ち、一更《いっこう》の太鼓が鳴るころ（午後八時ごろ）、西岐の軍勢は闇にまぎれて殷の陣地をとりかこんだ。そして、合図とともに、わあっとときの声をあげて攻めかかった。

　はげしい戦いがはじまった。たちまち、みぞやくぼみに血があふれ、しかばねが野を数里にわたって埋めつくす。やがて、西岐軍が七重の囲みを破り、聞仲の轅門《えんもん》に迫った。

　いそいで聞仲は、金鞭《きんべん》をとり墨麒麟にまたがってかけよった。

「姜尚《きょうしょう》、今度こそ、雌雄を決しようぞ！」

　金鞭をかかげて進む聞仲を姜子牙が剣ではばむ。左から金吒、右からは木吒が子牙を助け、竜鬚虎は両手で次から次へと石を投げ、イナゴの大群のように飛ばした。殷軍の兵士たちは傷つき、ばたばたと倒れていく。

　聞仲は戦いに戦った。真昼のようにあかあかと灯《あ》かりがあたりを照らす中、左では鄧忠と陶栄が黄飛虎たちと、右では辛環が南宮适と、それぞれはげしい戦いをくりひろげている。

　と、ふいに姜子牙が打神鞭を投げつけてきた。戦いに気をとられていた聞仲は、気づいたもののよけきれず、左の肩に傷をおった。竜鬚虎の石に乱れうちにされて、殷軍は大混乱となっている。西岐の兵がときの声をあげて四方から迫る。さすがの聞仲も、これではたちうちできない。

　そのとき、左で、わあっという声があがった。

見れば、黄飛虎の四男、まだ小さな黄天祥《こうてんしょう》が、父顔負けの槍づかいで、陶栄を馬からつき落としたところであった。さらに、殷軍の陣地の後ろから火柱があがった。これは楊戩が糧秣を焼きはらったものであった。炎が天をこがし、西岐軍の銅鑼《どら》と太鼓が響く。

「正義は周《しゅう》にある。道をはずれた紂王を滅ぼせ。降伏する者は重く用いるが、たてつく者はみな殺しだぞ」

あたりから周の兵士の声がこだました。殷の兵士たちは数年にわたる西岐での戦いに疲れており、天下の諸侯の多くも周に心をよせているのを知って、将軍たちの命令を聞かず、わあっと声をあげて逃げだす。その数は半数にもおよんだ。

「これまでか」

聞仲は敗北をさとって逃げはじめた。辛環がつばさを広げて空から聞仲を守り、鄧忠が軍の後ろを守る。戦いながら、一夜のうちに七十里あまりを走って逃げ、朝になって岐山《きざん》のふもとで兵をまとめた。

兵士は三万人ほどしか残っていなかった。陶栄の姿もない。聞仲が心を痛めていると、鄧忠がたずねた。

「太師、どこへむかいましょうか」

「うむ、とりあえず佳夢関をたよるか」

聞仲は残った兵士たちをひきいて、のろのろと進んでいった。

すると、途中の桃花嶺の上に、黄色い幡《はた》が一首ひるがえっていて、その下に広成子がたたずんでいた。

「広成子どの、どういうことだ？」

「ここで待っていたのだ。道兄、天にさからい、悪を助けて命を軽んじてきたから、このような目にあったのではないか。

貧道はべつに道兄に恨みはない。ただ、桃花嶺をこえて佳夢関にむかうのだけは許さない。ほかに行くなら何もしないが、桃花嶺だけはこえさせない」

「いくさに敗れたわしを、いたぶるつもりか」

聞仲は怒りをあらわにして、金鞭をとり、墨麒麟を走らせた。

広成子はすたすたと進みでて、宝剣で聞仲の鞭を受けた。だが、数度と打ちあわないうちに番天印《はんてんいん》をとりだし、「それっ！」と気合いをかけて投げあげた。

番天印は、柄のついた四角い印で、空中に投げあげられると大きくなっておそいかかり、相手をたたきつぶすという強力な宝物だ。聞仲は番天印のおそろしさをよく知っている。あわてて墨麒麟のむきをかえ、西にむかって逃げていった。

聞仲は、鄧忠たちと相談して、燕山にむかい、五つの関をぬけて朝歌にもどることにした。そして、疲れきった兵士たちをはげまして道をいそいだ。

だが、燕山にも一首の黄色い幡が立っていて、赤精子が待ち受けていた。

「聞太師、この道は朝歌には通じていないぞ。ここを通って五つの関をぬけて朝歌にもどれると思ったら大まちがい。来た道を引きかえすんだな」

聞仲ははげしくおこり、

「赤精子、わしとて截教《せつきょう》の教えを受けた身だ、あなどるな！　いくさに負けたからといって、命まで取られたわけではない。もう戦えないと思ったら大まちがいだぞ」

墨麒麟をうながしてとびかかった。金鞭がきらめく。赤精子は宝剣をとって鞭を受けた。鞭と剣があわさること六、七回、赤精子はふところから陰陽鏡《いんようきょう》をとりだした。

陰陽鏡もまた、照らされると気を失ってしまう、おそろしい鏡である。陰陽鏡を見ると、聞仲は墨麒麟の頭をたたいて、陰陽鏡の光がとどかないところへととびだした。そして、これはかなわないと思い、燕山から去った。赤精子は追ってこなかった。

行き場を失った聞仲に、辛環が言った。

「聞太師、黄花山にもどりましょう。けわしい道ですが、黄花山から青竜関《せいりゅうかん》へと、いらした道をおもどりになってはいかがです？」

かつての黄花山の四天君も、今では鄧忠と辛環の二人だけになってしまった。聞仲は、辛環の言葉に、大きくため息をついた。

「なんとしても朝歌にたどりつき、陛下にお目にかかり、再び兵を整えて征伐をなしとげなくてはならぬ。ただ、人馬をこのままに、わしひとり帰るわけにもいかぬ」

聞仲は青竜関にむかうことにした。

ところが、半日と進まないうちに、一枝の人馬が、すぐ近くに姿をあらわした。思わぬ伏兵に驚いていると、ときの声があがって二本の紅い旗がひるがえった。そして風火《ふうか》輪《りん》に乗った哪吒が、火尖鎗《かせんそう》をしごいて飛びだしてきた。

「聞太師、逃がさないぞ！　ここがおまえの死に場所だ、覚悟しろ！」

聞仲は怒りのあまり、額にある三つめの目から、かっと金色の光をはなった。

「姜尚め！　このようなこわっぱをしこんでおくとは、ばかにしておる！」

鞭をとり墨麒麟を走らせて、哪吒と戦いはじめる。すぐに鄧忠や辛環がよってきて、哪吒をとりかこんだ。哪吒は一丈八尺の火尖鎗で、「やあっ！」と一声あげて囲みを破り、乾坤圏《けんこんけん》で鄧忠を馬から打ちおとし、槍でとどめをさした。

聞仲は、あわててその場を離れた。

哪吒が、「はやく降参しろ、降参したものは命を助けるぞ！」と叫ぶのを聞いて、聞仲についてきた兵士たちがどんどん周に降参してゆく。

その夜かぞえると、残った兵士は一万人にも満たなかった。

「わしは、たった一度でさえ、いくさに敗れておめおめと朝歌に逃げかえったことがない。このたびの負けは、まことにたえがたく、恥ずかしいかぎりだ」

すると、かたわらに控えていた辛環が、

「太師、お心をおしずめください。『勝敗は兵家《へいか》の常』と言うではございませんか。都にお帰りになり、再び軍隊を整えて仇をとれば、負けたことにはなりませんよ。聞太師ともあろうお方が、どうなさったのです」

次の日、聞仲は、黄花山にむけてさらに道を進めた。

巳《み》の刻（午前十時ごろ）、突然、前方に紅い旗がひるがえって、ときの声があがった。見れば、紅いひたたれの上に金のよろいをつけた武将が、二本の銀の柄の鎚をななめにかまえ、玉麒麟に乗ってかけてくる。これこそ、黄飛虎の息子の黄天化であった。

「姜丞相《じょうしょう》の命《めい》をたてまつって、待ちかねていたぞ！　いくさに敗れ、将軍も失った軍を一人でささえることはできまい。天命はすでに定まっているのだ。はやく降参するがいい！」

「逆賊め！　たわごとをぬかすな！」

聞仲は墨麒麟を走らせ、鞭をふるって黄天化と戦った。辛環たちが、いそいで聞仲を助けにくる。

囲まれた黄天化は、清虚道徳真君《せいきょどうとくしんくん》から借りた玉麒麟の足の速さにものをいわせて、囲みから飛びだした。辛環がつばさを広げて空から追う。すると黄天化は、さっとふりむき、辛環にむかって宝物の鉄の釘《くぎ》・攢心釘《さんしんてい》を投げつけた。

つばさに釘を受けて辛環が空から落ちた。辛環が傷をおったのを見て、聞仲はいそいで兵を引いた。

東南にむけてさらに落ちのび、夜になるころ、とある高い山のふもとにたどりついた。ものさみしい景色をすわりこんで見ていると、目にふと涙が浮かんだ。聞仲は思わず詩をくちずさんだ。

青い山をふりむいて、ただ涙こぼれるばかり
戦いに敗れて、つかれきって道を引きかえす
天の時の得難さを恨み、人力の小ささを嘆く
全て夢と消えても、国を思う心は変わらない

兵士たちに食事をさせ、明日、出発することにして、とりあえず休んだ。

二更になるころ、山の上で、雷のようなときの声があがった。驚いて天幕から出て山の上を確かめると、姜子牙と武王が馬上で笑いあいながら酒をくみかわしていた。

聞仲は怒りのままに墨麒麟を走らせ、山にのぼった。

だが着いてみると、雷の音が響いて、誰一人見えなくなった。あたりを見まわしても影も形もない。くやしがっていると、山の下でときの声があがり、人馬が雲のようにと

りまいている。

聞仲ははげしく怒って墨麒麟でかけくだる。だが、山の下に着いてみると誰もいない。息をきらせて、うらなおうとしたとき、また山の頂上で大きな音がし、子牙と武王が山の上で手をたたいて大声で笑いあっていた。

「姫発《きはつ》めが！　許さぬ！」

怒りのままに墨麒麟をうながし、再び山を半分ほどのぼると、雷と風の音をたてながら、金の棒を持ったするどい目つきの大男がいきおいよく飛びかかってきた。武王の一番下の弟にあたる雷震子である。

ふいのことに、聞仲はよけきれなかった。雷震子の金棍《きんこん》が墨麒麟にあたる。打ち殺された墨麒麟から落ちて、聞仲は土遁《どとん》に乗って逃れた。

「雷震子、待て。おれが相手だ！」

聞仲の後を追わせまいと、辛環がつばさを広げて雷震子の行く手をさえぎる。その時、楊戩がこっそりと哮天犬《こうてんけん》をはなした。

哮天犬が辛環の足にかみつく。そのすきをついて、雷震子の金棍が辛環の頭にふりおろされた。また一つ、霊魂が封神台にむかう。

ようやくその場を逃れた聞仲は、土遁をおりて地面にすわりこんだ。しばらくだまってもの思いにふけり、空を見あげた。

聞仲は三十万もの兵をひきいて西岐征伐にむかい、三年あまり、せいいっぱい戦ってきた。それが、今では、兵士もわずか数千人。墨麒麟も失い、将軍たちも力を貸してくれた仲間も、みないなくなっている。

「天はわが殷を見すてたのだな。政治を乱し民をしいたげたのでは、天の心にかなわないのはあたり前だ。だが、それでは、わしのまごころはどうなるのだ」

夜が明けるのを待って、聞仲は残った兵士たちを集め、さらに進もうとした。だが、食べる物もなく、兵士たちは疲れきり動けない様子であった。

やむをえず、聞仲はたどりついた小さな村で食べ物を分けてもらって兵士たちを休ませ、さらに進みつづけた。途中、木樵《きこり》に青竜関への近道をたずねると、西南にむかうと近いと教えてくれた。言われたままに進むと、行く手に高い山が見えた。この木樵が実は楊戩で、絶竜嶺への道を教えたものであったのは、聞仲の知るよしもないことであった。

道はどんどんけわしくなっていった。そして、大きな石に、「絶竜嶺」の三文字がきざまれているのを見たとき、聞仲はぎくりとした。

あたりを見まわすと、水色の道服《どうぶく》を着た雲中子が聞仲を手まねきしていた。

「どういうことだ？」

「貧道は燃燈道兄にたのまれて、聞道兄を待っていたのだ。ここは絶竜嶺、道兄が命を失う場所だ。降参するなら今のうちだぞ」

聞仲は大声で笑った。

「雲中子。わしは聞仲だぞ。何もできない赤ん坊でもあるまいに、ここへ来たからといって、なぜ、このわしが息たえねばならぬのだ。命をとろうというのなら、術のすべてをつくして戦うぞ」

「すでに道兄は、貧道の術のうちにいるではないか」

雲中子は手をたたいて雷を起こした。たちまち八本の大きな柱が地面から生えてきて、聞仲をとりかこんだ。周囲一丈あまり、高さが三丈の通天神火柱は、南、南東、東、北東……と、八卦の八つの方角にあわせて立っている。

「こんな柱でわしをつかまえたと思ったら、大まちがいだぞ」

聞仲がどなる。雲中子はゆっくりと首をふり、もう一度手をたたいた。雷の音とともに柱がゆれて開き、それぞれの柱の中から四十九匹の火竜があらわれ、いっせいに炎を吐いた。

はげしい炎の中で、聞仲は大笑いした。

「あなどるな！　土遁に乗るのも火をわたるのも、広く使われる術ではないか」

聞仲は、火よけのまじないをとなえて、しばらく火の中に立っていたが、

「雲中子、きさまの術はこの程度か。ならば、そろそろ行かせてもらうぞ！」

炎の光に乗って、さっと飛びあがった。

だが、柱の上には、燃燈道人の紫金《しきん》の鉢がふたのようにかぶせられていたのである。それを知らない聞仲は、頭をはげしくぶつけて火の中に落ちた。ぶつけたひょうしに冠が地面に落ち、ゆっていた髪の毛がほどけた。

聞仲は、「ぎゃあっ!」と叫んだ。火よけのまじないが、ききめをうしなったのである。

雲中子が三たび手をたたいた。四方から雷がとどろきわたって、炎がたけりくるう。あわれ、ついに聞仲は絶竜嶺で息たえ、封神台で清福神《せいふくしん》に迎えられることになった。

だが、聞仲の殷への思いはおさまらず、幽霊となって朝歌の紂王の夢の中に入りこみ、無念を訴え、紂王を諫《いさ》めた。

紂王は、聞仲が戦死したという知らせを聞くと、夢の意味を知ったが、あいかわらず妲己《だっき》をはべらせて酒色に溺れ、悪い行いをあらためることはなかった。

二十九　鄧九公《とうきゅうこう》、勅を奉じ西征する

　聞仲《ぶんちゅう》の死を知って、申公豹《しんこうひょう》は深く姜子牙《きょうしが》を恨んだ。そして、聞仲の仇《かたき》をとるために、あちらこちらに出むいては仙人や妖怪をまるめこみ、西岐《せいき》にむかわせて姜子牙と戦うようにしむけた。

　その日、虎に乗った申公豹は、夾竜山《きょうりゅうざん》飛竜洞《ひりゅうどう》を通りかかった。すると、崖の上で、一人の子供がとびはねているのが目に入った。近づいてみると子供ではなく、四尺に満たないほどの小さな色黒の男であった。

「ここの道士かね？」

「先生こそ、どちらからいらっしゃいました？」

　鉄の棒を持った小男は、きちんとおじぎをして言った。

「海のほうから来たがな」

「先生は、截教《せっきょう》ですか、それとも闡教《せんきょう》で？」

「闡教だ」

「では、お師匠の懼留孫《くりゅうそん》さまと一緒だ」

小男は土行孫《どこうそん》と名のり、ここで百年修行していると言った。申公豹は、さも残念そうに首をふった。

「わしの見たところ、おぬしは道をきわめて仙人になることはあるまい。むしろ、人間として幸せをつかむことができるであろう」

「人間としての幸せですって？」

「そうだな、大臣になってりっぱな服を着て玉帯をつけ、王侯のような暮らしができるだろう」

「いったい、どのようにすれば？」

土行孫のほうも、まんざらでもないと思ったらしく、身をのりだしてきた。

「紹介状を書いてやるから、山をおりて三山関《さんざんかん》の鄧九公《とうきゅうこう》のもとに行け。ところで、おぬしは、どのような術を身につけたのだ？」

「地行術《ちこうじゅつ》です。日に千里、地面の中を進むことができます」

「ほう、めずらしい術だな。ちょっと見せてくれ」

申公豹の言葉が終わらないうちに、土行孫はさっと体をひねって、地面の中へと姿を消した。申公豹が大喜びしていると、すぐに土行孫が少し離れた土の上に姿をあらわした。

「そうそう、おぬしの師匠の宝物の綑仙縄《こんせんじょう》を二本ばかり持っていけば、きっと役に立つぞ」

土行孫は、その言葉に従い、師匠の懼留孫の宝物の綑仙縄と五壺の丹薬《たんやく》をぬすみだして、夾竜山をおり、三山関へむかった。

一方、聞仲に最後まで従っていた兵士たちが汜水関《しすいかん》に逃げもどったため、汜水関の韓《かん》栄《えい》は朝歌《ちょうか》に、絶竜嶺《ぜつりゅうれい》で聞仲が命を失ったことを報告した。朝歌では、聞仲の代わりとして三山関の鄧九公を西岐征伐にむかわせることが決まり、すぐに使者が立てられた。

三山関の総兵《そうへい》の鄧九公は、代わりの総兵として孔宣《こうせん》が到着すると、翌日には軍隊をまとめて出発することになった。

そこへ申公豹の紹介状を持った土行孫がやってきた。鄧九公は、外見から土行孫を見くだし、下っぱの督糧官《とくりょうかん》（兵糧《ひょうろう》を運ぶ役）に任命した。それから、太鸞《たいらん》、趙昇《ちょうしょう》、孫《そん》焰紅《えんこう》といった将軍たち、息子の鄧秀《とうしゅう》、娘の鄧嬋玉《とうせんぎょく》を連れて西岐征伐にむかった。軍は一ヶ月あまりで西岐に着き、城の東門に陣地を築いた。

これを迎えた姜子牙は、武成王《ぶせいおう》の黄飛虎《こうひこ》に相手のことをたずねた。

「鄧九公どのは、すぐれた大将です」

「すぐれた大将なら破るのはむずかしくない。手におえないのは妖術を使う者たちだからのう」

姜子牙はうれしそうに笑った。

次の日、鄧九公の陣地から、黒に近いほど深い色味の栗毛《くりげ》の名馬に乗り、刀を持った将軍が西岐城に挑戦してきた。金の冠に連環《れんかん》のよろい、腰には玉帯というはなやかないでたちで、顔は赤く、ひげは黄色い。

「われこそは鄧元帥の先行官《せんこうかん》の太鸞。臣下としての礼を忘れた謀反人ども、すみやかに行いをあらためて降参せよ！」

西岐の将軍の南宮适《なんきゆうかつ》が、大刀をとり馬に乗って進みでる。

「太鸞とやら。聞太師《たいし》、魔家四将《まかししよう》、張桂芳《ちようけいほう》といった者たちをくだしたわれらに、きさまごときがかなうものか。さっさと帰って、命を大切にしろ！」

がっしりと刀と大刀がぶつかりあい、二頭の馬が場所を入れかえて動きまわるはげしい戦いとなった。戦いを応援する太鼓がとどろき、錦の旗幡《はた》がふられた。

ぶつかりあうこと三十回あまり、南宮适はさすがに英雄、戦うにつれてますますいきおいを増していった。太鸞も負けてはいない。目を見開いてにらみつけ、南宮适の刀の動きを見きって、「やあっ！」と斬りおろす。南宮适はいそいで身を引いたが、肩に刀を受けた。よろいの肩あてをむすんでいたひもを断ちきられて、びっくりして馬の首をめぐらした。

子牙は敗れて帰った南宮适を「勝敗は兵家《へいか》の常だから、たった一度のしくじりを気にしないように」と、やさしくなぐさめた。

次の日は、鄧九公みずから五軍を整え、意気ようようと出陣した。

子牙は、辛甲《しんこう》に大軍をそろえて城を出るように命じ、みずから鄧九公に対することにした。

西岐城から、わあっと声をあげて大軍がくりだす。まず、紅《あか》い旗をおしたてて紅いよろいをつけた軍、次に青い旗に青いよろいの軍が左から、白い旗に白いよろいの軍が右から、さらに黒い旗に黒いよろいの軍が後陣としてつづいた。

そして、四つの軍の中央には、杏黄旗《きょうこうき》をおしたてた軍が進みでた。金のよろいをかがやかせ、紅いひたたれに金のかぶとをつけ、画戟《がげき》を手にした二十四人の武将が十二騎ずつ左右にならび、その真ん中に、四不相《しふそう》に乗った姜子牙が堂々と立っている。

五つの色、どの軍にもわずかな乱れもない。鄧九公は思わずため息をついた。

「まさに、話に聞いたとおりの強敵だ」

鄧九公が子牙に呼びかけると、姜子牙が進みでた。

「姜子牙、崑崙山《こんろんざん》で学んだ知恵者が、なぜ礼儀をわきまえないのだ。力を誇って国にさからえば、わざわいをまねくぞ。さっさと乗り物からおりて縛《ばく》につけ」

「鄧将軍、おくれたことをおっしゃいますのう」

子牙が大声で笑う。

「今、人の心は周《しゅう》になびき、すでに天下は周のものとなっております。将軍の軍は武将も十人たらず、兵士も二十万に満たぬほど。羊の群れが虎と戦うようなものではございませんか。すみやかに兵を引かなければ、聞太師と同じことになりますぞ」

「そばを売ったり、かごを編んだりしていた者が、大きな顔をしおって！」

鄧九公がはげしく怒って、刀をとり馬をとばして子牙に迫る。と、子牙の左にいた武成王の黄飛虎が、五色神牛《ごしきしんぎゅう》をうながして進みでた。

「この、謀反人が！」

鄧九公は黄飛虎をののしり、刀の一撃をあびせた。黄飛虎が槍《やり》で受ける。馬と神牛がぶつかりあい、刀と槍がはげしく打ちあわされた。黄飛虎の槍は竜のようにいきおいよくおどりまわり、鄧九公の刀は、それをとらえようとする虎さながら。息をのむすさまじい戦いとなった。

と、うずうずしながら姜子牙の左にひかえていた哪吒《なた》が、槍をとり風火輪《ふうかりん》に乗って飛びだした。鄧九公の軍からは、長男の鄧秀が馬を走らせて迎えうつ。玉麒麟《ぎょくきりん》に乗った黄《こう》天化《てんか》が、太鸞が、武吉《ぶきつ》が、趙昇が、黄天禄《こうてんろく》が、孫焔紅が、次々と戦いにとびこんで、たちまち大混戦となった。

鄧九公は戦うにつれて気持ちが高ぶり、大刀をふるって、黄飛虎と哪吒を相手にした。その勇猛ぶりを見て、哪吒がそっと乾坤圏《けんこんけん》をとりだして打ちつけた。左腕に乾坤圏を受けて、鄧九公が馬から落ちそうになった。周の兵士たちは、哪吒が敵の大将に傷をおわせたのにいきおいづいて、ときの声をあげながらはげしく攻めかかる。だが、趙昇が口から火をふいて周の武将にけがをおわせたのをきっかけに、両軍はそれぞれ引きあげた。

翌日、けがをした鄧九公の仇を討ちに、娘の鄧嬋玉が西岐軍に挑戦してきた。女将軍があらわれたと聞いて、姜子牙はうつむいて考えこんだ。かたわらの黄飛虎がたずねた。

「丞相《じょうしょう》は、これまで、何のおそれも見せずに数々の戦いをくぐりぬけてこられたのに、なぜ、女将軍一人に考えこんでおられるのです」

「用兵には三つのさけるべき相手があるのだ。道士、僧侶、そして女。これらは妖術を持っていて兵士をおそれさせ、ふせぎがたいものなのだ」

結局、子牙は、気をつけるようにと言いふくめて、哪吒を出陣させた。

鄧嬋玉はゆいあげた髪に紅い薄絹をかけ、たおやかな腰にみやびやかな帯をしめて馬に乗っていた。形のよい眉、ぽっと赤いほお、見る者をひきつけずにおかない、たいそう美しい娘である。

西岐城から風火輪に乗って出ていった哪吒は、火尖鎗《かせんそう》で鄧嬋玉の二本の刀を受けた。力がくらべものになるはずもなく、すぐに鄧嬋玉は、刀で槍をさえぎり、馬をかえした。哪吒が追うと、ふいに鄧嬋玉がふりむき、刀をおろし、五色に光る石を手ににぎりしめた。その手が、さっと動く。

あっ、と思ったときには顔に石を受けていた。哪吒は青紫のあざをつくって城に引きあげた。

哪吒の報告を受けた姜子牙は、

「そうか、では、追いかけるには用心しないといけないようだの」

すると、そばで聞いていた黄天化が、

「武将たる者、戦いのときは目で四方を見、耳で八方に気を配るものだろう。たかが石を投げつけられて顔にけがをするなんて、面目まるつぶれだぞ」

哪吒はひどく腹を立て、これを聞いたまわりの人たちは大笑いした。

次の日、再び挑戦してきた鄧嬋玉を、今度は黄天化が玉麒麟に乗って迎えうった。天化は鎚《つち》を打ちつけ、嬋玉は二本の刀で斬りかかる。だが鄧嬋玉は、やはり、二、三度武器を打ちあわせると、馬をかえした。

「追ってこられるなら、追いかけてきてごらんなさい」

嬋玉の高い声が響く。黄天化は、哪吒におくびょうだと笑われるのをおそれて、鄧嬋玉を追った。そして哪吒と同じように石をぶつけられ、顔をおおって子牙のもとに逃げかえった。

「武将たる者、戦いのときは目で四方を見、耳で八方に気を配るものじゃなかったのか。相手の手のうちがわかっていながらやられるなんて、面目まるつぶれだぞ」

哪吒の言葉に、黄天化ははげしく怒った。

「何だと！　このガキ」

「きのうのおかえしだ！　文句あるか」

「これこれ、一緒に戦う者どうしが争ってどうする」

言いあらそう二人を姜子牙がとめた。

次の日、またしても鄧嬋玉が挑戦してきた。今度は、竜鬚虎《りゅうしゅこ》と楊戩《ようせん》が出陣した。

「どこからわいて出たのよ、この怪物」

「何だと、おれさまは姜丞相の弟子の竜鬚虎だ。すぐにつかまえて、そんな口がきけないようにしてやる」

竜鬚虎は、ひき臼《うす》ほどもある大きな石を、次から次へとイナゴの大群のように飛ばした。雷のような大きな音を立てて石が地面にぶつかり、土煙がたつ。鄧嬋玉はすぐに馬の首をめぐらした。竜鬚虎が追う。と、鄧嬋玉がちらりと竜鬚虎の姿をたしかめ、さっと石を投げた。

竜鬚虎は、石が光りながら飛んでくるのを見ると、ぱっと頭をさげた。だが、細長い首に石を受けて傷をおった。さらに石を投げつけられると、足が一本なので、ふんばって立っていられなかった。鄧嬋玉が馬で近づき、竜鬚虎の首をあげようとする。

その時、白馬にまたがった楊戩が槍をゆすって飛びだし、鄧嬋玉をはばんだ。槍を刀で受けた嬋玉はすぐに馬をかえす。楊戩が追う。嬋玉が石を投げる。石が楊戩の顔にあたった。

だが、楊戩は道をきわめた仙人である。火花がちっただけで傷ひとつおわなかった。鄧嬋玉はもう一度石を投げた。しかし同じことであった。

鄧嬋玉が驚いているすきをみて、楊戩が哮天犬《こうてんけん》をはなした。嬋玉は首をかまれて血を流し、痛みのあまり馬から落ちそうになりながら陣地に引きかえした。

三十　土行孫《どこうそん》、立功を誇示する

その夜、鄧九公《とうきゅうこう》父娘は傷に苦しんでいた。四人の将軍たちがこれからのことを話しあっていると、兵糧《ひょうろう》を運ぶ役であった土行孫《どこうそん》が報告をしに入ってきた。

主将がいないわけを聞いた土行孫は鄧九公を見舞い、ひょうたんの中から金丹《きんたん》を出して水にとき、鳥の羽根で傷にぬりつけた。たちまち痛みがとれ、傷がいえた。さらに土行孫は奥から痛がる若い女の声がするのを聞き、鄧嬋玉《とうせんぎょく》も同じように治療した。

鄧九公は喜んで、土行孫を酒でもてなした。

「はじめから、わたくしを用いてくださっていれば、今頃は西岐《せいき》をくだしていらしたでしょうに」

土行孫が自信たっぷりに言う。鄧九公は、実力のない者を申公豹《しんこうひょう》が推薦したわけがないと考えなおし、翌日土行孫を先行官《せんこうかん》に任命し、さっそく戦いに出した。

命《めい》を受けた土行孫は、哪吒《なた》に名ざしで挑戦した。

「鄧元帥の先行官・土行孫、命を受けてきさまをとらえにまいったぞ！」

身長四尺あまり、大人の半分もない土行孫が、かざり彫りのある鉄の棒をにぎって立っているのを見て、哪吒は大笑いした。そして、火尖鎗《かせんそう》で一つきにしようとしたのを、土行孫が棒で受ける。

体が小さい土行孫は、前へ飛んだり後ろへ跳ねたりして、たくみに哪吒の槍《やり》をさけた。哪吒は、いつのまにか汗だくになっていた。土行孫は槍のとどかないところへとびだし、大声で叫んだ。

「やい、哪吒。そんな上から武器をふりまわしていないで、車からおりて戦ったらどうだ」

哪吒はそれもそうかと、風火輪《ふうかりん》からおりて戦った。哪吒の槍も土行孫にとどきやすくなったかわりに、土行孫の棒も哪吒にとどきやすくなる。哪吒は足に棒を受けた。

哪吒が体をひねると、土行孫はその後ろにまわって、哪吒のまたのところに打ちかかった。哪吒が乾坤圏《けんこんけん》を使おうとした時、土行孫が綑仙縄《こんせんじょう》を投げた。

「うわっ！」

叫ぶまもなく、哪吒は綑仙縄にしばられて生けどりにされてしまった。

次の日は、黄天化《こうてんか》が生けどりにされ、哪吒と二人、陣地の奥にとらわれた。

強敵二人を生けどりにした土行孫は、すっかり得意になった。そして、その夜、鄧九公が開いた祝いの宴《うたげ》で、こんなことを口走った。

「元帥がもし、はじめからわたしを用いてくださっていれば、姜子牙《きょうしが》も武王《ぶおう》も、すでにつかまえていたでしょうに」

するとさんざん酒を飲んでいた鄧九公のほうも、うっかり口をすべらせた。

「土将軍。もし将軍がすぐに西岐を破ってくださったら、娘をさしあげてもかまいませんぞ」

これを聞いた土行孫は、あまりのうれしさに、その夜は一晩眠れなかった。

次の日、土行孫は姜子牙と戦った。姜子牙と剣を合わせ、綑仙縄を使ってしばりあげたところまではよかったのだが、配下の将官たちがいっせいに助けにきたため、子牙を陣地に生けどっていくことはできなかった。


綑仙縄でしばられた姜子牙のほうは、西岐城に連れかえってもらったものの、この縄は誰にもとけなかった。しかも、刀で切ろうとすればするほど縄はきつくなるのである。

楊戩《ようせん》は、この縄をよく観察して、

「これは、懼留孫《くりゅうそん》さまの宝物の綑仙縄にまちがいないが、なぜ……」

考えこんだ時、道服《どうふく》を着た子供があらわれたという報告が入り、白鶴童子《はっかくどうじ》が姿を見せた。

「この縄をとく符印を、おとどけにまいりました」

白鶴童子が縄に符印をはりつけて、「やあっ！」と手で一さしすると、するりと縄がほどけ落ちた。子牙は崑崙《こんろん》にむかって頓首《とんしゅ》し、元始天尊《げんしてんそん》の恩を感謝した。白鶴童子はすぐにもどっていった。

楊戩が子牙に言う。

「この縄は綑仙縄だと思われるのですが……」

「そんなはずはあるまい。懼留孫どのがわしを傷つけようとするなど、ありえぬ」

本当に綑仙縄であるかどうかはわからなかった。

翌日、またしても土行孫が挑戦してきた。

今日は楊戩が、馬にまたがり槍をたずさえて進みでた。

槍と棒を打ちあわせること五、六回、土行孫は、またも綑仙縄を投げつける。とうとう、楊戩もしばりあげられて、鄧九公の陣地に連れていかれた。

だが、轅門《えんもん》で楊戩を地面に投げだした兵士たちはぎょうてんした。いつのまにか、楊戩の姿が大きな石に変わっていたのである。そして驚く土行孫の目の前に、本物の楊戩が笑って立っていた。

「ぼんくらめ！　このわたしが、そんな手にかかるか」

楊戩が槍で打ちかかる。土行孫が棒で受ける。しばらく戦うと、急に楊戩が哮天犬《こうてんけん》を空中にはなした。土行孫は哮天犬に気がつくと、さっと体をひねって姿を消した。

「地行術《ちこうじゅつ》か。あなどれない相手だ」

楊戩は、槍を手に陣へともどり、さっそく姜子牙に報告した。

「憂《うれ》うべき事態です。あの土行孫という小男、地行術を身につけていましたよ。地面の下から城にしのびこまれでもしたらやっかいです。

それと、あの縄ですが、やはり細仙縄に間違いありません。どういうことか夾竜山《きょうりゅうざん》飛竜洞《ひりゅうどう》の懼留孫どのに、たずねてみなければ……」

「考えすぎではないか。まずは城を守るのが先だ」

子牙は、楊戩が夾竜山にむかうのを許さなかった。


陣に帰った土行孫は鄧九公から、早く西岐を破っていさおしをあげるようにと催促されて、西岐城にしのびこんで武王と姜子牙を暗殺してしまうことにした。鄧嬋玉との結婚がかかっているので、気合いはじゅうぶんである。

その夜、土行孫は地面の中を進んで西岐城にしのびこみ、様子をうかがった。丞相《じょうしょう》の屋敷では、兵士たちが弓に矢をつがえ、抜き身の刀をもち、姜子牙を守っていた。実は、西岐城のほうでも、あやしい風で幡《はた》が折れたため、夜討ちがあるとみて準備を整えて待ちうけていたのである。

すきがないと見てとった土行孫は、先に武王のほうを手にかけようと王宮にむかった。王宮に着くとすぐ、楽《がく》の音《ね》が聞こえた。見れば、武王がきさきたちと宴会を開いていた。土行孫は、宴がおわり武王が眠りにつくのを、じりじりしながら待った。

やがて、武王がいびきをかきはじめた。土行孫は部屋にしのびこんで寝台のとばりを開き、ただ一刀で武王の首を落とし、床に投げすてた。見れば、同じ寝台の上できさきがすやすやと寝息をたてている。桃の花にもみまごう顔を見つめ、女のやわらかな香りをかぐと、覚えず心が乱れた。と、女が目をさまし、驚いて問いかけた。

「何者です。このような真夜中に」

「殷《いん》の先行官の土行孫だ。武王は殺した。おまえも後を追いたいか?」

ひっと、女が声をあげた。

「どうか命だけはお助けください、ご恩は決して忘れませんから。もしわたくしのことがお気にめすのでしたら、婢《はしため》とも妾《しょう》ともなって将軍のおそばにおつかえいたします」

土行孫は心中喜んで、

「そういうことなら、しばし、魚となり水となって歓をつくそう。許す、許す」

女は満面に笑みをたたえてうなずき、ふれなば落ちん風情《ふぜい》を見せた。土行孫は思いがつのるままに、服をぬいで床《とこ》にすべりこみ、天にものぼる心地で女をだきしめようとした。

すると、女が逆に両手で土行孫をきつくしめつけてきた。

「も、もうちょっと手をゆるめてくれ！」

苦しくなった土行孫が叫ぶと、女が一喝した。

「おろか者！　わたしを誰だと思っている！」

さらに、あたりにむけて、「土行孫をとらえたぞ！」と声をかけると、ときの声があがり、銅鑼《どら》と太鼓が響いた。ぎょっとして相手に目をうつすと、

「わたしだよ」

女の姿が楊戩に変わっていた。土行孫はまるはだかのまま、ふりほどこうと手足をじたばたさせたが、楊戩にがっちりとつかまえられていて逃れられない。

「陛下は安全なところでお守りしてある。さっきおまえが首を落としたのは、わら人形だ」

しくじったと知った土行孫は、ついに観念して、目を閉じた。

やがて土行孫は、楊戩につかみあげられたまま、姜子牙の前に連れていかれた。

「なぜ、そのように、持ち上げたままにするのだ」

姜子牙がたずねた。楊戩は、

「こいつは地行術を身につけています。もし、手をはなしたら、たちまち地面にもぐって逃げてしまうでしょう」

子牙の命令で、すぐに土行孫は処刑されることになった。だが、楊戩が刀を持つために片手をはなした時、土行孫ははげしくあばれて、その手をふりきった。そして、すとんと地面に足がついたとたんに、しゅっと体をひねって、地面の中にもぐりこんだ。

「しまったっ！」

くやしがる楊戩を尻目に、土行孫は鄧九公の陣地に帰り、「守りがかたくて手を下せないうちに朝になってしまった」とすまし顔で報告した。

三十一　土行孫《どこうそん》、西岐《せいき》に帰伏する

土行孫《どこうそん》をとり逃がした楊戩《ようせん》は、姜子牙《きょうしが》の許しを得て、土行孫と綑仙縄《こんせんじょう》のことをたずねに夾竜山飛竜洞《きょうりゅうざんひりゅうどう》の懼留孫《くりゅうそん》のもとにむかった。

土遁《どとん》に乗って行く途中、すばらしい山があった。楊戩は土遁をおりてしばらく休んだ。世にまれなながめであった。きりたった山のいただきは天をつき、木々のこずえは雲に隠れ、たちこめる青いもやの中から、ときおり猿の声が響く。枝ぶりのよい古びた松の間で鶴が鳴き、鹿は群れをなし、ときに虎も姿を見せる。水は清らかに流れ、かぐわしい香りがただよい、白い雲がゆったりと流れていく。

道は立ちならぶ松の古木に隠されて、ひっそりとしずまりかえっている。左右を見まわしながら数十歩進むと、こつぜんと、小さな赤い橋があらわれた。

橋をわたってさらに行くと、みどりの屋根、かざり彫りのあるひさし、赤いとびらに金の釘《くぎ》が打ってあるという、かわいらしい宮殿が立っていて、「青鸞斗闕《せいらんとけつ》」と書かれた額がかかっていた。

松林の中であたりをながめていると、赤い扉が開き、清らかで静かなその宮殿から、一人の仙女が八人の女童を従えて姿を見せた。

楊戩は、出るに出られなくなり、仙女が通りすぎるのを隠れて待った。だが、林の中に人がいるようだと仙女が言ったため、女童の一人が様子を見にきた。楊戩は女童にあいさつし、山に勝手に踏みこんだ無礼をわびた。女童が知らせにもどり、楊戩は仙女のもとにまねかれた。たずねられるままにこれまでのいきさつを語ると、魚尾金冠《ぎょびきんかん》をかぶり白い鶴のぬいとりのある赤いはごろもを着た仙女は、

「弟子のことは師匠にまかせるものです。懼留孫さまに山をおりていただきなさい」

と教えてくれた。楊戩は、仙女の気高《けだか》い姿をふしぎに思って、いわれをたずねた。

「わたくしは、ほかでもない、天の神の昊天上帝《こうてんじょうてい》と瑶池金母《ようちきんぼ》（西王母《せいおうぼ》）の娘の、竜吉《りゅうきつ》公主《こうしゅ》です。蟠桃会《はんとうえ》に花のお酒をたてまつらなければならなかったのに、まにあわせることができず、きびしい天の決まりにふれてしまい、罰として人間の世界におろされ、この鳳凰山《ほうおうざん》の青鸞斗闕で暮らしているのです」

楊戩は礼を言って、鳳凰山を離れ、さらに土遁で進んだ。

すると今度は、はげしい風にあって、どことも知れない沢に迷いこんだ。あたりには深い霧がたちこめていて暗く、水面から水が二、三丈もふきあがっていた。

楊戩が近づくと、ふいに、もりあがっていた水がわれて、血のように赤い口をした怪

物があらわれた。

「人のにおいがするぞ」

怪物は、はがねの剣のような牙がならんだ口を大きく開き、さすまたを両手にかまえてとびかかってきた。楊戩は槍《やり》をふるってそれを受けた。

「化け物め、思い知れ！」

楊戩は呪文をとなえて雷をはなった。雷の音に驚いて、怪物が逃げだす。楊戩が後をつけていくと、怪物は、山のふもとにある一斗《と》ますほどの大きさの石の穴の中にもぐりこんだ。

「他の者からなら逃げきれたかもしれないが、このわたしにあったのが不運だったな」

楊戩は、「それっ！」と気合いをかけて、後を追って石の穴の中にとびこんだ。

中は真っ暗であった。楊戩は、体の中できたえあげた三昧真火《さんまいしんか》を目から出して、あたりを明るくした。見れば、行き止まりで、ほかには何もなかったが、ただ一つ両刃三尖刀《りょうじんさんせんとう》（先が三つに分かれた刀）が、きらきらとかがやいていた。刀には、つつみが一つぶらさがっている。

楊戩はつつみをおろして中を確かめた。入っていたのは薄黄色の服である。金色《こんじき》に見まごうばかりの生地に刺繡《ししゅう》をほどこした、みごとな品であった。はおってみると、あつらえたようにぴったりと体になじんだ。ちょうどいいと思ったその時、後ろから、

「服どろぼう！」

子供の声がした。ふりむくと、二人の子供がかけよってきた。

「これは君たちのものなのかい？」

「そうです」

「身を正しく持つのも修行のうちだ、服をとろうとは思わないよ」

「あなたさまは？」

「わたしは玉泉山《ぎょくせんざん》金霞洞《きんかどう》の玉鼎真人《ぎょくていしんじん》の門下の楊戩」

「では、清源妙道真君《せいげんみょうどうしんくん》さま」

二人の子供は、頭を地面につけて、楊戩のことをふしおがんだ。

「お師匠さまがいらしたとは知らず、お出迎えもいたさなかったご無礼を、どうかお許しください」

「きみたちは？」

「五夷山《ごいざん》の金毛童子《きんもうどうじ》です」

「師匠か。そう呼ばれるのも悪くないね。では、おまえたちは今日から、このわたしの弟子だ。先に西岐《せいき》に行き、姜丞相《じょうしょう》にごあいさつするのだ。わたしは夾竜山にむかう」

「姜丞相がお認めくださらなかったらどうすればいいでしょう」

「この槍と服を持っていけば大丈夫だろう」

楊戩の弟子となった二人の童子は、さっそく水遁《すいとん》に乗って西岐にむかった。

楊戩のほうは、三尖刀を手に入れ、上きげんで再び土遁に乗った。

夾竜山に着いた楊戩は飛竜洞の懼留孫にあいさつし、土行孫と綑仙縄のことをたずねた。

「何だと！　あやつ、勝手に山をおりたばかりでなく、わが洞の宝まで持ち出しおったのか。すぐにとらえて、きつくしおきをせねばなるまい」

十二大仙は、日に数千里進むことのできる縦地金光法《じゆうちきんこうほう》を、元始天尊《げんしてんそん》からさずけられている。一足先に飛竜洞をたった楊戩が西岐に着くと、すぐに懼留孫が姿を見せた。

「これはすべて貧道《ひんどう》のあやまちだ。西岐から帰った時、土行孫めが逃げだしていたのには気づいていたが、まさか綑仙縄までぬすみだしていくほど性悪《しようわる》だとは思っていなかった。あの時、宝物を確かめておかなかったのが間違いのもと。まったくもって申し訳ない」

手厚く迎えられた懼留孫は、さっそく、土行孫をつかまえる方法を子牙に教えた。

次の日、姜子牙は単身、四不相《しふそう》に乗り、鄧九公《とうきゆうこう》の陣地の轅門《えんもん》のあたりをうろうろと行ったり来たりした。陣の様子をさぐっているようである。

鄧九公は、「姜子牙は兵法に通じているから、何かの計略だろう」と言ってほうっておいたが、土行孫は、「今日こそは姜子牙をつかまえてやる」といきまいて、陣地からとびだした。

「姜子牙、覚悟しろ！」

土行孫が、ぱっと飛びあがり、姜子牙の頭めがけて棒をふりおろす。子牙は剣をとってふせぎ、二、三度打ちあうと、四不相の首をめぐらして逃げた。土行孫が後を追い、綑仙縄を投げつけた。

だが、姜子牙をとらえることはできなかった。綑仙縄はどこに消えたのか、空中で見えなくなり、落ちてもこなかった。懼留孫が光に隠れて空中で待ちかまえていて、手におさめてしまったからである。

土行孫は、姜子牙をつかまえて陣に帰れば鄧嬋玉《とうせんぎょく》と結婚できるということばかり考えていたので、深く考えようとせず、もう一方の綑仙縄も投げつけた。だがそれも見えなくなり、落ちてもこない。手もとにはもう残りがない。土行孫は、予想外のしくじりに、何が起き、どうしたらいいのかわからなくなって、立ちつくした。

子牙が再び四不相のむきを変える。

「もう、ひと勝負、どうじゃ」

土行孫は、かっとなって、棒をかまえて追いかけた。すると、今しがた通った城壁のところから、懼留孫が声をかけてきた。

「こら土行孫め、見つけたぞ」

土行孫は、顔をあげて払子《ほっす》を持った師匠の姿を見た。ぎょうてんして、地面の下に逃げようとする。その瞬間、

「逃がすか！」

懼留孫が、さっと地面を指さした。たちまち地面は鉄のようにかたくなり、土行孫がいくら体をひねっても、もぐりこめなくなった。

懼留孫は土行孫に近づいて頭をつかまえ、綑仙縄を使って、土行孫の手足を、ひとつにまとめてしばりあげた。そして、縄目を持って土行孫をつりさげて、西岐城に連れかえった。

「これ、土行孫。宝物をぬすんで逃げさるなど、いったい誰にふきこまれた？」

「お師匠さまが十絶陣《じゅうぜつじん》を破りにむかわれて留守のおり、虎に乗った申公豹《しんこうひょう》という仙人が通りかかり、弟子はいくら修行をしても仙人にはなれない。むしろ人間として幸せになれる、と教えてくれたのです。そして、宝物をぬすんで、三山関《さんざんかん》の鄧九公のもとにむかえ、と」

「申公豹のつまらぬ言葉にまどわされおって、このおろか者めが！」

「道兄《どうけい》、このような性悪、生かしておいてはわざわいのもとです。すみやかに斬りすてましょう」

姜子牙が口を出すと、懼留孫は、

「しかし、生かしておけば、いささか役に立つかとも思われるが」

「道兄は、こやつの地行術《ちこうじゅつ》のことをおっしゃっておられるのでしょうが、こやつの心は汚れきっております。陛下やわしを暗殺しようとまでしたのですぞ」

これを聞いて、懼留孫の顔がきびしくなった。

「こうなったら、つつみかくさず申し上げます。弟子は、綑仙縄を使って哪吒《なた》と黄天化《こうてんか》をとらえ、姜師叔《ししゅく》もつかまえました。すると、鄧九公は弟子のことを認めてくださり、おじょうさまと結婚させてもよいとまで……。それで弟子は地行術を用いて、西岐城にしのびこんだのです」

土行孫の話を聞くと、懼留孫はだまって指を折ってうらない、大きなため息をもらした。

「子牙どの。こやつとその娘の足には、運命の糸がむすばれておりますぞ。さからうのは良くありません。いっそ結婚させてやりましょう。そうすれば、娘とともに鄧九公も西岐に降伏するでしょう」

子牙と懼留孫は計略をたて、散宜生《さんぎせい》を、使者として鄧九公の陣地にむかわせた。

三十二　子牙《しが》、計を設け九公《きゅうこう》を収める

さて、散宜生《さんぎせい》は西岐城《せいきじょう》を出て鄧九公《とうきゅうこう》の陣地に着いた。

戦っている相手からの使者となど会えないと言っていた鄧九公だが、ここは話を聞いて臨機応変に対処すればよいという太鸞《たいらん》の意見に従い、散宜生を招きいれた。

あいさつがすむと、すぐに散宜生は鄧九公にきりだした。

「今日まいりましたのはほかでもない、鄧元帥の婿どののことでです」

「婿、だと？　わしには、嬋玉《せんぎょく》という娘が一人、いるにはいる。だが、早くに母をなくし、わしにとっては手の中の玉のようにいとおしい娘だ。結婚したがる者は多いが、まだ、誰にも許しをあたえておらぬ」

「しらをおきりになるおつもりですか。先日とらえた土行孫《どこうそん》どののことでまいったのです」

「土行孫だと！　あんなやつが嬋玉の婿などであるものか。冗談も休み休み言え」

鄧九公は、真っ赤になって怒りだした。

「鄧元帥。人は死ぬ時、うそを言うものでしょうか。とらえた土行孫どのは、首を斬られるとわかったとたんに、元帥のおじょうさまと婚約していて、結婚できなければ死んでも死にきれないと涙ながらに訴えたのです。

姜丞相《きょうじょうしょう》と、土行孫どのの師匠であられる懼留孫《くりゅうそん》どのは、人としての情けを重んじて、今しばらく処刑を待っております。すみやかに、よいお日どりをお選びになり、ご婚礼をあげられますよう、おとりはからいくださいませ」

「もし、それが事実だとしたら、それはあやつの勘違いだ。断じて許したおぼえはない」

「おかしいですな。土行孫どのは、おじょうさまと早く結婚したいがために、西岐城にしのびこんで暗殺をはかったと言っておりましたが。もし婚約がうそであるのなら、鄧元帥は、娘との結婚をえさに武将を釣っていさおしをあげさせ、その実、娘とは結婚させないという、信用おけない大将ということになりますぞ」

「そう言われれば、酒の席で口をすべらせたことが、なかったとは言わないが、結婚のような人生の大事、かるがるしく信じるほうがどうかしておる」

「鄧元帥、大丈夫《だいじょうふ》たる者、一度口にした言葉は守るものですぞ。ましてや、今や、土行孫どのと元帥のおじょうさまの婚約のことは天下のみなが知っております。

このまま土行孫どのが処刑されれば、おじょうさまはみなの話の種にされ、一生をなげき暮らすこととなるでしょう。おじょうさまのことをお考えになるのでしたら、すみやかに婚礼の儀をおとりおこないください」

鄧九公は言葉につまり、娘の話も聞いてからと言って、散宜生を帰した。

次の日、鄧九公の将軍の太鸞が西岐城を訪れた。そして、三日後に土行孫を鄧九公の陣地におくりとどけ、姜子牙《きょうしが》たちも出席して婚礼をとりおこなうことになった。

姜子牙は、いつわりの婚礼にかこつけて姜子牙を殺そうとしていると見ぬいて、準備を進めた。

五十人のよりすぐりの兵士を祝いの品を運ぶ人夫に変装させ、供をする西岐の将軍たちにも、ひそかに武器を持たせた。また、楊戩《ようせん》には、何かに化けて、そっと姜子牙につきそうように命じ、雷震子《らいしんし》、南宮适《なんきゅうかつ》には、それぞれ左右に兵をふせさせ、金吒《きんた》、木吒《もくた》、竜鬚虎《りゅうしゅこ》にも兵をあたえて、弱いところを助けるように手配した。

三日後、子牙は土行孫に、合図をしたら花嫁の鄧嬋玉をさらうように命じて、西岐城を出発した。供は散宜生など十人あまり、それに祝いの品を運ぶ人夫を五十人ほど連れているだけである。

鄧九公は、大喜びで姜子牙を迎え、かざりたてた席に案内した。土行孫と土行孫の師匠の懼留孫も花嫁の父の鄧九公にあいさつし、なごやかに陣地の奥へ進む。

はなやかにいろどられ、花をかざった婚礼の会場ではあったが、そこここから殺気が立ちのぼっている。

伏兵があると見た子牙は、席についてあいさつをかわしている最中に辛甲《しんこう》に目くばせをして、いきなり合図の爆竹に火をつけさせた。爆竹のとどろきに応えるように、あちこちからときの声が響きわたる。鄧九公はびっくりして、何が起きたのかと顔をあげた。子牙の連れてきた人夫たちが荷物をおき、隠していた武器を手に手にとって、はなやかなとばりを引きやぶって鄧九公に迫る。

鄧九公は、あわてて陣地の奥へと逃げこんだ。鄧九公の将軍の太鸞と、息子の鄧秀《とうしゅう》も、不利とさとって、ともに逃げた。

左右から雷震子、南宮适の軍が、後ろに、金吒、木吒、竜鬚虎の軍があらわれて、ときの声が天をふるわせる。鄧九公が準備しておいた兵もこれを迎えうち、陣地じゅうが大さわぎとなった。

そのどさくさにまぎれて、土行孫は、花嫁の鄧嬋玉を綑仙縄《こんせんじょう》でとらえ、西岐城へと連れだした。

ふいをつかれて鄧九公の軍は乱れに乱れた。兵士たちが同士討ちをはじめ、たくさんの犠牲が出た。鄧九公は陣地を捨てて逃げた。姜子牙の軍が追ってきたが、五十里あまりで引きあげていった。さらに逃げて岐山《きざん》のふもとで兵をまとめたところ、将軍たちは無事だったが、娘の鄧嬋玉の姿がなかった。

鄧九公は、娘の身を案じ、姜子牙をとらえようとして、かえって相手の計略にかかってしまったことをくやんだ。


一方、子牙と懼留孫は大勝利をあげて城に引きあげた。子牙は、懼留孫とも相談し、土行孫と鄧嬋玉に夫婦の契りを結ばせることにした。

子牙は土行孫を呼んで、

「鄧嬋玉を奥の部屋にともない、今日の吉日に夫婦となるよろしきをえよ。明日はほかに告げることがある」

と告げ、侍女に新婚の部屋を用意させ、鄧嬋玉を連れていくように命じた。鄧嬋玉は涙を浮かべて声もない。侍女に左右からはさまれて、泣く泣く奥の部屋へと連れていかれた。

子牙は酒席を用意させ、諸将とともに二人の婚礼を祝った。

新婚の部屋に連れていかれた鄧嬋玉を、土行孫が前に進みでて迎えた。嬋玉は土行孫が満面に笑みをたたえているのを見て、逃げることもかなわず、涙の雨を降らせておしだまっている。

土行孫があれこれとなぐさめる。ふいに嬋玉は怒りがこみあげてきて、土行孫をののしった。

「主人を売って栄華を求めた恥知らず！　勝手にこんなことをして、何さまのつもりよ！」

土行孫は笑いながら答える。

「おじょうさんは総兵《そうへい》のご令嬢だが、おれとて無名の輩《やから》ではない、はずかしめるつもりはないんだ。おれはおじょうさんのけがをなおしたこともあるし、お父上が、武王《ぶおう》を倒してもどったらおじょうさんとの結婚を許してくださると約束したことは、誰でも知っている。

散大夫《さんたいふ》がお父上のもとを訪れて婚約を整え、今日、婚礼もあげた。結婚は成立しているのに、なぜ強情をはるんだい？」

「おとうさまが散宜生の言葉に許しをあたえたのは、姜丞相をだます計略のためよ。思いがけず計略にかかり、こんなわなにはまるだなんて、死んでしまいたい！」

「それは違うよ。いつわりの夫婦の誓いなんてものはない。おれがとらえられたおり、お師匠さまは指を折ってうらない、おじょうさんとおれの足には赤い糸がむすばれていて、ともに周《しゅう》の臣下となる運命だとおっしゃって、おれを許してくださったんだ。考えてみてもごらん、天がむすんだ縁でなければ、お父上はどうして許したんだ？

おじょうさんはどうして、ここにいるんだ？　今、紂王《ちゆうおう》は道をはずれて、天下には反乱があいついでいる。西岐を討伐しにきた者は多いが、あの魔家《まか》四将《ししよう》や聞太師《ぶんたいし》、多くの仙人たちがみんな敗れた。これこそが天の意志で、どちらが天に従い、どちらがさからっているかは明らかだ。このままではお父上も同じことになるだろう。昔から、『良禽《りようきん》はとまる枝を選び、賢臣はつかえる主人を選ぶ』って言うじゃないか。おじょうさんもお父上も、天の意志にさからおうとせず、枝を選んでとまるべきだよ。それに、おじょうさんがいくら強情をはっても、この土行孫が結婚したことは、軍のみなが知っている。おじょうさんが清らかな身だと、誰が信じる？　よく考えてごらんよ」

鄧嬋玉はうなだれて、何も言わなかった。思いなおしていると見て土行孫が近づく。

「思ってもみてごらん、きみは深窓の佳人、天上にもまれな花。おれは夾竜山《きようりゆうざん》の門徒。天と地よりももっと遠くにいた二人が、今日どうして、前々から知り合っていたかのように、むかいあって仲良くしているんだろう？」

進みでて、鄧嬋玉の服を強く引いた。嬋玉は真っ赤になって手で服をおさえた。

「こうなってしまったとはいえ、無理強いはなさらないで！　明日おとうさまの許しを得てから結婚しても、おそくはないでしょう」

だが、土行孫はすでに思いがつのっており、おさえきれない。鄧嬋玉にとびついてだきすくめようとした。嬋玉はあくまでもあらがう。

「無理強いなさるなら、死んでも従うものですか！」

土行孫が服をぬがそうとする。嬋玉は両手で力いっぱい服をかきよせる。二人は一時《じ》辰《しん》あまりもひとかたまりになってもみあった。

とうとう土行孫は、あきらめたと見せかけて、こうもちかけた。

「おじょうさんがそこまでいやがるなら、無理強いはしないけれども、明日お父上にお目にかかったら、気が変わりはしないかい」

「わたしはすでに、将軍の妻です。心変わりなどいたしません。ただおとうさまにお目にかかって、すじを通したいのです。もし心を変えるようなことがあったら、安らかな死を迎えられなくなってもかまいません」

「そういうことなら、なあおまえ、立ちあがってくれ」

土行孫は嬋玉の首を手でだくようにして、そっと助けおこした。鄧嬋玉は疑いもせず、身を起こす時、服を合わせていた手を開いて、土行孫に片手をのばした。土行孫は、この時とばかりに両手を腰にさしいれて、中のものを引きさげた。

「ひどいわ！　すでに夫婦だというのに、なぜおだましになるのです？」

「こうでもしなければ、おまえはまた、さんざんこばむじゃないか」

嬋玉はただ目を閉じて何も言わなかったが、なまめかしいはにかみを顔じゅうに浮かべて、土行孫が帯をといて服をぬがせるにまかせた。錦のふとんをかけて、二人は新婚の床《とこ》につく。

「わたくしは閨《ねや》のことにはうとくて、こういったことも初めてです。どうか、やさしくお守りくださいー」

嬋玉がささやくと、土行孫もやさしくかえす。

「おじょうさんはかわいらしいことこの上ないな。おれは長い間徳を積んできた。乱暴なことはしないよ」

こうして、翡翠《ひすい》の衾《ふすま》の中、初めて海棠《かいどう》の新血がためされ、鴛鴦《えんおう》の枕の上、桂蘂《けいずい》の奇香《きこう》があふれただようこととなった。二人は愛情こまやかにやさしくいたわりあい、肌をあわせてたがいを恋しく思いあった。人としての楽しみは、このひとときにきわまる。

翌日、鄧九公が岐山のふもとに新しい陣地を築いたことがわかると、鄧嬋玉は、父のもとに説得にむかった。

鄧九公は、鄧嬋玉が土行孫と本当に結婚してしまい、西岐につかえることになったと知って、魂が飛びだすほど驚いた。しかし、もはや、後のまつりである。勝手に敵の武将に娘をとつがせた以上、鄧九公自身も殷《いん》を裏切ったとみなされる。鄧九公は、やむをえず西岐に帰順することにした。

鄧九公が降伏のために西岐城にむかうと、意外にも姜子牙が、たくさんの人々を連れて城から一里あまりのところにまで出迎えてくれた。丁重にあつかわれた鄧九公は感激して、その夜は姜子牙や武将たちと、娘の結婚の祝い酒をかねて飲みあかした。

そして次の日、武王に目通りし、心から西岐につかえることになった。

さて、このあとはどうなるか。続きは後編をご覧ください。

本文デザイン／織田弥生

本書は一九九九年三月、集英社文庫（書き下ろし）として
刊行されたものを二分冊して再編集しました。

集英社文庫　目録（日本文学）

集英社文庫　目録（日本文学）

集英社文庫　目録（日本文学）

森まゆみ　その日暮らし
森まゆみ　旅暮らし
森まゆみ　貧楽暮らし
森まゆみ　女三人のシベリア鉄道
森まゆみ　いで湯暮らし
森まゆみ　『青鞜』の冒険　女が集まって雑誌をつくるということ
森瑤子　情事
森瑤子　嫉妬
森見登美彦　宵山万華鏡
森村誠一　壁の目　新・文学賞殺人事件
森村誠一　終着駅
森村誠一　腐蝕花壇
森村誠一　山の屍
森村誠一　砂の碑銘
森村誠一　悪しき星座
森村誠一　黒い神《み》座《くら》

森村誠一　ガラスの恋人
森村誠一　社《しゃ》奴《ど》
森村誠一　勇者の証明
森村誠一　復讐の花期　君に白い羽根を返せ
森村誠一　凍土の狩人
諸田玲子　月を吐く
諸田玲子　髭麻呂　王朝捕物控え
諸田玲子　恋縫
諸田玲子　おんな泉岳寺
諸田玲子　狸《まみ》穴《あな》あいあい坂
諸田玲子　炎天の雪(上)(下)
諸田玲子　恋かたみ　狸穴あいあい坂
諸田玲子　四十八人目の忠臣
諸田玲子　心がわり　狸穴あいあい坂
八木原一恵・編訳　封神演義　前編
矢口敦子　祈りの朝

矢口敦子　最後の手紙
矢口史靖　小説　ロボジー
薬丸岳　友罪
八坂裕子　幸運の99%は話し方できまる！
安田依央　たぶらかし
安田依央　終活ファッションショー
柳澤桂子　愛をこめ　いのち見つめて
柳澤桂子　生命《いのち》の不思議
柳澤桂子　ヒトゲノムとあなた
柳澤桂子　すべてのいのちが愛《いと》おしい　生命科学者から孫へのメッセージ
柳澤桂子　永遠のなかに生きる
柳田国男　遠野物語
矢野隆　蛇衆
矢野隆　慶長風雲録
矢野隆　斗《とう》棋《ぎ》
山内マリコ　パリ行ったことないの

集英社文庫　目録（日本文学）

集英社文庫　目録（日本文学）

唯川恵　海色の午後
唯川恵　肩ごしの恋人
唯川恵　ベター・ハーフ
唯川恵　今夜 誰のとなりで眠る
唯川恵　愛には少し足りない
唯川恵　彼女の嫌いな彼女
唯川恵　愛に似たもの
唯川恵　瑠璃でもなく、玻璃でもなく
唯川恵　今夜は心だけ抱いて
唯川恵　天に堕ちる
唯川恵　手のひらの砂漠
湯川豊　須賀敦子を読む
行成薫　名も無き世界のエンドロール
夢枕獏　神々の山嶺《いただき》(上)(下)
夢枕獏　黒塚 KUROZUKA
夢枕獏　ものいふ髑髏《どくろ》

養老静江　ひとりでは生きられない ある女医の95年
横森理香　凍った蜜の月
横森理香　30歳からハッピーに生きるコツ
横山秀夫　第三の時効
吉川トリコ　しゃぼん
吉川トリコ　夢見るころはすぎない
吉木伸子　スーパースキンケア術 あなたの肌はまだまだキレイになる
吉沢久子　老いをたのしんで生きる方法
吉沢久子　老いのさわやかひとり暮らし
吉沢久子　花の家事ごよみ 四季を楽しむ暮らし方
吉沢久子　老いの達人幸せ歳時記
吉田修一　初恋温泉
吉田修一　あの空の下で
吉田修一　空の冒険
吉永小百合　夢の続き
吉村達也　やさしく殺して

吉村達也　別れてください
吉村達也　セカンド・ワイフ
吉村達也　禁じられた遊び
吉村達也　私の遠藤くん
吉村達也　家族会議
吉村達也　可愛いベイビー
吉村達也　危険なふたり
吉村達也　ディープ・ブルー
吉村達也　生きてるうちに、さよならを
吉村達也　鬼の棲む家
吉村達也　怪物が覗く窓
吉村達也　悪魔が囁く教会
吉村達也　卑弥呼の赤い罠
吉村達也　飛鳥の怨霊の首
吉村達也　陰陽師暗殺
吉村達也　十三匹の蟹

集英社文庫　目録（日本文学）

集英社文庫

封神演義《ほうしんえんぎ》　前編《ぜんぺん》

2017年12月20日　第1刷　　定価はカバーに表示してあります。

編・訳者　八木原一恵《やぎはらかずえ》
発行者　村田登志江
発行所　株式会社 集英社
東京都千代田区一ツ橋2-5-10　〒101-8050
電話　【編集部】03-3230-6095
【読者係】03-3230-6080
【販売部】03-3230-6393(書店専用)
印　刷　中央精版印刷株式会社　株式会社美松堂
製　本　中央精版印刷株式会社

フォーマットデザイン　アリヤマデザインストア　　マークデザイン　居山浩二

ISBN978-4-08-745678-3 C0197